无界文库

038

A Good Man Is Hard to Find

好人难寻

Flannery O'Connor

[美] 弗兰纳里·奥康纳 著

于是 译

中信出版集团 | 北京

图书在版编目(CIP)数据

好人难寻 / (美) 弗兰纳里·奥康纳著；于是译.
北京：中信出版社，2025.8.—(无界文库).
ISBN 978-7-5217-7770-3

Ⅰ.I712.45

中国国家版本馆 CIP 数据核字第 20255EJ993 号

好人难寻
(无界文库)

著者：	[美]弗兰纳里·奥康纳
译者：	于是
出版发行：	中信出版集团股份有限公司
	(北京市朝阳区东三环北路27号嘉铭中心　邮编　100020)
承印者：	嘉业印刷(天津)有限公司

开本：787mm×1092mm　1/32　　印张：11.25　　字数：164千字
版次：2025年8月第1版　　印次：2025年8月第1次印刷
书号：ISBN 978-7-5217-7770-3
定价：29.00元

版权所有·侵权必究
如有印刷、装订问题，本公司负责调换。
服务热线：400-600-8099
投稿邮箱：author@citicpub.com

目 录

第一辑

好人难寻 _3
上升的一切必将汇合 _31
帕克的背 _59
家的慰藉 _95

第二辑

格林利夫 _135
启示 _177
天竺葵 _215
流离失所的人 _237
你不可能比死人更惨 _307

译后记：最爱孔雀的人类观察家 _339
弗兰纳里·奥康纳年表 _345

第一辑

好人难寻

老太太不想去佛罗里达。她要去东田纳西见老朋友,因而抓紧一切机会撺掇巴利改主意。巴利是她的独生子,他们住在一起。巴利擦着椅子边沿坐着,俯在餐桌上,正在看《周刊》橘色的体育版。"巴利,瞧这儿,"她说,"这儿呢,你倒是读读这个呀。"她站在巴利身旁,一手叉在干瘪的胯上,另一只手把报纸在他的秃脑门前摇晃得哗啦啦响。"有个自称'不合者'的逃犯从联邦监狱越狱了,正往佛罗里达去。你读读这段,看看他对这些人做了多少丧尽天良的事。你倒是看呀。我才不会带上自家孩子往这种罪犯逃窜的方向去呢。要不怎么对得起我的良心?"

巴利头也不抬,继续看他的体育版,她只好转身去找当妈的。少妇坐在沙发上,穿着便裤,宽脸蛋上总有一种卷心菜般纯洁天真的表情,绿色的头巾在头顶系了个结,像是一对兔耳朵。她正把罐子里的杏酱舀出来,喂给宝宝吃。"孩子们又不是没去过佛罗里达,"老太太说,"你们该带他们到别处走走,他们才能知道世上有很多不一样的地方,长点儿见识。他们还没去过东田纳西呢。"

当妈的假装没听见,八岁的约翰·韦斯利却回了一句:"你要不想去佛罗里达,干吗不留在家里?"这男孩长得敦实,戴着眼镜,正和妹妹琼·斯塔一起坐在地上看漫画版。

"就算让她当女王,她也不愿意在家待着,一天也待不住。"琼·斯塔一头黄毛,讲话时头也不抬。

"没错,要是你们遇到这个不合者,那该怎么办?"老太太问。

"我会打烂他的脸。"约翰·韦斯利回答。

"就算给她一百万,她也不愿意在家待着。"琼·斯塔说,"她就怕错过什么,只想做我们的跟屁虫,我们去哪儿她就去哪儿。"

"好样的,大小姐,"当奶奶的回嘴说,"下次你再求我给你卷头发的时候,记着你刚才是怎么说的。"

琼·斯塔说她自己天生就是鬈发。

第二天一大早,老太太第一个钻进车里,准备停当。她把一只状如河马脑袋的黑色大旅行袋塞在角落里,压在下面的篮子上,篮子里是她那只名叫辛皮迪的猫。她可不愿让猫独自在家待上三天,它会想死她的,而她最怕它不小心拨动煤气开关,把自个儿闷死。她儿子巴利很不喜欢带着猫住汽车旅馆。

她坐在后排中间,约翰·韦斯利和琼·斯塔分坐在她两边。巴利和怀抱小宝宝的妈坐在前排。早上八点三刻,他们从亚特兰大出发,里程表的读数是55890。老太太把这个数字写下来,预备回来后算出这一程走了多少英里,她觉得那一定很有趣。驶出市区共用了二十分钟。

老太太脱下白色棉手套,和钱包一起放在后窗搁板上,舒舒服服地安顿下来。当妈的照旧穿着便裤,扎着绿色头巾,当奶奶的却头戴海军蓝的水手草帽,帽檐上还插了一束白色紫罗兰,身穿带白色小圆点的海军蓝连衣裙,领口和袖口都镶了白色蕾丝花边,领口还别了一朵布做的紫罗兰,里面裹着香囊。万一发生车祸,她死在公路上,所有人都能一眼认出她是有品位的淑女。

她说这天气很适合驾车出行,既不太热,也不太冷。她提醒巴利,公路限速五十五英里,巡警藏在广告牌和小树丛后头,没等你来得及减速就会冲出来逮你个正着。但凡路过有一点看头的景致,她都会指点出来:矿石山,时而从公路两侧冒出来的蓝色花岗岩,耀眼的红色黏土河滩上隐约可见的紫色条纹,还有各式各样农田在大地上留下的绿色网格般的图案。树木被阳光照得通体银白,哪怕最难看的那几株也在闪闪发亮。孩子们在看漫画书,当妈的睡起了回笼觉。

"我们快点开过佐治亚吧,省得再看它几眼。"约翰·韦斯利说道。

"我要是个小男孩,"当奶奶的说,"就不会这么说自己的家乡。田纳西有高山,佐治亚有小山。"

"田纳西就是个穷山恶水的垃圾场,"约翰·韦斯利说,"佐治亚也是个烂地方。"

"说得对。"琼·斯塔说。

"我们小时候,"当奶奶的交握着青筋暴突的干瘦手指说道,"可比你们懂得恭敬,不管是对家乡,还是父母,还是对别的一切。那时候的人都很好。哎呀,你们看那个黑小孩多可爱啊!"她指着一个站在棚屋前的黑人小孩说道,"简直就是一幅画,不是吗?"大家听她这样说都扭头透过后窗玻璃去看黑人小孩。他冲他们挥了挥手。

"他没穿裤子。"琼·斯塔说。

"他可能根本没有裤子。"当奶奶的解释说,"乡下的黑小孩不像我们,要什么有什么。要是我会画画,一定把这个画面画下来。"

两个孩子交换漫画书看。

当奶奶的说她可以帮忙抱抱宝宝,当妈的就把宝宝从前排递到后排。老太太把小孙子放在膝上,轻轻摇晃,把沿途风景讲给他听。她又是翻眼珠又是噘嘴,还把粗糙、瘦削的脸孔贴到宝宝光滑柔嫩的小脸上。宝宝时不时对她恍惚地笑一笑。他们驶过了一大片棉花地,田地中间有五六个坟堆,被篱笆围起来,像小小的孤岛。"看那片墓地,"当奶奶的手指着说道,"那是老式的家族墓地,属于种植园。"

"种植园在哪儿?"约翰·韦斯利问。

"随风而逝啦[1]。"老太太说完又哈哈地笑两声。

两个孩子把带出来的漫画书都看完了,就打开午餐盒吃起来。当奶奶的吃了花生酱三明治,嚼了颗橄榄,还阻止了孩子们把盒子和纸巾往窗外扔。实在无事可做了,他们就玩游戏,每人选中一片云,让另外两人猜它像什么。约翰·韦斯利指着一朵形状像牛的云,琼·斯塔说是牛,但约翰·韦斯利说不是,应该是小汽车,琼·斯塔说他赖皮,两人就隔着老太太打起来了。

当奶奶的说,要是他们能保持安静,她就给他们讲个故事。讲的时候,她摇头晃脑,眼珠子滴溜溜转,表情夸张。她说的是自己待字闺中的时候,有位来自佐治亚州贾斯珀的埃德加·阿特金斯·提加顿先生曾经追求过她。他很帅,是个有风度的绅士,每周六下午都给她带只西瓜,上面刻着他名字的缩写 E. A. T.。她说,有一个周六下午,提加顿先生照旧带来了西瓜,当时家里没人,他就把西瓜放在了前廊,坐马车回了

---

[1] 原文"Gone with the Wind"为小说《飘》的英文书名,这里指种植园不复存在了。——译者注(本书注释如无特别说明,均为译者注。)

贾斯珀。可她那次没吃到西瓜，有个黑孩子看到瓜上那三个字母，就把瓜吃了。这个故事触到了约翰·韦斯利的笑点，他咯咯笑个不停。琼·斯塔却觉得一点都不好笑，她说，她决不会嫁给一个只在周六送她西瓜的男人。当奶奶的说，要是她真嫁给提加顿先生倒好了，因为他是货真价实的绅士，在可口可乐的股票刚上市时就买入不少，成了大富翁，刚死了没几年。

他们开到塔楼时停下来买烤肉三明治。塔楼在蒂莫西城外的开阔地，半灰泥半木质结构，既是加油站，又可以当舞厅。老板是个大胖子，人称红屁股萨米，店内店外，甚至沿途几英里的公路边都挂满了广告牌："快来尝啊！萨米的烤肉远近驰名，天下第一！大胖子萨米乐呵呵，手艺没的说！萨米时刻为您效劳！"

红屁股萨米正躺在塔楼外的空地上，脑袋探进一辆卡车的底盘下。不远处还有只一英尺高的灰毛猴子被拴在矮矮的楝树干上，直叫唤。看到孩子们从车里跳出来奔向它，猴子慌忙跳回树上，蹿到最高的枝上去了。

塔楼里有个昏暗的狭长房间，一边是柜台，一边摆着几张餐桌，中间就算是舞池。他们在自动唱机边的木板桌旁坐下，萨米的老婆过来等他们点菜，她大高个，皮肤是深褐色的，头发和眼珠的颜色要浅一点。当妈的往唱机里投了一角硬币，点的是《田纳西华尔兹》，当奶奶的说她一听到这曲子就忍不住要跳舞。她问巴利要不要与她共舞，但他只是呆呆地看着她。他没有她那种天生的快活劲儿，旅行会让他焦虑。老太太褐色的眼睛非常明亮。她的头摇来摆去，想象自己在椅子里跳舞。琼·斯塔要一首能让她跳踢踏舞的曲子，当妈的又投了枚硬币，换了一首快节奏的歌，琼·塔斯就走进舞池，跳起了她最熟练的踢踏舞。

"她真可爱啊。"萨米的老婆倚在柜台上说，"你愿意做我的小女儿吗？"

"不，我才不要呢。"琼·斯塔答说，"给我一百万，我也不要住在这种鬼地方。"

"真可爱啊。"那女人又说了一遍，嘴角牵出一丝客客气气的微笑。

"你怎么就不难为情呢？"老太太愤然地轻声念叨。

红屁股萨米走了进来，让他老婆别在柜台上磨蹭，快去备餐。他的卡其布裤腰卡在胯骨下，大肚子挺出来,像一大袋面粉在衬衫下面晃来晃去。他走过来,在他们旁边的桌边坐下,又像叹气又像吆喝地说道:"没办法啊,真是没办法。"他用灰色手帕抹了抹脸上的汗,脸已被晒得通红。"这年头,你都不知道该信谁。是不是?"

"世风日下,人心不古。"老太太说。

"上星期来了俩家伙,"萨米说,"开辆克莱斯勒,车子又破又旧,但好歹是克莱斯勒。那两个年轻人瞧着还行,说是在厂里干活,我可不就得让他们加油赊账?我怎么就信了呢?"

"因为你是好人!"老太太马上接口。

"是啊,太太,我觉得也是。"听红屁股萨米的口气,好像老太太的话让他挺感动的。

他老婆没用托盘,但同时端来了五盘菜,两手各拿两盘,还有一盘搁在手臂上。"上帝所造的这片美好世界里,没有哪个灵魂是你信得过的了,"她说,"一个都找不出来,一个都没有。"她盯着萨米,一连讲了两遍。

"你们看到逃犯的新闻了吗?越狱的不合者?"老太太问。

"他不来这儿为非作歹,我倒也不太奇怪,"那女人说,"要是他知道这一带这么不景气还来,我倒要吃一惊。要是他知道我家收银机里只有两分钱还来,那我真的太……"

"说几句就行啦。"萨米说,"去给他们拿可口可乐。"那女人才离开,去拿剩下的餐点。

"好人难寻啊,"萨米又说,"世道越来越坏。想当年我出门时纱门都不用锁上。现在可不敢了。"

他和老太太聊起了旧日的好时光。老太太说这都怪欧洲人穷凶极恶,让人以为我们富得流油。萨米表示完全赞同,又说,现在说什么都没用了。两个孩子跑出去,在白晃晃的日头下看猴子。猴子在光斑点点的楝树上忙着捉跳蚤,捉到一只吃一只,像是品味佳肴般细细咂摸。

吃过午饭,他们顶着炙热的阳光继续上路。老太太打起盹来,但每隔几分钟就被自己的鼾声吵醒。快到图姆斯博鲁时,她再次醒来,突然想起年轻时来过这儿,附近有个古老的种植园。她说,通往那栋大宅的林荫道两旁种着橡树,大宅前有六根白色廊柱,两边各有一间木格小凉亭,你和求爱者在花园里散步后,可以坐在凉亭里歇会儿。她很清楚地记得,从哪条小路拐进去就能到那儿。她知道巴利不肯为了看老宅园而浪费时间,但她越说,越是忍不住想去看看两间一模一样的小凉亭是不是还在。"宅子有暗格呢,"她狡黠地说道,明知这是信口开河,却又希望自己讲的是实情,"据说谢尔曼[1]杀到这儿来的时候,这家人把所有银器藏在了暗格里面,再也没人找到过……"

"嘿!"约翰·韦斯利说,"去看看呀!我们一定找得到。可以在每块木板都戳个洞,肯定能找到!现在谁住在那儿?从哪条路拐过去?嘿,爸爸,在前面拐一下不行吗?"

"我们都没见过有暗格的屋子!"琼·斯塔尖声大叫,"我们要去看有暗格的屋子!嘿,爸爸,我们不能去看有暗格的屋子吗?"

"离这儿不远,我知道,"老太太说,"用不了二十分钟。"

巴利目不斜视,下巴硬得像马蹄铁。他说:"不去。"

孩子们大吵大闹,扯着嗓子说要去看有暗格的房

---

[1] 谢尔曼(William Tecumseh Sherman, 1820—1891),美国内战时期的名将。

子。约翰·韦斯利踢着前排椅背,琼·斯塔紧紧搂住她妈妈的脖子,绝望地在她耳边用哭腔说他们度假也不能找乐子,他们从来都不能如愿以偿。宝宝连哭带叫,约翰·韦斯利又使出吃奶的劲儿去踢前排椅背,他爸爸分明感到腰肾被连番撞击。

"行了!"他大吼一声,把车停在路边,"能不能都给我闭嘴?能不能消停一下?你们不闭嘴,哪儿都别想去!"

"这对孩子们来说是难得的教育机会。"当奶奶的嘀咕了一句。

"好了,"巴利说,"都给我听着:我们就绕这么一次。下不为例。"

"往回开一英里,有条土路,从那儿拐进去,"老太太立刻指点方向,"刚刚经过的时候,我留意过了。"

"土路。"巴利没好气地说道。

他们调头朝那条土路开去,老太太又想起了那宅子的其他特色:前门廊上有漂亮的玻璃,大厅里有烛台灯。约翰·韦斯利说,暗格很可能在壁炉膛里。

"你们不能进去,"巴利说,"我们根本不知道那里面住的是什么人。"

"你们在前门廊跟他们聊聊天,我可以绕到后门,从窗子跳进去。"约翰·韦斯利出了个主意。

"我们都待在车上,不下去。"他妈妈说。

他们拐进那条土路,车子颠簸不止,淡红色的尘土飞扬。老太太想起当年,所有的路都是土路,三十英里路要走一整天。这条土路高低起伏,冷不丁还有水洼,路堤不结实也就罢了,还有急转弯道。这会儿在坡顶,他们能俯瞰得到下面方圆几英里绿油油的树冠,眨眼间又陷入红土坑,被头顶蒙着尘土的枝叶俯瞰着。

"最好马上就到,"巴利说,"不然我就调头回去。"

这条路似乎成年累月都没人走过了。

"不远了。"老太太说完,突然闪过一个可怕的念头。她难以启齿,憋得满脸通红,两眼发直,双脚一跳,碰翻了角落里的旅行袋。旅行袋一晃,遮在篮子上的报纸就被顶起来了,名叫辛皮迪的猫大叫一声,窜了出来,刚好跳到巴利的肩头。

孩子们重重地跌下座椅,他们的妈妈从车门里飞了出去,摔在地上,怀里还紧抱着宝宝,当奶奶的被抛到了前排。车子翻了个个儿,一头栽进路边的沟渠,右侧车身朝上。巴利和那只猫还在驾驶座上——满身灰条纹的猫长着白色的大脸盘和橘红色的鼻子,此时俨如大毛毛虫,黏在巴利的脖子上。

孩子们发现手脚都能动,就爬出车子大叫:"我们出车祸了!"当奶奶的蜷在仪表盘下,巴不得自己受了伤,那样的话,巴利就不会当即冲她发火了。车祸发生前闪现的可怕念头是:她记得那么真切的老宅根本不在佐治亚,而在田纳西。

巴利用双手把脖子上的猫扯下来,扔向车窗外的一棵松树。然后他下车去找当妈的,她背靠红土沟坐着,抱着号哭的宝宝,但幸好她只有脸上被划出了一道口子,肩膀扭伤了一侧。"我们出车祸了!"孩子们尖叫不已,声音中带着狂喜。

"可惜没人死。"琼·斯塔看到奶奶一瘸一拐地爬出来时,失望地说道。老太太的帽子还搭在头上,但帽檐被扯破了,神气活现地翘起来,紫罗兰布花散开,歪到了一边。除了两个孩子,大人们都坐进沟渠,从惊吓中慢慢平复下来。他们浑身直哆嗦。

"也许会有车路过。"当妈的哑着嗓子说。

"我肯定伤到内脏了。"当奶奶的捂着半边身子,

北冥有鱼。

中信出版文学精选书目
与名著共享文学之美

中信出版集团
CITIC Press Group

但没人理她。巴利的牙齿直打战。他穿着印有亮蓝色鹦鹉的黄色运动衫,现在的脸色就和衣服一样黄。老太太暗自决定不要提宅子在田纳西的事儿。

路面在十英尺之上,他们只能看到对面路边的树冠。他们坐着的沟渠后面是片大树林,树木高大、阴森又幽深。几分钟后,他们看到不远处的山头上出现了一辆车,车开得很慢,似乎车里的人在观望他们。老太太站起来,奋力挥舞胳膊,想要引起他们的注意。车子慢慢地驶过来,在一个弯道后面消失了,过了一会儿又出现在他们刚刚驶过的山头上,车开得更慢了。那是一辆灵车般的黑色大车,车身破旧,里面坐着三个男人。

眼看着开过他们头顶时,车停下来了。司机面无表情地低头看坐在沟渠里的他们,足有几分钟,一言不发。然后,他扭头向另外两人嘀咕了几句,那两个人就下了车。其中一个是胖男孩,穿着黑裤子和红色运动衫,胸前印着一匹银色的小马。他绕到右侧,站在那里盯住他们,嘴巴半张着,似笑非笑。另一个人穿着卡其裤和蓝色条纹外套,灰色的帽子压得很低,遮住了大半张脸。他慢慢地走向左侧。两个人都没有说话。

司机下车后站在车旁,居高临下地看着他们。他比那两个人要年长些,头发刚开始泛白,戴着银色框架眼镜,颇有学者的模样。他的脸很长,皱纹不少,没穿衬衫,也没穿汗背心,浑身上下只有紧绷绷的蓝色牛仔裤,手里拿着黑帽和一把枪。那两个年轻人也有枪。

"我们出了车祸!"孩子们叫道。

老太太有种异样的感觉,好像在哪儿见过戴眼镜的男人。那么眼熟,好像她认识他足有一辈子了,偏偏想不起来他是谁。他向前走了几步,沿着路堤往下,每一步都很小心,以免滑倒。他穿了一双棕白相间的鞋子但没穿袜子,露出又细又红的脚踝。"下午好,"他说,"我看到你们翻车了。"

"我们连翻两次!"老太太说。

"就一次,"他纠正说,"我们都看见了。海勒姆,试试他们的车看还能不能发动。"他低声吩咐戴灰帽的男孩。

"你们干吗带枪?"约翰·韦斯利问,"你们要用枪干什么?"

"夫人,"那人对当妈的说,"麻烦你让孩子们坐在你身边,好吗?小孩让我紧张。我要你们都在原地好好坐着。"

"你凭什么命令我们?"琼·斯塔问。

他们身后的树间有一个大豁口,像血盆大口一样洞开着。"快过来。"当妈的说。

"听我说,"巴利突然说道,"我们现在有麻烦了!我们现在……"

老太太突然尖叫一声,脚步不稳地站起来,直勾勾地瞪他。"你是那个不合者!"她说,"我一眼就认出你了。"

"没错,夫人。"那人微笑应答,好像被人认出来了让他挺开心。"可惜,你要是没认出我,对你们反倒是好事情。"

巴利恶狠狠地转过头,对他妈说了什么,连孩子们听见都惊呆了。老太太哭了起来,不合者的脸也涨红了。

"夫人,"他说,"你别难过。男人常常有口无心。我想他不是故意那样跟您说话的。"

"你不会对女人开枪的,对吧?"老太太说着,从袖口抽出干净的手帕擦了擦眼睛。

不合者用脚尖在地上踢出一个小坑，又把土填回去。"我也不喜欢那样做。"他说。

"听我说，"老太太简直要扯破嗓子了，"我知道你是个好人。你一点儿不像普通人，我知道你肯定出身在好人家。"

"是的，夫人，"他说，"世上最好的人家。"他笑起来，露出一排坚硬的白牙。"上帝从未造出比我母亲更好的女人，我父亲有颗金子般的心。"穿红色运动衫的年轻人已经绕到了他们身后，腰下别着枪。不合者蹲下来。"看住那两个孩子，鲍比·李，"他说，"你知道，孩子让我紧张。"看着这六个人在他面前挤作一团，他倒好像有点尴尬，不知道该说什么。"天上一片云也没有，"他仰头望天，"没有太阳，也没有云。"

"是的，是个好日子。"老太太说。"听我说，你不该自称不合者，我知道你心肠是好的。我一见你就知道。"

"闭嘴！"巴利大吼，"别说了！都给我闭嘴，让我来处理！"他蹲在地上，像起跑线上的运动员，随时都能一跃而起，却一动没动。

"谢谢你这么说,夫人。"不合者说着,用枪托在地上画了个小圈儿。

"修这车要花半小时。"掀起的引擎盖旁,海勒姆检查之后说道。

"好,你和鲍比·李先带他和小男孩走远点儿。"不合者指着巴利和约翰·韦斯利说。"两位年轻人有话问你,"他对巴利说,"麻烦你跟他们到林子里去。"

"你看,"巴利开口说,"我们有了大麻烦!谁也不明白怎么会搞成这样。"他的嗓音粗哑,专注的眼睛和他运动衫上的鹦鹉一样蓝,依然一动不动。

老太太抬手扶正帽檐,好像要随他去树林,帽檐却断在了她手里。她僵立原地,盯着它看了一会儿才松手,任其落在地上。海勒姆拉住巴利的胳膊往上拽,像在搀扶一个老头儿。约翰·韦斯利攥住爸爸的手,鲍比·李跟在他们后头。他们向树林走去,刚走到幽暗的林边,巴利猛一转身,靠在灰不溜秋、光秃秃的松树干上,喊了一声:"妈,我去去就来,等我!"

"快点儿回来!"他妈妈喊着回应,但他们已经消失在树林里了。

"巴利,我的孩子啊!"老太太凄惨地喊出声来,却发现自己正盯着蹲在她面前的不合者。"我知道你是个好人，"她绝望地说，"你一点儿都不像普通人。"

"不，我不是好人。"过了好半天，不合者才回应，像是琢磨了一番她的话，"但我也不是世上最坏的人。我爸说我是个狗杂种，和兄弟姐妹都不同。他说，'有些人活一辈子也不会问生活是什么，有些人却要知道为什么而活——这孩子就是，他样样都要弄清楚！'"他戴上黑帽，突然仰起头，转向密林深处，好像又尴尬起来，"抱歉，在诸位女士面前，我连衬衫都没穿。"他微微耸了耸肩膀说，"我们逃出来的时候，把身上的衣服都埋了，先凑合着，等境况好点再说吧。现在我们穿的都是问路人借的。"他解释道。

"没关系。"老太太说，"巴利的箱子里兴许还有件替换的衬衫。"

"我这就去看看。"不合者说。

"他们把他带到哪儿去了？"当妈的叫起来。

"我爸也是个异数，"不合者说，"谁也别想忽悠他。但官方机构从没找过他麻烦。你只要找到窍门就好办。"

"你只要试一试，也可以做个不违心的人。"当奶奶的说道，"想想吧：安顿下来，舒舒服服过日子，别老想着有人要逮你，那该多好啊。"

不合者用枪托刨地，像是在认真思考她的建议。"没错，夫人，总有人要逮住你。"他小声说。

老太太注意到他帽檐下的肩胛骨极其瘦削，因为她此刻站着，俯视着他。"你做祷告吗？"她问。

他摇摇头。她只看到肩胛骨间的黑帽檐摆动了一下。"不。"他说。

树林里传来一声枪响，紧接着又是一声。然后只有死寂。老妇人惊惶中猛然转头。她听得到风声从树梢间穿过，像一声悠长而满足的呼气。"巴利，我的儿啊！"她大叫。

"我做过一阵子福音歌手，"不合者说，"我好像什么都干过。当过兵，陆军和海军都当过，国内国外都待过。结过两次婚，办过一次葬礼，在铁路上也干过，种过地，经历过一次龙卷风，还有一次看过活人被烧死。"他抬头看看当妈的和紧挨她坐的小女孩，她们脸色惨白，目光呆滞。"我还见过一个女人挨鞭子。"

"祷告，祷告，"老太太说，"祷告，祷告啊……"

"打我记事起，我就不认为自己是个坏小孩，"不合者梦呓般地说下去,"但人生在世,难免做错事,我被关进过监狱,还被活埋过。"他抬起头,盯着老太太看,好让她留神听。

"那时候你就该祷告,"她说,"你第一次被送进监狱是为了什么?"

"右边是一堵墙,"不合者抬头望了望没有云的天空,"左边是一堵墙。头顶是天花板,脚下是地板。夫人,我不记得因为什么事了。我坐在那儿,想啊想啊,想记起来自己到底干了什么事,可直到今天也想不起来。有时候,我觉得马上就会想起来了,但还是没有。"

"也许他们抓错人了。"老太太嗫嚅起来。

"不,"他说,"没有抓错。他们的判决书上是我的名字。"

"你准是偷了东西。"她说。

不合者轻轻冷笑一声。"我才不稀罕人家的东西。"他说,"监狱里的总医师说,我是因为杀了我爸才被关进去的,但我知道他是骗我的。我爸是一九一九年大流感时死的,跟我完全没有关系。他葬在霍普韦尔山浸礼会教堂,你可以自己去看。"

"要是你祷告,"老妇人说,"耶稣会帮你的。"

"没错。"不合者说。

"那你为什么不祷告?"她突然因喜悦而浑身颤抖。

"我不需要帮助,"他说,"我自己应付得来。"

鲍比·李和海勒姆慢吞吞地从树林里走出来。鲍比·李手提着那件印着亮蓝色鹦鹉的黄色运动衫。

"把衣服扔给我,鲍比·李。"不合者话音刚落,运动衫就飞过来,落在他肩头,他拿下来,穿上身。老太太看到运动衫想到了什么,一下子又说不上来。"夫人,"不合者扣好了衣扣,"我发现犯罪没什么大不了的。你可以这么干,也可以那么干。杀死一个人,或者从他车上卸个轮胎,没差别,因为你迟早都会忘记自己做过什么,只是会因此受到惩罚。"

当妈的发出沉重的喘息声,好像喘不上气来。"夫人,"他问,"你愿意带着小女孩跟鲍比·李和海勒姆去那边吗?和你丈夫在一起?"

"好的,谢谢你。"当妈的气息微弱,左手无力地垂着,右手胳膊抱着已经睡着的宝宝。"海勒姆,帮夫人站起来。"看她挣扎着爬出沟渠,不合者又说:"鲍比·李,你牵着小女孩。"

"我不要牵他的手,"琼·斯塔说,"他像大猪头。"

胖男孩脸红了,大笑一声,拽起她的胳膊,跟在海勒姆和她母亲身后把她拖进了树林。

独自面对不合者,老太太发现自己说不出话了。天上没有太阳,也没有云。身边除了树林之外,别无他物。她想告诉他,他必须祷告,但她嘴巴开开合合,什么也说不出来。最后,她发现自己絮絮叨叨地念着"耶稣啊耶稣",那意思是耶稣会帮你,但听上去却像是诅咒。

"是的,夫人。"不合者说,好像在附和她。"耶稣让一切失去平衡。他和我一样,只不过他没有触犯刑法,而他们证明我犯了罪,只因为他们有我的判决书。当然,他们从没把判决书给我看。所以我现在要自己来签署。很久以前我就说过,你做过的每件事都要留下签名,保留副本。这样你才能知道自己做过什么,才能知道罪行和惩罚是不是匹配,最后你也拿得出证据,证明别人对你不公平。我自称不合者,"他说,"就是因为我做过的坏事不符合我受到的惩罚。"

树林里传出一声刺耳的尖叫,紧接着是一声枪响。

"夫人，你觉得这公平吗？一个人受尽惩罚，另一个却完全没受到惩罚。"

"耶稣啊！"老妇人哭喊起来，"你有好心肠的！我知道你不会对女人开枪！我知道你出生在好人家！祷告啊！耶稣啊，你不该对老太太开枪。我可以把所有的钱都给你！"

"夫人，"不合者的目光越过她，看向远处的树林，"从来没有尸体给殡葬师小费。"

又是两声枪响，老太太抻长脖子，像一只渴得要命的老火鸡在讨水喝："巴利，我的孩子啊，巴利，我的孩子啊！"她哭喊着，好像心都碎了。

"只有耶稣才能起死回生，"不合者继续说，"他真不该那样做。他让万物失衡。要是他言行一致，那你就没什么可做的，只能抛掉一切跟他走；如果他说话不算数，你也没什么可做的，只能好好享受仅有的这几分钟，尽可能用最好的方式离开——杀人放火烧房子都行，别的坏事儿也行。没有乐趣，只是干坏事。"他几乎是在号叫了。

"也许耶稣没让死人活过来。"老妇人咕哝着，并不知道自己在说些什么。她只觉得头晕目眩，一下子跌坐在沟渠里，两条腿扭在一起。

"我不在场，我不能说他有没有让死人活过来，"不合者说，"我倒希望我在。"他用拳头砸地，"我应该在场的呀！要是我在，我肯定知道真相。听着，夫人，"他提高嗓门说，"要是我在场，我就都知道了，我就不会是现在这样了！"他的嗓子都快扯破了，老太太突然清醒了一下，她看到凑在自己面前的那张脸扭曲不已，像是快哭出来了，就低声说："哎呀，你是我的儿呢，你是我的孩子啊！"她伸出手，摸到他的肩头。不合者如同被蛇咬了似的跳起来，对她当胸开了三枪。然后他把枪放在地上，摘下眼镜擦了擦。

海勒姆和鲍比·李从树林里回来，站在沟渠上方，低头看了看老太太，她半坐半躺在血泊中，两条腿像孩子一样盘在身下，对着没云的天空的脸上有一丝微笑。

不合者摘下眼镜，露出发红的眼眶，黯淡的眼神，尽显虚弱的神态。"把她拖走，和其他人扔在一起。"说着，他抱起在他腿边蹭来蹭去的猫。

"她话真多，是不是？"鲍比·李说着，滑下沟渠。

"她可以是好女人，"不合者说，"但要有人每分钟朝她开一枪。"

"挺有趣的!"鲍比·李说。

"闭嘴,鲍比·李,"不合者说,"人生没有真正的乐趣。"

上升的一切必将汇合

医生嘱咐朱利安的母亲,她必须减重二十磅才能缓解血压问题,所以,朱利安每周三晚上都要带她进城,坐巴士到Y大楼,上减重班。这个班是专为五十岁以上,体重在一百六十至两百磅之间的劳工女性设立的。他母亲在其中还算苗条的,但她说淑女不会透露年龄和体重。隔离制度取消后,黑人白人可以同乘巴士了,她就不愿在夜里独自乘坐了;但去减重班是她屈指可数的爱好之一,对健康而言不可或缺,而且还**免费**,所以她让朱利安想想自己为他付出的一切,他就算勉为其难也该接送她。朱利安不愿去想她为他做过的一切,但每周三晚上他还是会强打精神陪她出门。

她差不多准备好了,正站在门厅镜前戴帽子。朱利安在等她,双手背在身后,好像被钉在门框上,就像等着万箭穿心的圣塞巴斯蒂安。那顶帽子是新买的,花了她七块半。她一直在念叨:"我也许不该为顶帽子花那么多钱。不该,我真不该啊。我不要戴了,明天就去退货。本来就不该买的。"

朱利安的白眼都快翻上天了。"该,你真的应该买下来。"他说,"戴上吧,我们走。"那顶帽子丑到家了,这边的紫色天鹅绒帽檐垂下来,那边的又竖上去;除了帽檐,通体绿色,活像棉芯外露的靠枕。他认为这帽子并不滑稽,但有种洋洋自得、实为可悲的感觉。能给她带去快乐的都是小事小物,但这些东西都让他沮丧。

她又把帽子掀起来,慢慢地扣回头顶。两侧的灰发像羽翼般从她气色很好的脸颊边支棱出来,但那双天蓝色的眼眸却有着不经世事的神情,一如十岁时那样天真。她千辛万苦把他拉扯大,供他吃供他穿,送他进学校,至今仍在养活他,"等他站稳脚跟再说"。若她不是这样一个寡妇,也许本该是个必须由他护送进城的小姑娘。

"好了,好了,"他说,"我们走吧。"为了敦促她动身，他自己拉开门，走下步道。天空是死气沉沉的紫罗兰色，衬出这片住宅暗沉沉的轮廓，虽说都是肝红色怪物般臃肿的丑房子，却没有两栋是一样的。四十年前，这儿还算是时髦街区，但他母亲到现在还坚称，能在这儿有套房子说明他们过得不错。每栋小楼的地基处都绕着窄窄一圈泥土地，也总有一个脏兮兮的小孩坐在上头。朱利安双手插袋往前走，低垂的脑袋往前伸着，两眼放空，决意要在为她的快乐而牺牲自我的时段里让自己彻底麻木。

门关上了，他转身看到那个矮矮胖胖的身影朝他走来，顶着那顶不堪入目的帽子。"好吧，"她说，"人只活一辈子，奢侈一次，至少有一桩好处：不会和路人撞衫。"

"早晚有一天我会赚到钱的，"朱利安阴郁地说——但他知道自己永远不会发大财，"到时候，你只要不高兴就可以开这种玩笑。"但有钱了，他们先得搬家。在他想象中，未来的邻居与自家的距离至少要三英里。

"我觉得你表现得不错。"她边说边戴上手套。"你毕业才一年。罗马不是一天建成的。"

Y大楼的减重班里,戴帽子和手套去上课,儿子上过大学的女人寥寥无几,她就是其中之一。"要花时间的,"她说,"世道又这么乱。我戴这顶帽子比别人好看,虽然她拿出来的时候,连我都说:'快放回去吧。我才不会把它戴在头上呢。'可她说:'戴戴看再说嘛。'等她给我戴好了,我就说:'唔——哼。'她就说:'要我说,您和这帽子相得益彰,而且,戴上它,你绝对不会和路人撞衫的。'"

朱利安心想,要是她一直自私自利,要是她是个喝醉酒就冲他大喊大叫的老巫婆,他大概更能自立。他往前走,沉浸在沮丧的情绪中,好像在殉道的半途突然失去了信念。看到他拉长了脸,一副绝望又恼怒的表情,她冷不丁停下脚步,带着痛心疾首的神态拽住他的胳膊。"等我一下,"她说,"我回去把这玩意儿摘掉,明天我就拿去退。我真糊涂。用那七块半都能付煤气费了。"

他反而狠狠抓住她的胳膊,说道:"你不要拿去退。我喜欢。"

"哦,"她答,"我觉得我不应该……"

"别说了,好好享受吧。"他嘟囔着,比先前更忧郁了。

"在这种乱糟糟的世道里，"她说，"我们还能有点享受，这简直就像奇迹。我跟你说啊，黑人翻身做主人了。"

朱利安叹了口气。

"当然，"她又说，"如果你有自知之明，去任何地方都没问题。"每次他送她去减重班，她都要把这话讲一遍。"班上那些人，大部分都和我们不同类，但我可以对每一个人都彬彬有礼。我知道自己是谁。"

"她们才不在乎你是不是彬彬有礼。"朱利安粗暴地回答，"知道自己是谁，只对一代人有好处。你根本搞不清楚你现在属于哪个地位、哪种身份。"

她停下脚步，忍不住瞥了他一眼。"我非常确定自己是谁。"她说，"要是你不知道，我为你感到羞愧。"

"见鬼。"朱利安说。

"你的曾外祖父曾任本州州长。"她说，"你的外祖父是富甲一方的大地主。你外祖母是葛德海家族的人。"

"你能不能朝四周看看？"他焦躁地说道，"看看你身在何处？"他朝这个街区挥了挥手臂，这会儿天暗下来了，社区看起来反倒不太脏乱了。

"你是谁，就是谁。"她答，"你的曾外祖父有一座种植园，两百个黑奴。"

"已经没有奴隶了。"他愤懑地说。

"他们当奴隶那会儿反倒好些。"她说。他知道她要老调重弹，只能暗自叫苦。每隔几天，她就要把这套车轱辘话念一遍，俨如在直通线上往返的列车，而每一个站点，每一个交叉路口，每一个泥沼他都了如指掌，也最清楚她会在哪个节点上得出结论，俨如列车庄严地驶入终点站："太荒唐了。完全不切实际。他们的地位是该有所提升，没错，但也理应留在他们那一边。"

"别说这个了。"朱利安说。

"那些半白血统的，"她接着说，"我真为那些人感到难过。悲剧啊。"

"你就不能说点别的吗？"

"假如我们也是半白血统，心里肯定五味杂陈啊。"

"我现在就是五味杂陈。"他苦不堪言地哀叫。

"好吧，我们聊点开心的事吧。"她说，"我记得，很小的时候去过我外公家。那时候的大宅里有对称的双楼梯通向名副其实的二楼,厨房都在底楼。我以前老爱待在厨房里,因为那儿的墙壁很好闻。我会坐在那儿,鼻子凑到灰泥墙上,深呼吸。那宅子本来属于葛德海家族,但你外公切斯特尼付清了抵押贷款,帮你外婆家守住了地产。当时,他们已经家道中落了。"她说,"但不管中不中落,他们从没忘记自己是谁。"

"破败的大宅子肯定会提醒他们去记住的。"朱利安嘟囔了一句。他总是语带轻蔑地提及那宅子,想起那宅子时却总是心怀向往。在宅子卖出去之前,他很小的时候去过一次。对称的双楼梯早已腐朽,被拆除了。当时住在宅子里的是黑鬼。但在他的脑海中屹立不朽的是他母亲记忆中的宅子,时常出现在他梦里。他会站在宽阔的门廊上,聆听橡树叶飒飒作响,然后走进客厅,在高高的天花板下徜徉,凝视磨光的地毯,褪色的布幔。他突然意识到,能够欣赏这宅邸的人该是他,而不是她。与他所知的一切相比,他更喜爱它破败的优雅,正因为如此,他们住过的每个街区都成为折磨他的原因,而她几乎感觉不到差异。她把自己的这种钝感称作"随遇而安"。

"我还记得那个老黑人叫卡洛琳,她是我的保姆。世上再也没有比她更好的人了。我一直很尊重那些有色老友们。"她说,"我愿意为他们做任何事,可他们……"

"看在上帝的分上,你能不能别再谈这个话题了?"朱利安说。他独自坐巴士的时候,会专挑黑人边上的位置坐,好像在表明立场,为他母亲赎罪。

"你今晚怎么动不动就发火,"她问,"你还好吗?"

"好,我觉得挺好,"他答,"就此打住吧。"

她噘起嘴唇。"哎呀,你的心情显然很糟,"她留意着他,"那我就不和你讲话了。"

他们走到了巴士站。车还没来,朱利安的双手仍然插在口袋里,脑袋仍然往前伸着,脸色阴沉地望着空荡荡的街道。等巴士,还要坐上巴士,想来就很挫败,这感觉像只滚烫的手攫住了他的后脖颈。他母亲痛苦地叹了一声,令他一下子又意识到她的存在。他用凄惨的目光打量她。她的背脊挺得笔直,戴着那顶荒谬绝伦的帽子,好像扬起了她臆想出来、彰显尊严的旗帜。他的心里冒出一股邪气的冲动,想要挫挫她的锐气。他突然解开领带,从衣领上扯下来,塞进口袋里。

她僵住了。"你送我进城,为什么非要摆出**这副模样**?"她说,"为什么你存心要令我难堪?"

"要是你永远搞不清自己的地位,"他说,"至少可以知道我在什么地位。"

"你看起来就像——混混。"她说。

"那我一定就是个混混。"他嘟囔着附和。

"我还是回家吧。"她说,"我不来烦你。要是你连这种小事都不肯帮我做……"

他翻翻白眼,又把领带系好。"回归我的阶层。"他嘀嘀咕咕,又转脸冲她愤然说道,"真正的文化在于**有头脑,头脑**。"说着,他拍了拍自己的脑袋。"头脑。"

"是在心里,"她说,"在你的行为举止里,你做事的方式取决于你是谁。"

"在该死的巴士上,根本没人在乎你是谁。"

"我在乎我是谁。"她冷冷地回答。

亮着灯的巴士出现在前方的坡顶,越来越近,他们走到街边去迎候。他把手托在她的胳膊肘下,把她扶上吱嘎作响的台阶。她走进车厢时面带微笑,好像那是一个会客厅,人们都在恭迎她的到来。他投代币的时候,她在宽敞的前排三人座坐下来,面对走道。

坐在这个座位另一端的是个龅牙的瘦女人，披着长长的黄头发。他母亲移到她身边，把身旁的位置留给朱利安。他坐下来，盯着走道那边的地板，那儿有一双瘦巴巴的脚，穿着红白两色的帆布凉鞋。

他母亲立刻开始寒暄，想要引来任何想聊天的对象。"这天还会再热一点不？"她说着，从手袋里拿出绘有日本风光的黑色折扇，在身前扇起来。

"说不定会哦。"龅牙的女人说，"但我可以肯定，我的公寓已经热到不能再热了。"

"肯定是因为西晒。"他母亲说着，往前坐坐，把车厢前前后后扫视一遍。座位半满，都是白人。"看来这辆巴士上都是我们自己人。"她说。朱利安往后缩了一下。

"时好时坏的。"走道对面的女人应声说道，她就是穿着红白帆布凉鞋的那位。"有一天我上了辆车，他们密密麻麻跟跳蚤似的——从前到后都挤满了。"

"这世道，到处都是一团糟。"他母亲说，"我真不明白，我们怎么会眼看着事情糟到这个地步。"

"最让我恼火的是，那些好人家出来的小伙子都去偷汽车轮胎了。"龅牙的女人说，"我对我儿子说，你也许不富有,但你有教养,要是我发现你卷进那种乱七八糟的事儿,那就让他们把你送进感化院吧。别不安分,老老实实待在属于你的世界里。"

"有人教养,才有出息。"他母亲说,"你儿子读高中了吗?"

"九年级。"那女人回答。

"我儿子去年刚从大学毕业。他想当个作家,但当成之前他会一直卖打字机。"他母亲说。

那女人探身向前,瞅了瞅朱利安。他恶狠狠地瞪了她一眼,她就缩回了原位。走道对面的地板上有一张被扔掉的报纸。他起身捡起来,把报纸摊在身前。他母亲识相地压低声音,继续聊天,但走道对面的女人大声说道:"那也挺好呀。卖打字机和当作家也差不多嘛。他可以从这行直接跳到那行。"

"我跟他说过,"他母亲说,"罗马不是一天建成的。"

掩在报纸后的朱利安退缩到内心的小密室了,其实他的大部分时间都是在那里度过的。那是他自己创建的精神气泡,每当他无法容忍自己置身于周遭环境时,他就躲进去,从里往外看,也可以随心所欲地评判,却能免受从外往内的侵扰,很安全。只有在这里,他才能摆脱同胞们普遍的愚昧。他母亲进不来,他却能从里到外把她看个透。

这位老夫人是够聪明的,但他认为,如果她能从正确的初衷起步,或许还能让他对她产生更高的期许。她依据自己幻想中的世界的法则生活,他从未见过她踏出过那个世界,哪怕一步。那个世界的法则是:为了他,牺牲她;事实上,在她把一切搞得一团糟之后,这样做才显得势在必行。若说他允许她做出牺牲,那也仅仅因为她缺乏远见,搞得她不得不做出牺牲。她这一辈子尽是在勉力逞强,没有切斯特尼家的家底,却想有切斯特尼家的派头,只要是切斯特尼家的人理应拥有的,她都想给他;然而,既然她说奋斗挺有趣,那还抱怨什么?你若是赢家,像她那样的赢家,回首艰苦岁月岂不是很有乐趣?他不能原谅的是:她享受吃苦耐劳,还自以为**她**是赢家。

她说她赢了,指的无非就是她成功地把他拉扯大了,送他去读大学,他也如她所愿——英俊(她不补她的蛀牙,他才能去矫正牙齿),聪明(他意识到自己太聪明了,所以不会成功),前途无量(显然并无前途可言）。她为他的郁郁寡欢找到理由，说他还在成长，还说他的思想激进是因为缺乏实务经验。她说他对"生活"尚无概念，甚至还没有踏入真实的世界；可他已然如同半百老人，只觉人生幻灭。

更讽刺的是，尽管她是这样的母亲，他却真是一表人才。哪怕他念的只是三流大学，但出于他的主动，得到的却是一流的教育；尽管掌控他成长的是一颗狭隘的心，他却成了心胸宽广的人；尽管她抱持那些愚昧的观点，他却能摒除偏见，勇于面对现实。最神奇的莫过于，她爱他爱到盲目，他却没有因为爱她而盲目，他从情感上摆脱了她，因而得以纯粹客观地看待她。他不受母亲的主宰。

巴士一个急刹，把他从自己的沉思中震醒。一个女人踩着碎步，从后座跟跄着往前冲，稳住脚步的时候差点儿撞上他的报纸。她下车后，一个大块头黑人上来了。朱利安放低报纸，以便观望。看到日常生活里出现不公正的现象，总能让他感到些许满足。这能应验他的观点：方圆三百英里内，除了极少数的特例之外，没人值得他去结交。这个黑人衣着体面，手提公文包。他环视一圈，然后坐在穿红白帆布凉鞋的女人的那张三人座的另一端。刚一落座，他就摊开报纸，把自己遮了起来。朱利安的母亲急不可耐地用胳膊肘捅了捅他的肋骨，小声地说道："现在你明白了吧，为什么我不肯独自搭巴士。"

就在黑人落座的瞬间，穿红白帆布凉鞋的女人站了起来，径直走向车厢的后半部，坐到刚刚下车的女人的位子上。他母亲倾身探出头，投去赞许的目光。

朱利安也站起来，跨到走道那一边，在穿凉鞋的女人刚刚离开的位子上坐下了。他从这个位置安详地与母亲对视。她的脸都气红了。他目不斜视地瞪着她，用陌生人才有的眼神。他感到一种剑拔弩张的气氛，好像他已公开对她宣战。

他挺想和黑人聊聊，谈谈艺术或政治，或任何周围那些人无法理解的话题，但黑人始终保持躲在报纸后面的姿态。他要么是故意不理会他们换座位的事，要么就是压根儿没注意到。朱利安无法张扬自己对他的同情。

他母亲用责备的眼神紧紧盯住他。那个龅牙的女人也热切地看着他，好像他是她从未见识过的新型怪物。

"有火吗？"他问黑人。

黑人从口袋里掏出一盒火柴，递给他，视线仍不离报纸。

"谢谢。"朱利安说。他傻乎乎地拿着火柴，一时间不知所措。车门上方贴着"禁止吸烟"的指示牌。光是一个标牌，倒也不能阻止他；重点是他没有烟。几个月前他就戒了，因为买不起了。"抱歉。"他嗫嚅不清，把火柴递回去。黑人放低报纸，略有厌恶地瞥了他一眼，收下火柴盒，又举起了报纸。

他母亲依然盯着他看，但没有因他尴尬而取笑的意思。她的眼神里仍然透着备受打击的伤情。她的脸涨红了，但红得很不自然，好像血压在升高。朱利安克制自己，不让自己的神态泄露丝毫怜悯。他想索性孤注一掷，既然占了上风，不如顽固到底。他很想给她一个教训，足以让她牢记一阵子，但眼下似乎没招儿了，那个黑人怎么都不肯从报纸后现身。

朱利安抱起双臂，木然地直视前方，好像根本没看到正对面的她，好像他不再认可她的存在。他开始假想，巴士到站后，他要继续坐在车上，她会反问"你不下车吗？"，他就要对她摆出被陌生人搭讪的表情。

他们要下车的那个街角通常都很冷清，但灯光很亮，让她自己走过四个街区到Y大楼上课也无妨。他决定等一等，等到下车的时候再决定要不要让她一个人下车。反正到了十点，他总要到Y大楼去接她的，但他也可以让她忐忑，吃不准他会不会出现。她不该有理由认定自己可以永远依赖他。

他再次遁入密室里的大宅，那间天花板高挑的屋子里零星摆放了几件古董大家具。他的心灵舒畅了片刻，但又意识到母亲就坐在他对面，幻景就顿时凋零了。他面无表情地审视她。她的脚上穿着小尺码浅口鞋，像孩子的脚一样悬在半空，不能完全够到地板。她用夸张的神情谴责他。他觉得已彻底与她疏离。此时此刻，他可以带着快意给她一巴掌，就像掌掴某个由他照管的、特别讨人厌的小孩。

他开始想象各种各样教训她的方法，哪怕都不太可能实现。他可以结交知名的黑人教授或律师，邀请他们到家里做客，共享晚宴。他那样做完全合情合理，但她的血压会飙升到三百。他可不能把她逼成中风，更何况，他从未交到黑人朋友。他试过，在巴士上和一些看起来档次较高，貌似教授、牧师或律师的黑人攀谈。有天早上,他坐在一个深褐肤色、气宇非凡的黑人旁边,不管他问什么,黑人都庄严、洪亮地回答,结果发现他是位殡葬人。还有一天,他坐在一位抽雪茄、戴钻石戒指的黑人旁边,刚说了几句生硬的客套话,黑人就按了下车铃站了起来。他从朱利安身边挤过去要下车时,往朱利安手里塞了两张彩票。

他想象母亲重病,他只能给她找到一位黑人医生。这个念头让他玩味了好几分钟,然后又抛开,去想象自己以弱势群体支持者的身份参加静坐示威。这是有可能的,但他也没多流连在这样的想象里。他反而迫使自己去想恐怖至极的场面。他可以带个疑似黑人的漂亮女人回家。你要有准备,他会说,对于这件事,你无计可施。我就是选定了这个女人。她聪慧、尊贵,甚至还很善良,她吃过苦,而且她不觉得吃苦有什么**乐趣**。好了,来吧,尽管来迫害我们吧。把她赶出去,但你要记住,那也等于赶我走。他眯起双眼,透过自己酝酿出的这种愤慨,盯着走道对面的母亲,她脸色发紫,身形缩成了和她道德品格相称的侏儒模样,坐在那顶可笑透顶、旗帜般的帽子下面,俨如木乃伊。

巴士停靠站台时,他又从幻想中跌出来了。车门嘶的一声打开，从黑暗中走上来一位魁伟高大、衣着华丽的有色女人，她脸色愠怒，牵着一个小男孩。那孩子四岁左右，穿着格子呢短外套，戴着插有蓝羽毛的软毡帽。朱利安希望男孩能坐在他身边，男孩的母亲最好坐在他母亲身边。他觉得这种组合再好不过了。

女人等候代币的时候，环顾车厢，看有哪些座位能坐——他期盼她坐在大家最不希望她落座的位子上。她有点眼熟，但朱利安说不上来到底是为什么。就女性而言，她简直堪称巨人。她的脸上有一种特别的表情：不仅仅要正面迎接对抗，还要主动寻找对手。丰厚的下唇耷拉着，俨如写明"少来惹我"的警示牌。臃肿的身躯裹在绿色绉纱连衣裙里，肥硕的双脚从红鞋子里溢出来。她戴了一顶奇丑无比的帽子：这边的紫色天鹅绒帽檐垂下来，那边的又竖上去；除了帽檐，通体绿色，活像棉芯外露的靠枕。她拿着一只硕大的红色手袋，鼓鼓囊囊的，好像里面塞满了石头。

让朱利安失望的是，小男孩爬上了他母亲身边的空位。他母亲对所有小孩一视同仁，不管黑的白的，她都称之为"小可爱"，而且她认为黑小孩通常都比白小孩更可爱。小男孩爬上座椅时，她就对他微笑。

这时候，黑女人一个箭步冲向朱利安身边的座位。让他恼怒的是，她竟然挤进了座位。他发现，这女人在他身边坐定后，母亲的神色有了变化，他满意地领悟到，母亲对此更反感，比他自己还要生气。她的脸色都快成灰色了，眼里透露出某种迟钝的知觉，好像某种可怕的对峙突然让她心生憎恶。朱利安明白，从某种程度上说，她和黑女人对换了儿子。虽然他母亲无法领悟到这种状况的象征性意义，但她感觉到了。自得其乐的表情在他脸上一览无遗。

他身边的黑女人在自言自语，叽里咕噜的让人听不明白。他感觉到身边有股怒气，好像有只愤怒的猫在低吼。他什么也看不到，只见那只硕大的红色手袋立在鼓胀外凸的绿色大腿上。他想起这女人站在车头等待代币的模样——笨重的身形，从红鞋里鼓上去，到结实的臀部，再到庞然的胸脯，再到傲慢的脸孔，再到紫色的帽子。

他的眼睛瞪大了。

两顶帽子，一模一样，仿佛朝霞升起的万丈光芒突然倾泻在他眼前。他喜不自胜，脸色都亮堂起来。他简直不敢相信，命运给了他母亲这番教训。他笑出声来，好让她看到他，并看到他看到的情景。她缓缓地把目光转回到他身上。蓝色的眼眸似乎变成了瘀青般的紫色。一时间，他略有不安地意识到她是无辜的，但也就是那么一眨眼的工夫，坚持原则的意念就把他拯救出来了。道义赋予他发笑的权利。他的笑越来越强硬，直到她领会他的意思，仿佛听到他大声说出口：你所受的惩罚恰好匹配你的卑劣。这会给你一个永远忘不掉的教训。

她的目光转向那个女人。她好像再也无法忍耐盯着他的感觉，看着那女人反倒还好受些。他再次意识到身边那个怒气冲天的存在。那女人躁动不安，活像即将爆发的火山。他母亲的一侧嘴角开始轻轻抽动。他的心一沉，看出她将逐渐平复的迹象，意识到这突如其来的打击只会让她觉得有趣，完全不会成为教训了。她盯着那女人看，脸上泛起一丝被逗乐般的微笑，好像那女人不过是偷了她帽子的猴子。黑小孩抬起头，用一双大眼睛出神地看着她。他一直想吸引她的注意力。

"卡佛！"那女人突然说道，"过来！"

卡佛发现自己终于得到了众人的瞩目，这才脚踩地板,转身朝向朱利安的母亲,咯咯笑起来。

"卡佛!"那女人又喊道,"你没听到吗?快给我过来!"

卡佛从座椅上滑下去,后背靠在椅腿上,俏皮地仰起头,看着正朝他微笑的朱利安的母亲。那女人伸出手,从走道那边把他拽到自己怀里。他摆正身子,背对他妈妈,坐上了她的膝头,再冲朱利安的母亲咧开嘴欢笑。"他多可爱呀!"朱利安的母亲对龅牙的女人说。

"算是吧。"龅牙的女人回答得毫无底气。

黑女人想把孩子拽住,但他哧溜一下滑脱出去,冲向走道另一边,哧哧地笑着,连抓带爬地回到他心上人的身边。

"我觉得他很喜欢我。"朱利安的妈妈说着,朝那女人笑笑。她对地位低下的人特别亲切时才会那样笑。朱利安心知,一切都白费了。这番教训就像雨水滴落屋檐,化为乌有。

黑女人站起来,扯着黑小孩离开那位子,好像要带他逃脱传染病的侵染。朱利安感觉得到她的怒意,因为她没有自己母亲糖衣炮弹般的那种笑容。她在黑小孩的腿上利索地拍了一巴掌。他立刻扯开嗓子哭号，用小脑袋撞她的肚子，双脚使劲地踢她的小腿。"你给我守点规矩。"她厉声怒斥道。

巴士停靠站台，一直蒙头看报的黑人下车了。黑女人挪过去，把小男孩重重地放在她和朱利安之间，还紧紧摁着他的膝盖。没过多久，小男孩双手遮脸，从指缝间去瞄朱利安的母亲。

"我看到——你啦！"她也把手挡在面前，假装偷瞄他。

那女人把儿子的手打下去。"别闹了。"她说，"小心我揍你一顿！"

他们要在下一站下车，朱利安不禁谢天谢地。他探身去扯下车铃，谁料那女人也同时探身去扯铃。他心想，噢，我的上帝啊。他有了一种可怕的直觉，两对母子一起下车时，他母亲肯定会打开钱包，给黑小孩一枚五分镍币。这个举动自然而然，对她来说好比呼吸。巴士停下了，那女人起身，三步并作两步冲到前门口，死拽着黑小孩，因为他还想坐下去，不肯走。朱利安和他母亲站起身，跟在他们身后。靠近车门时，朱利安想帮她提手袋。

"不用。"她轻声说,"我想给那孩子五分钱。"

"不行!"朱利安压低了愤怒的声音,"不要给!"

她含笑低头看着那孩子,打开了手袋。车门开了,那黑女人拦腰抱上孩子,任他挂在自己的臀腿边,下了车。一到街面,她就把他放下地,还摇了摇他。

朱利安的母亲迈下台阶时不得不把手袋先合上,但刚一踏到地面,她又打开手袋摸索起来。"怎么没有五分呀,但有一分钱,"她喃喃自语,"看上去倒是很新的。"

"你别这样!"朱利安咬牙切齿,激动地说道。街角有路灯,她快步走到灯光下,想把包里的内容看清楚。那女人步调很快地沿着街道而去,孩子还是背朝着她,挂在她身后。

"嘿,小家伙!"朱利安的母亲喊了一声,紧走几步,在灯柱后追上了他们。"给你一枚亮闪闪、簇簇新的一分钱。"她递出那枚硬币,在昏暗的街灯下,硬币朦朦胧胧闪着铜光。

壮硕的黑女人转过身,一时间只是耸起肩膀,脸上冻结着懊丧的怒气,干瞪着朱利安的母亲。接着,她就像一台巨大的机器再也承受不了哪怕一盎司的压力而爆发了。朱利安眼看着一只黑色的拳头抡起红色的手袋。他闭起眼睛,缩头缩脑,只听到那女人吼道:"他不要无名小卒给的一分钱!"睁开眼睛时,那女人抱着依然瞪大双眼、趴在她肩头的孩子,已沿街走远,都快消失了。朱利安的母亲坐在人行道上。

"我都说了,别那样做,"朱利安气呼呼地说,"就叫你别那样了!"

他在她身边站了足有一分钟,咬牙切齿。她的双腿伸在身前,帽子搁在膝头。他蹲下来,端详她的脸。完全面无表情。"你真是活该,"他说,"快起来。"

他捡起她的手袋,把散落的东西归拢进去,再把帽子从她腿上拾起来。落在人行道上的那枚一分硬币攫住了他的眼光,他把它捡起来,当着她的面,扔回了手袋。然后,他站起来,弯下腰,伸出手要拉她起来。她还是一动不动。他叹了口气。他们两边都是黑漆漆的高层公寓楼,零零星星有些不规则的矩形光斑映射出来。有个男人从街区那头的一扇门里走出来,和他们背道而驰。"好了,"他说,"万一有人路过,想知道你为什么坐在路边,怎么办?"

她接过他的手,喘着粗气用力一拉,起身后站了片刻，微微摇晃，好像黑暗中有无数光斑在她周围旋转。她的眼神暗淡无光，困惑又茫然，最终落定在他脸上。他没有试图掩饰自己的愤懑。"但愿这事能给你个教训。"他说。她略略倾身，凑近了去看他的脸，似乎在辨认他是谁。看过之后，她好像没发现任何熟悉的迹象，转身就朝错误的方向走去。

"你不是要去 Y 楼吗？"他问。

"回家。"她嘟囔了一声。

"难道，你要走回去？"

她继续朝前走，好像在回答他。朱利安跟上去，双手背在身后。他觉得不能让她白白受一次教训却不明白个中深意。他应该做一番解释，让她理解刚刚发生的事。"不要以为那只是个目中无人的黑女人，"他说，"她代表了所有有色人种，他们将不再接受你居高临下施舍的一分钱。她就是你的翻版，黑色的翻版。她可以和你一样，戴一样的帽子，而且可以确定的是，"他画蛇添足地加了一句（只因他觉得挺好玩），"她戴比你戴好看。一切都在说明：旧世界已不复存在。旧世界的礼仪也已被废弃，你的彬彬有礼分文不值。"他怨怼地想起那栋老宅，本该属于他的也不复存在了。"你不是你自以为是的那个人。"

她一步接一步地往前走,毫不理会他。她有半边的头发松散下来。手袋掉了,她也没注意到。他停下来,捡起来,递给她,但她不接。

"你不必表现得好像到了世界末日。"他说,"因为本来就不是。从今往后,你要活在新世界里,现实些,接受改变,打起精神来吧。几件新事物又不会要了你的命。"

她的呼吸变得急促。

"我们还是等巴士吧。"他说。

"回家。"她口齿含糊地说。

"我真不喜欢看到你这样子。"他说,"简直像个孩子。我本来对你还有所期待的。"他决定不再走,这样才能让她停下,一起等公车。所以他停下来说:"我不走了。我们坐巴士回去。"

她好像根本没听到他的话,继续往前走。他紧走几步,抓着胳膊把她拦下来。他审视她的脸,屏住了呼吸。他好像看到了一张从未见过的脸孔。"叫外公来接我。"她说。

他惊呆了,瞪着她。

"叫卡洛琳来接我。"她说。

惊愕之中,他没有拉住她,她又跌跌冲冲地往前走,走起来好像一条腿长、一条腿短。黑色的浪潮似乎正把她从他身边卷走。"妈妈!"他喊起来,"亲爱的!甜心,等等我!"她身子一软,跌倒在人行道上。他冲过去,俯在她的身边,哭喊不停:"妈妈,妈妈!"他把她的身子翻过来。她的脸剧烈扭曲。一只眼瞪得大大的,略微移向左边,好像起锚的船悄然荡开。另一只眼定定地看着他,再一次在他脸上搜寻,依然一无所获,就闭上了。

"在这儿等着!就在这儿等!"他边叫边跳起来,奔向远处星星点点的灯火去求救。"救命!救命啊!"他大喊着,但他的声音那么单薄,简直细若游丝。他跑得越快,灯火就好像离得越远。他的脚麻木了,好像并不打算送他去什么地方。黑暗的浪潮似乎在把他推回她身边,一刻不停地拖延,迟迟不让他迈入负疚而悲伤的世界。

本篇荣获1963年欧·亨利短篇小说奖一等奖

帕克的背

帕克的妻子坐在前廊地板上剥豆荚。帕克坐在台阶上,隔着一段距离,闷闷不乐地瞅着她。她相貌平凡,太平凡了。脸上薄薄的皮肤像洋葱皮那样紧绷,灰眼眸像两根冰锥的尖头那样锐利。帕克明白自己怎么会娶了她——没别的办法把她搞到手——但他想不通自己为什么现在还和她在一起。她怀孕了,孕妇可不是他喜欢的类型。然而,他好像被她施了魔咒,依然留在这里。他困惑不解,并以此为耻。

他们的租屋孤零零地坐落在俯瞰公路的路堤高处,只有一棵高大的山核桃树相依傍。汽车呼啸而过的声音时不时从下方传来,他妻子的眼神就会随之狐疑地游移,再回到摊放在她膝头、盛放豆子的报纸上。汽车是她无法认同的东西之一。别的恶劣品性不说,她总在搜寻他人的罪孽。她不抽烟，不嚼烟草，不喝威士忌，不讲脏话，也不涂脂抹粉。天晓得，稍微化点妆能让她漂亮不少，帕克暗想。她这样反对色彩，竟然还会嫁给他，这就更出奇了。有时候他猜想，她嫁给自己是因为她很想拯救他。有时候他怀疑，她口口声声说自己不喜欢的东西，其实她都喜欢。他可以替她找出这样那样的理由，他不理解的其实是他自己。

她扭头对他说："你凭什么不能给男人干活？不用非给女老板干活。"

"哎呀，你就闭上嘴吧，要么换点别的说。"帕克嘟囔了一句。

要是能确定她嫉妒他的女老板，他反倒开心呢，但她更可能是在担心——假如他和那女人互生情愫的话，会滋生出怎样的罪孽。他对她说过，那是个金发碧眼、身材健美的女人；事实上，她都快七十岁了，干瘪到对任何事都提不起兴趣，只想让他尽可能多干活。倒也不是说老女人对年轻男子就没兴趣，尤其是对帕克这样自我感觉很迷人的男人。但这个老女人看他的样子活像在看她那台老掉牙的拖拉机——因为她只有这样东西，不得不忍耐。拖拉机在帕克开着它干活的第二天就出了故障,她一秒没耽搁,让他去砍灌木,还撇着嘴对黑鬼嘀咕:"他碰什么,什么就坏。"虽然天气并不太闷热,帕克还是脱下了衬衫,她却叫他干活时都要穿上,他只好不情不愿地重新穿好。

嫁给帕克的这个丑女人是他的第一任妻子。他以前有些女人,但从没打算被法律束缚。第一次见到她的那个清晨,他的卡车在公路上抛锚了。他想办法把它挪出主路,停到一个拾掇得很整洁的院子里,紧挨着一栋漆皮斑驳的两居室小屋。他下了车,掀开引擎盖,开始检查发动机。第六感让帕克知道,附近有个女人在盯着他看。他俯身在发动机上查了几分钟,脖子就有了刺痛感。他把目光投向空无一人的院落、小屋的门廊。有个他看不到的女人在看他,她要么在附近一丛忍冬花丛后头,要么就隔着窗在屋里。

帕克突然开始蹦上跳下,甩着手,好像他的手刚被机器压伤了。他弯下腰,把手捂在胸前。"该死!"他大喊大叫,"耶稣基督下地狱!该死的耶稣万能的上帝!下地狱去吧!"他没完没了念叨这些话,能有多大声就用多大声,一遍又一遍地咒骂。

没有任何预兆的,一只恐怖的巴掌突然掴上他的脸,他往后一退,靠在引擎盖上。"不许在这里骂脏话!"尖厉的声音离他很近。

帕克的眼都花了,一时间还以为被从天而降的生物突袭了,可能是大鹰眼天使在挥舞古老的神器。等到视野恢复清晰了,他才看清面前有个皮包骨头的高挑女孩,拿着扫帚。

"我伤到手了,"他说,"我的手受伤了!"他气到不行,压根儿忘了自己的手没受伤。"我的手可能断了。"尽管嗓音仍不稳定,他还是要吼。

"让我看看。"姑娘提出要求。

帕克伸出手,她凑近了去看,手掌里没有伤口,她抓住那只手翻过来看手背。她的手干燥、温热又粗糙,被她这样触碰,帕克觉得自己好像惊醒过来了。他凑过去,更仔细地端详她。我可不想和这一位有任何瓜葛,他心想道。

姑娘目光凌厉地看着自己握住的手背,粗硬、发红,有红蓝两色的刺青:一只蹲踞在加农炮上的老鹰。帕克的袖子卷到了胳膊肘。老鹰的上面还有一条绕着盾牌的毒蛇。老鹰和毒蛇中间有一颗颗心,有些心被箭刺穿。毒蛇上面还有一手摊开的纸牌。从手腕到手肘，帕克前臂的每一寸皮肤都被招摇的刺青覆盖了。姑娘看着这些图案，露出毋宁说是惊呆的微笑，好像她无意中抓住了一条毒蛇。她松开了那只手。

"我还有别的刺青，大部分都是在外国文的。"帕克说道，"这儿的这些，大部分都是在美国文的。我十五岁就有第一个刺青了。"

"不用跟我说。"姑娘说道，"我不喜欢。跟我说也是白说。"

"你该看看你现在看不到的那些。"帕克说着，挤挤眼睛。

姑娘的脸颊浮起两团苹果般的红晕，样貌就变温柔了。帕克有兴趣了。他丝毫没想到她会不喜欢刺青。他从没遇到过不被刺青吸引的女人。

十四岁时，帕克在市集上看到一个男人，除了用豹皮裹住的腰部，从头到脚都文遍了，当时他站在帐篷最靠外的长条凳上，隔着一点距离看过去，只见那男人的皮肤布满了色彩艳丽、花式繁复的图案。那男人又矮又壮，在台上走来走去，鼓动肌肉，皮肤上由男人、野兽和花朵组成的复杂图景好像各有各的微妙动作。帕克激动不已，俨如有些人会在旗帜经过时感到意气奋发。他是个习惯性张着嘴的男孩，结实、热忱，像面包一样平凡无奇。表演结束了，他还站在凳子上，直到帐篷里的人都快走光了，他还盯着刺青男人站过的舞台。

在那之前，帕克从没体验过内心的悸动。在看到市集上的那个男人之前，他从没想过自身的存在有何非同寻常之处。甚至当时都没想到，只感到一种奇特的不安感落定在他心中。那就好比有人轻轻调转了盲童面朝的方向，但盲童毫不知晓自己的目的地已被更改。

过了一阵子，他就去找当地的刺青师，文了第一个刺青：栖息在加农炮上的老鹰。几乎不疼，仅仅疼到让帕克确定这件事值得做的程度。说来也怪，他以前只觉得不痛不痒的事才值得做。第二年他就退学了，因为年满十六就可以退学；去技校读了一阵子，又退学了；之后在修车厂里干了半年。他打工的唯一动力就是赚钱去刺青。他母亲在洗衣店工作，可以养活他，但她不肯给他钱去刺青，除非把她的名字文在一颗心上。他虽然满腹牢骚，但还是去文了。反正，她的名字是贝蒂珍，谁也不会知道那是他妈。他发现刺青很能吸引那些从没喜欢过他，但他很喜欢的那类女孩。他开始喝啤酒，打架。见他变成这样，他母亲直抹眼泪。有天晚上，她拖着他去参加信仰复兴布道会，但没告诉他去哪儿。等他看到灯火通明的大教堂时，断然甩开她的手，拔腿就跑。第二天他就谎报年龄，进了海军。

紧身的水兵裤对帕克来说太小了，但那种傻里傻气的白帽子压低在前额，反倒让他那张脸在强烈对比之下显得挺有想法，近乎严肃。在海军待了一两个月后，他的嘴不再总是半开着了。五官变得刚硬，有了男人的样子。他在海军服役五年，似乎与灰色机轮融为一体，唯独那双眼睛还是海水般的浅灰蓝色，映照出周遭无垠的空间，宛如神秘汪洋的缩影。靠港时，帕克四处游荡，把那些残破的地方和亚拉巴马州伯明翰市做一番比较。每到一处，他身上就会多一些刺青。

他不再文船锚、交叉步枪那种无生命的图案。他在双肩各文了一头老虎和一只黑豹，胸口文了一条缠绕火炬的眼镜蛇。大腿上是雄隼。胃和肝的位置上是伊丽莎白二世女王和菲利普亲王。只要色彩鲜艳就好，文的是什么他并不在意。下腹部文了几句下流话，仅仅因为那似乎适得其所。每次刺青后的一个月里，帕克都会很满足，但曾经吸引他的某个特点就会渐渐失去魅力。只要看到大小合适的镜子，他就会走到镜前，前后左右地端详自己的模样。整体效果并非一片色彩艳丽、花样繁复的图案，而是杂乱无章、东拼西凑的感觉。他感到一种巨大的失望感，于是就会去找另一个文身师，把另一个位置填满。帕克身体的正面几乎都文满了，但后背没有。他没兴趣在自己无法随时看到的地方文身。然而，可供刺青的正面皮肤越来越少，他的失望感也就越来越重，乃至成为常态。

一次休假后，他没有回部队，也没有海军的离队许可，就在一个陌生城市的出租公寓里喝得烂醉。日积月累的不满和失望突然变得很尖锐，在他内心疯狂肆虐。好像那些黑豹、雄狮、毒蛇和鹰隼穿透了肌肤，在他体内安营扎寨，狂暴交战。部队将他收押，在禁闭室里关了九个月，最后勒令他极不光彩地退伍了。

那之后，帕克认定只有乡间空气才适合呼吸，租下了路堤上的小棚屋，买了辆旧卡车，什么零工都干，想干多久就干多久。遇到日后的妻子那会儿，他以蒲式耳为单位买进苹果，再以同样价钱，但以磅为单位卖给偏僻路段的农户。

"那边那些,"姑娘说着,指了指他的胳膊,"比印第安蠢货干的事儿好不了多少。只是一堆虚空。"她似乎找到了最能表达她意思的词汇,又说道:"虚空的虚空[1]。"

见鬼去吧,我干吗在乎她怎么想?帕克自问,但又显然很难想通。"我觉得,总有一个是你相对来说比较喜欢的吧,"他在拖延时间,想要琢磨出一样能让她折服的东西。他把手臂再次伸到她眼皮底下。"你喜欢哪个?"

"哪个都不喜欢。"她回答,"但小鸡还好一点,没别些个那么糟糕。"

"哪来的鸡?"帕克几乎是在喊叫了。

她指了指那只老鹰。

"那是鹰,"帕克说,"哪个傻瓜会浪费时间在身上文只鸡?"

"又有哪个傻瓜会文这些玩意儿?"姑娘说完,转身就走。她慢慢地朝小屋走去,把他留在外面,随便

---

[1] 《旧约·传道书》1:2,传道者说:"虚空的虚空,虚空的虚空,凡事都是虚空。"

他是走是留。帕克又待了五分钟，目瞪口呆地盯着她走入的那扇阴暗的房门。

第二天他又去了，带了一蒲式耳的苹果。他可不是在这种长相的女人面前甘拜下风的男人。他喜欢身上有肉的女人，那样就感觉不到她们的肌肉，更不会被她们的老骨头硌到。他抵达时，她正坐在门前台阶的最高处，满院子都是孩子，都像她那么瘦巴巴、穷哈哈的。帕克记得那天是礼拜六。他很不喜欢在旁边有孩子的时候和女人套近乎，但幸运的是，他已经把苹果从卡车上搬下来了。孩子们凑过来看他带来了什么，他分给每个小孩一只，然后叫他们走远点，就这样把一群小屁孩儿都打发跑了。

姑娘对他的出现不置可否。好像他不过是一只不知谁家的猪或羊，信步走进这个院落，而她懒得抄起扫帚把它们赶跑。他把一蒲式耳的苹果放在她身边的台阶上，在她下面的一级台阶上坐下来。

"自己拿吧。"他说着，冲苹果篮点点头，后就陷入了沉默。

她毫不迟疑地拿起一只苹果，好像动作慢一点，那只篮子就会凭空消失。饥饿的人让帕克紧张。他自己一直有吃有喝的。他变得极其不安,默默自忖:既然没什么话好说,为什么要说话呢?他现在没法去想,自己干吗要来,为什么不快点走,以免又要在那群小孩身上浪费一蒲式耳苹果。他估摸着,那些都是她的弟弟妹妹。

她慢悠悠地咀嚼苹果,一副专心品尝的模样,身子微微前倾,但笔直地注视前方。从门廊往前看,只见一段长满紫苑草的斜坡,越过后面的公路,还能看见一座小山和纵深绵延的山丘。深远的景致总会让帕克情绪低落。你望进这样的风景深处,就会有一种被人追着不放的错觉,或是海军,或是政府,或是宗教。

"那些孩子是谁的,你的吗?"他终于开口问道。

"我还没结婚呢。"她说,"都是我妈生的。"她这么说,好像自己肯定会结婚,只是早晚而已。

看在上帝的分上,谁会娶她呀?帕克心想。

一个身材壮硕、光着脚的女人出现在门口,脸庞很宽,门齿缝也很宽。她显然已在帕克身后站了好几分钟了。

"晚上好。"帕克说。

那女人走过门廊,抱起剩下的苹果。"我们感谢你。"说完,她转身返回屋内。

"你老妈?"帕克低声问道。

姑娘点点头。帕克知道,自己可以甩出"我真同情你啊"之类的刻薄话,但他只是阴郁地沉默下去。他就坐在那儿看风景。他觉得自己肯定哪里出毛病了。

"如果我明天能搞到桃子,就给你带一点来。"他说。

"那就太感谢了。"姑娘说。

帕克根本不想带什么桃子再来这里,但第二天他发现自己竟然真的这么做了。他和这姑娘几乎无话可说。这次他只说了一句:"我的背上一个刺青都没有。"

"那你背上有什么呢?"姑娘问。

"衬衫,"帕克说,"呵呵。"

"呵呵,呵呵。"姑娘客客气气地附和。

帕克觉得自己就要失去理智了。他实在无法相信,自己被这样一个女人吸引。除了他带来的东西,她对任何事都没兴趣。直到他第三次带了两只哈密瓜来,她才问:"你叫什么?"

"O. E. 帕克。"他说。

"O. E. 代表什么?"

"你可以叫我 O.E.,"帕克说,"也可以叫我帕克。"

"到底是什么的缩写?"她追问。

"无所谓,"帕克说,"你叫什么?"

"你告诉我是什么的缩写,我就告诉你。"她的语气里有一丁点儿调情的味道,帕克立刻感应到了。他从没把自己的名字透露给任何女人或男人,只有海军军籍档案和民政档案里有所记录,那是他刚满月时登记在受洗名册上的名字,因为他母亲是卫理公会[1]的教徒。有人曾在军籍档案上看到他的名字,还讲了出去,他差点儿把那个人宰了。

"你会到处瞎说的。"他说。

"我发誓我绝不告诉别人,"她说,"我以神圣上帝之名发誓。"

帕克默默地坐了几分钟。然后伸手探向姑娘的脖子,让她的耳朵凑近他的嘴巴,悄悄地说出那个名字。

---

1 约翰·卫斯理创立的基督教新教教派,源自18世纪英国,强调因信称义、个人成圣和社会责任。

"俄巴底亚[1]。"她悄悄地重复一遍,脸孔慢慢亮堂起来,好像这个名字对她来说是一种征兆。"俄巴底亚。"

在帕克看来,这个名字至今都让他恶心。

"俄巴底亚·以利户[2]。"她用虔诚的语气念道。

"要是你敢用这名字叫我,我就敲破你的脑瓜。"帕克说,"你叫什么?"

"萨拉·露丝·凯茨。"她说。

"很高兴认识你,萨拉·露丝。"帕克说。

萨拉·露丝的父亲是正统福音教派的传教士,但他不在家,去佛罗里达传教去了。她的母亲好像不介意他在关注自己的女儿,只要他送来一篮又一篮东西就好。至于萨拉·露丝本人,帕克很明白,自己来了三次后,她就疯狂地爱上他了。她就是喜欢他,哪怕她坚持认为他皮肤上的图案都是虚空的虚空,哪怕听到他骂粗话,哪怕她问他是否得救,他回答说他不觉

---

[1] 希伯来文人名,出自《旧约·约伯记》,意为"上帝的仆从"。俄巴底亚是先知,宣告了对以东国的审判,亦即上帝之国的胜利。
[2] 希伯来文人名,出自《旧约·约伯记》。约伯家中遭难后,以利户是前来探望的三友之一。

得自己有什么特别之处需要被拯救。说到这儿,他灵机一动,又说道:"如果你吻我,我就算是被拯救啦。"

她沉下脸来。"那不能算拯救。"

之后没多久,她同意坐他的卡车去兜风。帕克把车停在一条荒僻的路上,提议他俩可以双双躺在卡车的后厢。

"我们结婚了才可以。"她说道——就这样直白。

"噢,没那个必要。"帕克说着就向她伸出手,她用力推开他,力道太大,连车门都被撞开了,他发现自己仰面倒在土路上。那时候他就下定决心,不要再和她纠缠下去了。

他们是在本地教区长办公室里成婚的,因为萨拉·露丝认为去教堂就等于崇拜偶像。帕克无所谓,在哪儿结婚对他都一样。教区长的办公室里堆放着一排又一排装档案的纸板箱和簿册,有些落满灰尘的黄色纸页都从簿册里松脱了。教区长是个红头发老太太,担任此职已有四十年,看起来和她掌管的档案簿册一样灰扑扑的。她在铁栏后的立桌后主持婚礼,礼成后,她做了个花哨的手势:"三点五美元,至死不渝!"说完,从机器里猛然抽出几张表格。

婚姻没有让萨拉·露丝有任何改变,但让帕克比先前更沉郁了。每天早上,他都觉得受够了,决定当晚不再回家;但每天晚上他都回来。每当帕克觉得忍无可忍了,就去文个新的刺青,可是,现在只剩下他的背部还能容纳新图案了。要想看到背后的刺青,他就要站在两面镜子之间,对好角度,在帕克看来,这简直是个当白痴的好办法。要是萨拉·露丝多少有点鉴赏力,就会喜欢他背上的刺青,可她连他别处的刺青都不肯看一眼。当他试图指出某些图案特殊的细节,她就会紧紧闭上眼睛,转过身去。她更希望帕克穿好衣服,袖子放下来,除非身在伸手不见五指的漆黑中。

"在上帝审判的神台前,耶稣会问你:'你这辈子除了在浑身上下文满图案之外,还有什么作为?'"她说。

"你别来唬我。"帕克说,"你只是担心那个壮实的女老板爱上我,她会说:'来呀,帕克先生,你跟我来……'"

"你这是在引诱犯罪。"她说,"在上帝的神台前,你也要面对这个问题。你就该回去卖大地出产的水果。"

帕克在家时不干别的,就是听这些:要是他不痛改前非,在上帝的审判前就会有怎样的下场。只要他能打岔,就讲起那位壮实的女老板。"'帕克先生,'"他说她会这样说,"'我雇你,是因为你有脑子。'"(其实她后面还有一句,"为什么你就不用用脑子呢?")

"你真该看看她第一次看到我没穿衬衫时的表情,"他说,"她说:'帕克先生,你是会行走的奇观啊!'"这确实是她的原话,但她撇着嘴说出来,根本就是在讽刺。

帕克内心的不满越积越深,除了刺青,没有别的方式可以忍受。只能在背上了。别无选择。有一个模模糊糊、未成形的念头在他脑海中渐渐滋生。他开始想象在背上文一幅让萨拉·露丝难以抗拒的图案——宗教主题的刺青。他想到,可以文一本摊开的《圣经》,下面标注"圣经"二字,书页上还要有一句货真价实的经文。有一阵子,他觉得这主意很不赖,但后来好像听到她说:"我不是已经有真正的《圣经》了吗?我从头到尾都读过了,你凭什么认为我还想把一句话翻来覆去地看?"所以,他需要比《圣经》更棒的主意!他绞尽脑汁地想,想得都睡不着觉了。他的体重早就开始掉了——萨拉·露丝只知道把食物扔进锅里煮熟。为什么要继续和这样一个又丑、又怀孕、又没有厨艺的女人过日子？他想不明白，但这让他日日夜夜都紧张、暴躁，半边脸颊都开始微微抽搐了。

有一两回，他发现自己突然转过身，好像有人尾随身后。他的爷爷辈有人在州立精神病院终老，尽管是活到了七十五岁，但他此时迫切想要一个刺青，同时也迫切需要一幅能让萨拉·露丝倾心的、最合适的图案。他为此忧虑不已，眼神变得空洞，丢了魂儿似的。雇他的老女人说，如果他不能集中精神做手头的事，她知道去哪儿找能够专心致志干活的十四岁黑小子。帕克一心想着自己的事儿，甚至没觉得受到了侮辱。要是以前，他肯定会丢下她，扬长而去前还要冷冷地撂下一句："行啊，你赶紧找去吧。"

过了两三天，一大早，他用老女人那可悲的干草捆扎机、老掉牙的拖拉机在一大片田里捆干草，整片田已清空，只有一株巨大的老树矗立在田地中央。老女人是那种绝对不肯砍倒一棵老树的人。她把这棵树指给帕克看，好像他没长眼睛似的，叮嘱他开拖拉机在旁边收草时千万别不小心撞到它。帕克从田地外围开始捆，转着圈往田地中央开。他得时不时跳下拖拉机，解开打结的捆草绳，或是踢开挡路的石头。老女人叫他把石头堆到田边，她在一旁盯着看时，他就照做。当他觉得可以开过去时，就直接轧过去。就在田里绕圈开时，他满脑子都在琢磨，哪种图案适合他的背。日头只有高尔夫球那么大，有规律地从正面到背面照着他，但他觉得自己在两个方向都能看到太阳，好像他的后背也长了眼睛。冷不防地，他看到那棵树冒出来，伸出手要抓他。一声轰然巨响后，他被抛到半空，听到自己用不可思议的高声在狂叫："上帝在上啊！"

他的后背着地，拖拉机撞在树干上，翻倒后烧了起来。帕克第一眼看到的是自己的鞋子眨眼间被火焰吞噬了；一只在拖拉机底下燃烧，另一只掉在不远处，兀自燃烧着。鞋子都没在他脚上。脸上感觉得到树木燃烧时发出的滚烫的热气。他手忙脚乱往后退，屁股还坐在地上，双眼空洞，如果他知道怎样在胸前画十字，早就画了。

他的卡车停在田边的土路上。他朝卡车那儿蹭，屁股仍坐在地上，仍在往后退，但退得越来越快；中途他站起来，开始用一种弯腰屈身的姿势往前跑，结果腿软，连摔了两次。双腿感觉好似生锈的落水管。他终于走到了卡车边，钻进车里，左歪右拐地开走了。他开着车，经过路堤上的自家也没有停，直接开向五十英里外的城区。

进城的一路上，帕克不允许自己思考。他只知道他的生活发生了重大的巨变，大步跃向更糟糕的未知境地，而他对此束手无策。无论如何，大局已定。

刺青师的店在足科诊所的楼上，两大间屋子里很凌乱。帕克依然光着脚，一声不吭地闯进去，大约是下午三点刚过的时候。刺青师和帕克年纪相仿——二十八——但比帕克更瘦，光头，正猫在小画桌后面用绿色墨水描画一张图。他不耐烦地抬眼一瞥，似乎没有认出面前这个眼神空洞的家伙是帕克。

"让我看看你那本全是神像的画册。"帕克上气不接下气地说，"宗教主题的那本。"

刺青师继续用那种占尽智力优势的眼神望着帕克。"我不给醉鬼文身。"他说。

"你又不是不认识我！"帕克愤愤然地叫嚷起来，"我是 O. E. 帕克！你以前给我文过，我每次都把钱付清的!"

刺青师又盯着他看了一会儿,好像不太确定。"你瘦了不少啊,"他说,"肯定蹲大牢去了吧。"

"结婚了。"帕克说。

"哦。"刺青师说。他曾借助几面镜子,在帕克头顶文过一只很小的猫头鹰,每个细节都至臻完美。只有五十美分硬币那么小,堪称刺青师的招牌作品。城里还有开价便宜的刺青师,但帕克历来只要最好的活儿。刺青师到屋子里面的橱柜里翻找画册。"你对谁有兴趣?"他问,"圣人、天使、基督,还是别的谁?"

"上帝。"帕克说。

"圣父、圣子还是圣灵?"

"就是上帝嘛,"帕克不耐烦地说,"基督。我不在乎,只要是上帝就好。"

刺青师拿了本画册回到桌边。他把另一张桌上的纸张挪开,把这本画册摊开,让帕克坐下来挑自己喜欢的。"最新款在最后面。"他说。

帕克端坐在桌前,舔湿手指,开始翻看,从最后面的最新款开始看。有些画面讲述的圣经内容他认得出——好牧人，不要禁止小孩[1]，微笑的耶稣，耶稣是医者之友——但他一直飞快地往前翻，图案变得越来越让人不安。有张画上是一张绿色的、枯槁的死人脸，还挂着一道道血痕。还有一张画上的脸是蜡黄色的，青紫色的眼睛向下耷拉。帕克的心越跳越快，心脏好像变成了巨大的发动机在他身体里轰鸣。他飞快地翻动画页，总觉得：一旦翻到命定的那个图案，一定会有征兆出现。他继续翻阅，眼看就要翻到画册的封面了。几页纸飞掠而过，其中有一双眼睛匆匆间瞄了他一眼。帕克加快速度，而后戛然止住。他的心跳也好像随之停摆——绝对的寂静。似乎寂静就是一种语言，明白无误地在说：往回看。

帕克往回翻到那幅画——单调而又严峻的拜占庭式图案，基督头顶光环，双眼尽诉苛求之意。他坐在那儿浑身发抖；他的心又慢慢地开始跳动，好像有某种奇异难喻的力量唤回了心的活力。

"你找到你要的了？"刺青师问。

帕克的嗓子干透了，简直发不出声音来。他站起

---

[1] 《新约·马可福音》10:14，耶稣说："让小孩子到我这里来，不要禁止他们；因为在天国的人，正是这样的人。"

来,把摊开在那一页的画册塞给刺青师。

"这要花掉你不少钱的。"刺青师说,"但你也不会想要那些小色块的装饰,只要有轮廓、有明显的相貌特征就可以了。"

"就要这样的。"帕克说,"要么一模一样,要么就别文。"

"你自找苦吃也行,"刺青师说,"但我可不会白干的。"

"要多少钱?"帕克问。

"大概要用两天。"

"多少钱?"帕克问。

"分期付还是一次付清?"刺青师问。帕克以前都是分期付的,但都会付清。

"先付十块,多一天就加十块。"刺青师说。

帕克从钱包里掏出十块钱,里面只剩三块了。

"你明早再来,"刺青师说着,把钱揣进自己的口袋,"我要先把图样从画册里描出来。"

"不行不行!"帕克说,"现在就描,否则就把钱还给我。"他目露凶光,好像随时都能开打。

刺青师同意了。他估摸着,蠢到想在自己背上文基督像的白痴也很可能随时改主意，但只要开工了，他想改也没法改了。

刺青师描图时，叫帕克去水槽边用特殊的肥皂清洗背部。帕克洗完回来，在屋子里走来走去，紧张地耸扭双肩。他想再看看那张画，但又不想看。刺青师终于起身，让帕克面朝下趴在工作台上。他用氯乙烷抹了抹帕克的背，继而就用碘笔开始勾勒头像。又过去了一小时，他拿起了电动文身笔。帕克觉得不太疼。在日本，刺青师曾用象牙针头在他的上臂文了佛陀的画像；在缅甸，矮小粗壮、棕色皮肤的男人用两英尺长、削尖的木棍在他两个膝盖上各刺了一只孔雀；还有些业余刺青师用大头针和煤灰给他刺过。在这位刺青师笔下，帕克一直感觉很放松，常常文着文着就睡着了，但这次他保持清醒，每块肌肉都绷得紧紧的。

到了午夜，刺青师说他准备休息了。他支起一面四英尺见方的镜子，靠墙立在桌上，又从厕所墙上摘下一面小镜子，搁在帕克手里。帕克背对桌上的立镜站好，调整手中的镜面，突然就看到自己后背闪现出艳丽盛放的色彩。背上几乎覆盖满了小小的红色、蓝色、象牙色和橙黄色的方形小色块；他从中辨认出脸部的轮廓——嘴、浓重的眉头、笔挺的鼻子，但脸上依然感觉空荡荡的，还没有文出眼睛。一时间，他觉得好像被刺青师耍弄了，文了个"医者之友"。

"没眼睛。"帕克嚷嚷起来。

"会文的。"刺青师说，"我们还要文一天呢。"

帕克在基督教会光明庇护所的小床上凑合了一夜。他觉得那是城里最好的落脚点，不仅不要钱，还招待一顿差强人意的简餐。他占到了最后一个床位，因为仍旧光着脚，还得到一双二手鞋，他有点迷糊，索性穿着鞋上了床；之前发生的一切依然让他震惊。长条形宿舍里的每张床铺上都有一个隆起的身影，他一宿没睡，清醒地躺在小床上。唯一的光亮来自房间尽头会发光的磷光十字架。那棵树又伸出枝丫来抓他，火焰升腾；一只鞋兀自燃烧；画册里的那双眼睛明白无误地叫他"往回看"，却根本没发出任何声息。他真希望自己不在这座城里，不在光明庇护所里，不是独自一人躺在床上。他凄切地渴望萨拉·露丝。她的伶牙俐齿、冰锥般的眼神是他此刻能想到的唯一的慰藉。他断定自己快疯了。与画册里的那双眼睛比较，她的双眼竟显得温存而柔缓了，哪怕他甚至无法想起那双眼睛的确切模样，却仍能感受到那种穿透力。他觉得，在那种注视下，自己会变得像飞蝇翅膀那般透明。

刺青师叫他次日早上十点后再来，但他准点到店时看到帕克坐在阴暗走廊的地板上，早就在等他了。帕克站起来时做出了决定：一旦刺青完成，他就不会再多看它一眼，那天那夜的一切感知都充满了疯狂，从此往后，他要回归正常，用健全的判断力去行事。

刺青师从昨天中断的地方继续。"有件事，我想弄明白，"他一边在帕克的背上文，一边问道，"为什么你想在身上文这个？你跑去信教了吗？被拯救啦？"他是用嘲讽的语气说的。

帕克觉得嗓子眼又干又咸。"没，"他说，"我才不信那套。不管是什么状况，人都没法把自个儿救出来，也不值得我去同情。"这些话如同幽魂般从他嘴里冒出来，转眼间化为虚无，好像他从没说过。

"那又是为什么……"

"我娶了一个被拯救的女人，"帕克说，"我就不该娶她。我本该离开她的。结果她竟然怀孕了。"

"那可太糟了，"刺青师说，"所以，是她让你来文这个的。"

"不是，"帕克说，"她什么也不知道。这是给她的惊喜。"

"你认为她会喜欢这个，暂时放你一马？"

"她拿这个没办法，"帕克说，"她总不能说她不喜欢上帝的样子吧。"他认为，自己家的事儿，已经对刺青师讲得够多了。刺青师负责刺青就好，他不喜欢他们打探寻常人的私事。"我昨晚一宿没睡，"他说，"现在得补一觉。"

这么说能让刺青师闭嘴缄口，却不能让他真的入睡。他趴在那儿，幻想萨拉·露丝看到自己后背上的头像时将如何瞠目结舌，但燃烧的树木、树下空烧的鞋的景象时不时打断他的想象。

刺青师持续工作到四点钟，没有停下来吃午餐，除了擦去滴落在帕克背部的颜料，几乎不间断地推动电动文身笔。终于完成了。"你现在可以起来看看了。"他说。

帕克坐起身，但依然坐在工作台边。

刺青师对自己的手笔很满意，也想让帕克立刻欣赏一下。然而，帕克只是干坐在台边，神情空茫，微微前倾上身。"你怎么回事儿？"刺青师说，"快去看。"

"我没事，"帕克突然用挑衅的口吻说道，"刺青又跑不了。只要我在，它就在那儿。"他伸手去拿衬衫，慢吞吞地穿上身。

刺青师粗鲁地拽上他的胳膊，把他推到两面镜子之间。"现在就看。"他很生气，因为帕克竟敢无视他的杰作。

帕克看了，脸色变得煞白，转身就走。镜子映照出的那张脸仍在凝视他——目不斜视，一动不动，极尽苛刻，封锁于沉寂中。

"记住，是你自己拿的主意，"刺青师说，"我本来就劝你文别的。"

帕克什么也没说。他穿好衬衫，走出门时，刺青师还在他身后喊："我等着你付清！"

帕克径直走向街角的酒铺，买了一品脱装的威士忌带到附近的小巷里，不到五分钟就喝个精光。接着又进了附近的台球厅，他进城时常去那家店玩。状如谷仓的厅里灯火通明，一侧是吧台，另一侧摆了一溜儿吃角子的老虎机，台球桌在最里面。帕克一进去，就有个身穿红黑格子衬衫的大块头男人拍了拍他的背，嚷嚷着跟他打招呼："嘿！嘿！是你小子！O. E.

帕克！"

帕克还没准备好让人拍他的背，就说："别拍我。我刚文好。"

"这次你文了什么？"那人问道，又冲着老虎机边的几个人喊道，"O. E. 又文了一个。"

"这次没什么特别的。"帕克说着，晃到没人玩的一台机器前面。

"来呀，"大块头男人说，"让我们看看O. E. 的文身。"帕克被他们几个按住，使劲地想要挣脱，但他们已经掀起了他的衬衫。帕克感觉得到，就在那一刹那，每一只按住他的手都突然放开了，衬衫像面纱一样再次垂下。台球厅里鸦雀无声，帕克觉得那种寂静从他身边的人群中滋生并蔓延，向下延伸到地基，向上升腾到房梁。

终于有人开口说道："基督！"这下子，他们一齐哄闹起来。帕克转过身去，脸上挂着一丝不太笃定的笑容。

"别惹O. E. 啦！"穿格子衬衫的男人说道，"这家伙太逗了！"

"也许他改头换面信教了。"有人叫道。

"你这辈子是看不到那一天了。"帕克说。

"O.E.信教了,还替耶稣作见证呢,是不是,O.E.?"有个矮小的男人叼着雪茄烟,挖苦地说道,"我还真没见过这么标新立异的法子呢。"

"帕克一拍脑瓜,自个儿想出个新点子!"有个胖男人说道。

"耶——好小子!"有人叫了一嗓子,大伙儿又是吹口哨,又是骂粗口,总之是赞不绝口,直到帕克说:"好啦,都闭嘴吧。"

"你干吗文这个?"有人问道。

"逗乐呗,"帕克说,"关你什么事啊?"

"那你怎么不乐呀?"有人喊了一嗓子。帕克就像夏季旋风般冲到这群人中间,动起手来,在撞翻的桌子间挥拳扭打,后来被两个人抓牢,拖到门口,扔了出去。之后的台球厅笼罩在令人神经崩溃的寂静中,好像这个纵深如谷仓的房间就是把约拿扔下海的那艘船[1]。

台球厅背面的小巷里,帕克在地上坐了许久,审视自己的灵魂。在他眼里,自己的灵魂就像事实和谎

---

[1] 约拿是《旧约·约拿书》中的人物,曾因逃避神的命令,被船员扔进海中。

言构成的蜘蛛网一样，根本无足轻重，但不管他怎么想，灵魂显然有其必要性。从此往后都会在他背上的那双眼睛要求绝对的服从。他对此确信不疑，如同确信自己一无所成。终其一生，帕克一直服从涌现在心头的直觉，不是在抱怨，就是在咒骂，经常感到害怕，只有一次狂喜——狂喜，是他在市集上看到第一个文身男子时，灵魂扬升的感觉；害怕，是他加入海军的时候；抱怨，是在他娶萨拉·露丝为妻的时候。

想到她，他不禁缓缓地站直身体。她会知道他该怎么办的。她会帮他收拾残局，至少会觉得有所喜悦。好像在他看来，取悦她，才是他一直以来想做的事。他的卡车还停在刺青师工作室外面，并不远。他钻进车里，开车出城，再驶入乡村的夜色中。酒劲过了，他的头脑清醒，注意到自己的不满足感已经消失了，但他觉得不太像自己。好像他还是他，但在自己看来已成了陌生人，正在驶入陌生而崭新的乡村，哪怕他所见到的一切——哪怕在夜里——都那么熟悉。

他终于回到了路堤上的小屋，把车停在山核桃树下，下了车。他尽可能地弄出声响，为了确证他还是这里的老大，招呼也不打一夜未归也无所谓，只是他的一贯作风罢了。他随手甩上车门，蹬上两级门阶，迈过门廊，啪嗒啪嗒敲起门来。没人应门。"萨拉·露丝！"他喊道，"让我进去。"

门上没有锁，显然，她是用椅背卡住了门把手。他开始用拳头捶门，不断地扭转门把手。

他听到床垫弹簧吱嘎作响，就弯下腰，凑近锁眼往里瞧，但里面竟然堵上了碎纸。"让我进去！"他提高嗓门叫喊，又把门捶得震天响，"你把我锁在外面算怎么回事儿？"

门边响起尖锐的嗓音。"是谁？"

"是我，"帕克说，"O. E.。"

他等了一会儿。

门内依然没动静。

他再次自报家门。"O. E.。"说完又捶了两三次门。"O. E. 帕克。你知道是我。"

沉默。那个声音随后慢悠悠地说道："我不认识什么 O. E.。"

"别闹了，"帕克换上恳求的口吻，"你别这样对我。是我啊，老 O. E.，我回家了。你又不怕我。"

"是谁？"依旧是那个冷酷无情的声音。

帕克转过头,好像在指望身后有人给他个答案。天空微亮,两三条黄色云彩飘浮在地平线上。就在他站在门外时,蒙着光的树影突然乍现在天际线上。

帕克背靠在门上,好像有人用长矛把他钉在了那儿。

"外面是谁?"门内的声音再次问道,这次带上了决断的意味。门把手剧烈晃动,那个声音不由分说地继续问:"我在问你呢,你是谁?"

帕克弯下腰,把嘴凑近塞满纸的锁眼。"俄巴底亚,"他轻轻念道,突然间,他感到一束光倾注而来,穿透通体,把他蛛网般的灵魂照成色彩艳丽、花样繁复的完美图案,一座满是树木芳草、花鸟虫兽的乐园。

"俄巴底亚·以利户。"他轻轻说道。

门开了,他跌跌撞撞走进去。萨拉·露丝的身影依稀可见,双手撑在胯上。她立刻连珠炮似的说起来:"你根本没有替金发碧眼、身材健美的女老板干活,你还得把你撞坏的拖拉机赔给她,一毛一分都不能少。她没给拖拉机买保险。她跑上门来,和我谈了好久,我……"

帕克颤抖不已,打算去点煤油灯。

"你有毛病吗？天都快亮了，你还费油钱？"她用命令的口气说，"我又不要看你。"

黄色的天光将他们笼罩。帕克放下火柴，开始解开衬衫的纽扣。

"都快天亮了，你碰都别想碰我。"她说。

"闭嘴，"他轻轻地说道，"看这个，看完之后你再叨唠什么我都不想听了。"他脱下衬衫，把后背对着她。

"又是刺青，"萨拉·露丝咆哮起来，"我早该料到你又去弄了个垃圾在身上。"

帕克的双膝一软。他转过身来吼道："我叫你看！别老是说说说！看！"

"我看过了。"她说。

"你不知道这是谁？"他苦恼地叫起来。

"不认识。这是谁？"萨拉·露丝说道，"不是我认识的人。"

"是他呀。"帕克说。

"哪个他？"

"上帝！"帕克大叫一声。

"上帝？上帝又不是这样的！"

"你怎么知道他长什么样儿?"帕克悲叹道,"你又没见过他。"

"他没有**长相**,"萨拉·露丝说道,"他是灵。没有人会看到他的脸。"

"唉,听我说,"帕克哀声说道,"这只是一幅他的画像。"

"偶像崇拜!"萨拉·露丝尖叫起来,"偶像崇拜!将你自己和青翠树下的偶像一起烧了吧[1]!我可以容忍你撒谎、虚空,但不能让这个家里有偶像崇拜!"她抓起扫帚,一下下抽打他的肩膀。

帕克震惊得无以复加,也无法抵抗。他坐在那儿,任由她打。她把他打得几乎失去知觉,背上文出来的基督脸上渐渐落满了粗大的鞭痕。直到这时,他才摇摇晃晃地站起来,朝门口走去。

她把扫帚扔在地板上,连跺了几脚,再拿到窗外,把沾染到的他的污秽抖落掉。她抓着扫帚,望向山核桃树,眼神越发凌厉了。他就在那儿——自称为俄巴底亚·以利户的人——靠在树身上,哭得像个婴孩。

---

[1] "你们在橡树中间、在各青翠树下欲火攻心;在山间、在石穴下杀了儿女。"语出《旧约·以赛亚书》57:5,《以色列拜偶像被定罪》。

家的慰藉

汤玛斯退到窗边,脑袋凑在墙壁和窗帘的缝隙间,往下面的车道看。车子刚停下。他的母亲和那个小荡妇正在下车。他母亲慢慢地钻出车外,动作迟钝又别扭,随后就见那小荡妇微曲的长腿滑动而出,裙裾被拉到膝盖之上。她尖笑一声,朝狗跑去,那狗也是连蹦带跳,兴奋得不得了,浑身发抖地迎候她。愤怒在汤玛斯庞大的身躯内汇聚起来,沉默而有力,俨如一伙暴徒在聚拢,带着不祥之意。

现在,他总该拿定主意了吧:打包,去旅馆,住到这个家清静了再回来。

他不知道行李箱在哪里,他不喜欢打包,他需要他的那些书,他的打字机不是便携式的,他习惯了用电热毯,也实在无法忍受在小饭馆里吃饭。他母亲,揣着蛮勇的慈悲心，眼看着就要毁掉家里的安宁。

后门砰一声关上，女孩的笑声从厨房里冲出来，穿透后廊，蹿上楼梯，钻进他的房间，如同一道电流向他袭来。他跳到一边，对着四周虎视眈眈。那天清早，他斩钉截铁地表过态："要是你再把那姑娘带回家，我就走。你可以选——要她还是要我。"

她做出了选择。剧烈的痛苦攫住了他的喉咙。活到三十五岁，这还是头一遭……他觉得双眼后面突如其来地涌出一阵灼热的潮意。他稳住自己，任由怒气爆发。恰恰相反：她根本没做什么选择。她只是吃定了他离不开电热毯。该让她见识一下了。

女孩的笑声又蹿上来了，汤玛斯的脸都扭曲了。她昨晚的样子再次浮现在他眼中。她不请自来，进了他的房间。他醒来时发现门开着，她在门口。她转向他的时候，走廊里的光线足以照亮她的脸——就像音乐喜剧片里的女演员——尖尖的下巴，宽阔又圆润的颧骨，空洞如猫眼的大眼睛。他从床上挺身跳起，抓起直背椅，就像驯兽师要驱逐一头凶猛的猫科动物，把椅子挡在身前，逼她走出门外。他默默无语地把她赶进走廊，走到母亲的房门外时，他停下来敲门。女孩这才喘上一口气,转身溜进了客房。

过了一会儿,他母亲开了门,忧心忡忡地朝门缝外瞧。她的脸被好多粉红色橡皮发卷圈在当中,不知涂抹了什么晚霜,显得油腻腻的。她朝走廊里张望,往女孩跑掉的方向看去。汤玛斯站在她面前,椅子还举在身前,好像还要去制服另一头猛兽。"她要到我的房间来,"他咬牙切齿地低声说着,推门而入,"她正想进我的房间,我就醒来了。"他把门关在身后,音量也随怒气飙升上来:"我无法忍受这种事!再多一天都忍不了!"

母亲被他逼得连连后退,退到床边就一屁股坐在床沿。在她笨重的身躯之上却有一颗瘦削得令人费解、枯槁得极不匹配体型的脑袋。

"我最后一次跟你明说,"汤玛斯说,"这种事我无法再忍受下去。"不管她做什么,都有一种明显的倾向:带着世上最良善的意愿,愚蠢地模仿,一味追求美德,结果让牵扯其中的每个人都像傻瓜,而美德本身也沦为荒唐之举。他又说了一遍:"再多一天都忍不了。"

他母亲坚决地摇摇头,眼睛依然盯着房门。

汤玛斯把椅子放在她前面的地板上，坐了下来。他倾身向前，那样子好像打算向智障儿童解释一件事。

"那只是让她不幸的另一个原因，"他母亲说，"好可怕，真的好可怕。她跟我说过学名，但我忘了，那是她无法自制的事。生来就有的。汤玛斯，"说着，她用手托着下巴，"换作是你，又能怎么办？"

他气得都快喘不上气了。"我怎么就没法让你明白呢？"他的声音沙哑，"她自己都没法控制，你又能怎么帮她？"

他母亲的眼眸宛如远方日落后的天蓝色，眼神中透着关切，却是不可动摇的。"色情狂。"她喃喃道出一个词。

"就是花痴，"他恶狠狠地回道，"她用不着把那些花哨的学名告诉你。她就是个道德低能儿。你只需要了解这一点。生来就没有道德机能——就好像有些人天生少一只肾，或少一条腿。你明白了吗？"

"我一直在想，你也可能是那样啊，"她的手还托着下巴，"如果是你，如果没人愿意收留你，你觉得我会怎么想？万一你是色情狂，还是个脑瓜不太灵光的人，做了身不由己的事……"

汤玛斯对自己感到一阵难以忍受的厌恶,好像他正慢慢变成那个女孩。

"她穿了什么?"她冷不丁问道,眯起了眼睛。

"什么也没穿!"他咆哮起来,"现在你肯把她赶出去了吧!"

"这么冷的天,我怎么会把她赶出去呢?"她说,"今天早上她又扬言说要自杀。"

"把她送回监狱去。"汤玛斯说。

"汤玛斯,换作是你,我才不会把**你**送回监狱呢。"她说。

趁着还能控制自己,他站起身,抓起椅子,奔出那间屋子。

汤玛斯爱自己的母亲。他爱她,因为那是天性,但他常常无法忍受她对他的爱。有时候,那种爱仅仅是愚蠢而神秘的,让他感觉到身边有一种看不见的激流,涌动着完全不受他控制的力量。她总是从最平庸的出发点去考量——是**好事**就该做啊——结果最有勇无谋地与魔鬼打上交道。当然,她历来认不出那就是魔鬼。

对汤玛斯而言,魔鬼之说只是一种比喻,但用来形容他母亲这次惹上的麻烦却格外贴切。但凡她还有一点理智，他就能引经据典，用基督教早期历史向她证明：过度的美德是不合情理的，适度的善也会引发适度的恶，比方说，埃及的圣安东尼若是留在家里照看妹妹，魔鬼就没机会纠缠他了。

汤玛斯并不愤世嫉俗，也不反对美德，而是视美德为秩序的原则，也是唯一能让生活可堪容忍的理由。他自己的生活尚可容忍，正是他母亲明智的德行种下的善果——她治家有道，井然有序，餐餐可口。但当她行善事过了头，就像眼下事态失控的时候，他就会感到群魔暗暗滋生，它们不是他自己或老太太的突发奇想，而是各有性格的访客，虽然在场，却是谁都看不到的，但也可能随时让人尖叫或把锅子晃得咣当响。

一个月前，那姑娘因为开了空头支票而被送进本县监狱，他母亲在报纸上看到了她的照片。就在早餐桌边，她对着照片凝视良久，然后越过咖啡壶把报纸递给他。"想想吧，"她说，"才十九岁，就被关进肮脏的牢房。她看起来一点都不像坏姑娘。"

汤玛斯瞥了一眼。照片上的那张脸又狡猾又邋遢。这番观察让他得到的结论是：罪犯的平均年龄正在逐渐降低。

"这姑娘看起来挺健全的。"他母亲说。

"健全人士不会开空头支票。"汤玛斯说。

"危急当头时,你不知道自己会做出什么事。"

"反正我不会乱开支票。"汤玛斯说。

"我想,"他母亲说道,"我会给她带一盒糖果去。"

要是他那时候就坚决阻拦,就不会有后面这些破事儿了。他父亲如果还在世,肯定会在那个节骨眼儿坚决地踩下刹车。她最喜欢送人家糖果了。只要有人搬来镇上,社会地位与她相差无几,她就会带一盒糖果登门拜访;只要她朋友的孩子生了孩子,或得到奖学金,她也会带一盒糖果去贺喜;只要有老人家摔断了胯骨,她就要带一盒糖果到病榻边探望。一想到她要带一盒糖果去监狱,他还觉得挺好笑的。

现在,他站在自己的房间里,那姑娘的笑声在他脑海中横冲直撞,他不禁咒骂自己当初竟然觉得好笑。

他母亲探监回来那天,门也没敲就冲进他的书房,整个人瘫倒在他的沙发上,把肿胀的小脚搁在扶手上。休息片刻,她总算缓过劲儿来,就坐起身,把一张报纸垫在双脚下。然后再躺下去。"我们真不晓得另一半人过的是什么日子。"

汤玛斯很明白,尽管她讲话无非是从这套陈词跳到那套滥调,但终究是基于亲身体验的。与其说他为那姑娘蹲大牢感到遗憾,倒不如说他母亲不得不去牢房看望她更叫他难受。他本可以劝阻她,以免她目睹令人不快的场景。"好吧,"他放下手上的杂志,说道,"你现在最好把这事儿忘了。那姑娘蹲监狱是有充足理由的。"

"你无法想象她遭了哪些罪。"她说着,又坐起身,"听我说。"那可怜的女孩名叫思达,是继母拉扯大的,那继母有三个亲生的孩子,其中有个大男孩都快成年了,不仅占她便宜,手法还特别恶劣,她被逼无奈就逃家出走,去找亲妈。找是找到了,但亲妈只想甩掉她,硬把她送进各式各样的寄宿学校。可是,每所学校都有性变态和虐待狂做出难以言喻、禽兽不如的事,逼得她屡次出走。汤玛斯看得出来,母亲向他省略了细节,但那姑娘讲给她听时却显然言无不尽。每每含糊其词时,她的声音就会颤抖,他就知道她回想到了一些被女孩详尽描述过的恐怖场景。他想当然地期待这些记忆会在几天后渐渐消退,但并没有。第二天她就重返监狱，这次还带了盒装纸巾和冷霜，又过了几天，她宣称自己咨询过律师了。

就是在这种时候，汤玛斯会特别怀念过世的父亲，哪怕父亲在世时往往让他难以忍受。老爷子决不会容忍这种蠢事。他父亲绝不会被无济于事的慈悲心打动，而是会（背着她）和老熟人——警长——套套近乎，那姑娘就会被移送到州立监狱服刑。他总做些让人光火的事，直到有天清晨（怨怒地看了妻子一眼，好像她理应为此负责）他猝死在早餐桌边。汤玛斯继承了父亲的理性、母亲乐善好施的天性，但不像父亲那么冷血无情，也不像母亲那样一味求善。他为一切实际行动做好了计划，那就是等待，静观事态发展。

律师发现，那姑娘一再讲述的种种暴行大半都是子虚乌有的，他费尽口舌地解释那姑娘具有精神变态人格，既没疯狂到要禁闭在精神病院里的程度，罪行也没到坐穿大牢的程度，但性格很不稳定，不足以适应社会，然而，汤玛斯的母亲听了这些，反而前所未有地深受触动。那姑娘毫不迟疑地承认自己编了套瞎话，反正她天生就爱撒谎；她说，她撒谎是因为她没有安全感。她接受过好几位精神科医生的治疗，她所受的教育也以此为终结。她知道自己没有希望了，无药可救。面对这样的苦难，他母亲似乎屈服于某种让人痛苦的奥秘，除了加倍努力，再也找不出忍耐的办法。让他烦恼的是，她竟然开始用慈悲的目光打量他，好像她那朦胧的善心连施善的对象都分不清了。

几天后，她又冲进门来，说律师为那姑娘争取到了保释机会——交保给她。

汤玛斯从莫里斯椅里跳起来，正在读的评论文章从手里滑落。他那张平淡无奇的大脸因为预计到即将而来的痛苦而皱缩起来。"你不会是，"他说，"不会是要把那姑娘带到这儿来吧！"

"不，不，"她连声应道，"冷静点，汤玛斯。"她费了好一番功夫帮那姑娘在镇上的宠物店里谋到了一份差事，还在一个脾气很坏，但和她有点交情的老太太家里帮她找了间寄宿房。人心不古，都不慷慨。思达处处碰钉子，人们却不肯设身处地地为她这样的苦命人着想。

汤玛斯坐回椅子里去，拾起他的文章。他好像刚刚逃出险境，至于具体是什么危险，他讲不清也不在乎。"谁的话你都听不进去，"他说，"但用不了几天，那姑娘就会带着从你这儿搜刮到的东西离开这个镇。你不会再有她的消息。"

过了两晚,他回家时刚推开客厅门,就被一声尖厉、肤浅的笑声钉在原地。他母亲和那姑娘坐在壁炉边,煤气炉芯已经点燃。乍一眼看去,那姑娘给人以天生畸形的印象,身形不正。她的头发剪得像狗或精灵的毛发,穿着最时兴的衣服。她用绵长、闪亮的眼神凝视他,好像很熟悉他,又瞬间换成亲昵的微笑。

"汤玛斯!"他母亲叫住他,带着不容他逃脱的坚决语气,"这就是思达,你听过很多她的事了。思达要和我们共进晚餐。"

女孩自称思达·德雷克。律师早已确证,她的真名是萨拉·汉姆。

汤玛斯没有走开,也没有讲话,就停在门口,看起来无礼而茫然。当他终于开口说"你好,萨拉"的时候,语气尽显嫌恶,连他自己听到都很震惊。他涨红了脸,对这样可悲的生物表露出轻蔑,实在让他觉得有失身份。他走进客厅,决意至少表面上要彬彬有礼后,沉重地落座在直背椅中。

"汤玛斯写历史文章,"他母亲好像在用眼神胁迫他,"他担任我们本地历史协会本年度的会长。"

那姑娘把上身凑过来,用比刚才更直接的目光表达对他的关注。"太棒了!"她用沙哑的嗓音说道。

"眼下,汤玛斯在写本县史上的第一批移民。"他母亲又说道。

"太棒了!"女孩又说道。

汤玛斯动用意志力,摆出独自在这个房间里的姿态。

"嘿,你知道他长得像谁吗?"思达问道,头歪向一边,斜睨他。

"哦,一定是哪个名人吧!"他母亲故作淘气地回答。

"像我昨晚看的电影里的警察。"思达说。

"思达,"他母亲说,"我认为你看电影前应该谨慎挑选电影的类型。我认为你应该只挑最好的看。我觉得犯罪电影对你没好处。"

"喔,那个电影讲的是恶有恶报,"思达说,"我发誓,那个警察和他看起来一模一样。他们总是愚弄他。他看起来好像一分钟也忍不下去,再忍就要爆发了。他挺有意思的。而且长得也不难看。"说着,她抛给汤玛斯一个赞许的媚眼。

"思达,"他母亲又说,"我认为你培养一点音乐方面的趣味会很好的。"

汤玛斯叹了口气。他母亲喋喋不休,那姑娘却根本没听她说,眼神只在他身上流连,活生生地就像手指在撩拨,先是停荡在他的膝头,继而落定在颈项。她双眼的闪光里透着嘲讽,他明白,她非常清楚自己的在场让他忍无可忍。他无须佐证就能确定,自己正面对堕落的化身,但这堕落让人无从指责,因为没有谁能为之负责。他正看着最让人无法容忍的那种无罪无邪的天真。他茫然若失地自问,上帝对这种事会有何高见,如果有,他又能不能接纳。

那顿饭从头到尾,他母亲的举止都蠢到家了,他简直没法拿正眼看她,而萨拉·汉姆的样子让他更无法忍受,所以只好用非难与厌恶的眼神死死盯着对面墙边的餐具柜。不管女孩说什么,他母亲都会一本正经地回应,好像都是些值得严肃对待的话题。她提出了好几套规划,建议思达善用闲暇时光。萨拉·汉姆左耳进右耳出,俨如在听鹦鹉叽喳。在某个时刻,汤玛斯不小心往她的方向瞥了一眼,她就朝他挤眉弄眼。

最后一口甜品还没吞下肚,他就站起来轻声说道:"我得走了,还有会要开。"

"汤玛斯,"他母亲说道,"我要你顺路送思达回家。我不想让她独自一人在夜里搭出租车。"

一时间,汤玛斯只能按捺怒火,沉默地站着。然后他转身,走出了房间。很快又带着一种含糊的坚决表情折返回来。那姑娘已经准备好了,乖乖地等候在客厅门口。她仰视他的目光里透露出欣赏、信任的意思。汤玛斯没有伸出手肘,但她还是一把钩住他的臂弯,走出家门,走下台阶,好像她钩住的是一尊奇迹般会移动的雕像。

"要乖哦!"他母亲在喊。

萨拉·汉姆窃笑时捅了捅他的肋骨。

拿外套时他就下定决心抓住这个时机,一定要告诉这姑娘:她不能再像寄生虫一样赖在他母亲这儿,否则,他一定会想办法把她送回监狱。他要让她知道,她心里的小算盘他一清二楚,但他不是天真的傻瓜,有些事他忍不了。没有人比坐在书桌边、手执钢笔的汤玛斯更能言善辩。但当他发现自己和萨拉·汉姆单独坐在车里时,口舌却被惊恐制服了。

她把腿盘起来,压在身下。"总算只有我们俩了。"说完就咯咯直笑。

汤玛斯急转车头,飞快地驶出大门。一上公路就加速直行,好像有人在追他。

"天啊!"萨拉·汉姆说着,腿脚晃荡着放下座位,"哪儿着火了吗?"

汤玛斯没搭理她。几秒钟后,他就感到她凑过来了。她伸伸懒腰,凑得更近些,最后索性把手软绵绵地搭在他肩膀上了。"汤米[1]不喜欢我,"她说,"可我觉得他特别可爱。"

汤玛斯只用了四分钟多一点就开完了三英里半,进入了小镇。第一个十字路口是红灯,但他视若无睹。老太太家就在三个街区外。车子开到门口,只听见尖厉的急刹车声,他跳出驾驶座,冲到女孩那边,拉开车门。但她没有下车,汤玛斯只能干等。过了一会儿,一条腿伸出来了,随后,她那张白皙而扭曲的小脸也露出来了,仰头瞪着他,看那神情,好像暗示了一种盲目——那些并不知道自己看不见的人才有的盲目。

---

1 汤玛斯的昵称。

汤玛斯突然觉得莫名地恶心。那双空洞的眼睛掠过他。"没有人喜欢我,"她用阴沉的语调说,"要是我开车送你三英里都死不情愿,你会怎么想?"

"我母亲喜欢你。"他嘀咕了一句。

"她!"女孩说,"她落后时代大概七十五年啦!"

汤玛斯一口气说道:"但凡我发现你又去骚扰她,我就会把你送回监狱。"虽然近乎耳语,却有一股压抑的力量撑住了他的声音。

"除了你还有谁?"她说着,又缩进了座位,好像现在她压根儿不肯下车了。汤玛斯探入车厢,胡乱抓住她大衣的前襟,硬是把她拽出来才松开手。接着他快步绕回驾驶座,把车开走。副驾座的车门还敞着,她的笑声无形无状却真实存在,仿佛在街面上蹦蹦跳跳,想要蹦回敞开的车门,和他同车离去。他侧过身,拉上那扇门,往家的方向开,他气得都没法去开会了。他铁了心要让母亲知道自己十分不悦。他铁了心要将她心中的疑虑扫荡一空。父亲粗哑的声音浮现在他的脑海中。

老爷子在说,笨蛋,趁现在赶紧叫停。让她知道谁是老大,别让她抢先了。

可是，汤玛斯回家时，他母亲已上床了，似有先见之明。

次日清晨，他出现在早餐桌边时眉头低垂，下巴前突，分明在说他情绪不佳，惹不起。一旦汤玛斯铁了心要做什么，就会像公牛那样，在发动攻击前先低下脑袋往后退几步，蹄子刨抓地面。"好了，现在听我说，"他开始了，猛然拉开椅子，坐下去，"关于那个姑娘，我有话跟你说，而且只说一次。"他吸了口气，"她只是个小荡妇，什么都不是。她在你背后嘲讽你。她只想把你榨干，对她来说，你也什么都不是。"

看起来，他母亲昨晚也睡得不踏实。她早上起来没有梳妆打扮，只穿了睡袍，裹了灰色头巾，这给她的脸带去一种全能全知的神情，令人惴惴不安。要说他和女占卜师共进早餐倒也很贴切。

"今天早上你只能用罐装奶油，"她说着，给他倒咖啡，"我忘了买新鲜的。"

"好，你听到我的话了吗？"汤玛斯愤然反问。

"我又不是聋子，"他母亲说着，把咖啡壶放回炉架，"我知道，在她看来，我不过是个夸夸其谈的老太婆。"

"那你为什么还要坚持这种蠢事……"

"汤玛斯,"她说着,抬手捂住自己的脸,"那也可能是……"

"不是我!"汤玛斯边说边抓紧膝盖边的桌腿。

她还是手托脸颊,轻微摇着头。"想想你拥有的一切,"她说道,"家带给你的所有慰藉。还有品德,汤玛斯。你没有不良嗜好,也没有天生的缺陷。"

汤玛斯开始像哮喘病人快要发作时那样呼吸。"你不讲道理,"他无力地说下去,"要是**他**,早就反对了。"

老妇人挺直背脊。"你,不是他那样的。"

汤玛斯张口结舌,无言以对。

"不过,"他母亲又用略带责备的微妙语气说道,好像她也可以收回刚才的赞许之词,"既然你这样拼命反对,我就不打算再邀请她来了。"

"我不是反对她,"汤玛斯说,"我是反对你出洋相。"

他离开餐桌,回到自己的书房,一关上门,父亲就蹲踞在他脑海中了。老爷子不是乡下人,而是在城里出生长大,后来才搬到这个小地方挖掘自己的才能。但他养成了乡下人蹲着说话的习惯。因由这种平衡技巧,他轻松地混迹其中,当地人都认为他是自己人。他会在谈话进行到一半的时候蹲在政府楼前的草坪上,身边的两三个人也跟着他蹲下去,谈话却不会有丝毫中断。他撒谎是用身体语言,而非屈尊俯就地去讲假话。

他说,就让她对你为所欲为吧。你不像我。当男人你还不够格。

汤玛斯铆足了心力去看书,老爷子的形象暂时褪淡了。那姑娘在他身心深处掀起了动荡,他用来分析的理智无法抵达那么深邃的地方。他觉得自己恍如目睹一场龙卷风在百码以外的地方席卷而过,而且他有预感,风会折回来,径直扑向他。上午都快过去一半了,他仍然无法把注意力集中在工作上。

又过了两晚,他和母亲吃完晚餐后坐在书房里,各自拿一张当天的晚报分页在看,电话铃突然响起,像火警一样刺耳。汤玛斯伸手去接。刚拿起话筒,整间屋里都能听到女人刺耳的尖叫声:"快来把这姑娘弄走!把她带走!醉了!在我家客厅里醉得死死的!我受不了了!她丢了工作,醉醺醺地回来!我不要她待在这儿了!"

他母亲跳起来,抢走了话筒。

父亲的幽灵浮现在汤玛斯眼前。给警长打电话,老爷子在催促。"给警长打电话,"汤玛斯大声说道,"给警长打电话,把她带走。"

"我们马上就过去。"他母亲却在电话里说,"我们立刻动身去接她。叫她把东西收拾好。"

"她醉成那副鬼样,还怎么收拾东西,"电话那头的老妇人扯着嗓子喊,"你就不该把她这样的烂人扔给我!我家可是规规矩矩的体面人家!"

"叫她给警长打电话。"汤玛斯也吼起来。

他母亲放下话筒,看着他。"就算是条狗,我都不会交给那个男人。"

汤玛斯坐在椅子里,抱起胳膊,定定地瞪着墙壁。

"想想那个可怜的姑娘啊,汤玛斯,"他母亲说,"她一无所有。什么都没有。我们什么都有。"

他们到那边时,萨拉·汉姆岔开双腿坐在地上,瘫软如泥地靠着寄宿屋前的台阶扶手。小圆帽盖住了整个前额,是老太太硬给她套上去的,衣服从鼓鼓囊囊的行李箱里漏出来,是老太太帮她胡乱塞进去的。她一直咕咕哝哝地说着醉话,自言自语的语气却很亲柔。一道口红印沿着脸颊斜蹭出去。她任由他母亲把她拉到车边,再塞进后座,好像根本不知道搭救自己的是谁。"除了一堆该死的小鹦鹉,整天都没人和我说话。"她愤愤地轻声念叨。

汤玛斯根本没下车,从后视镜里嫌恶地瞥了她一眼后就再也没正眼看过她。他说:"我再跟你说一次,最后一次,只有监狱才能安顿她。"

他母亲坐在后座,拉着那姑娘的手,没有作声。

"好,送她去旅店。"他说。

"汤玛斯,我不能把一个喝醉的姑娘送去旅店。"她说,"你明明知道。"

"那就送她去医院。"

"她不需要监狱,也不需要医院。"他母亲说,"她要的是一个家。"

"她不需要我的家。"汤玛斯说。

"就今晚,汤玛斯,"老妇人叹气了,"就这一晚上。"

已经过去八天了。小荡妇已在客厅里安顿下来。

他母亲每天都出门为她找工作，找住宿的地方，但每天都以失败告终，因为那个老太太已广而告之，警告了很多人。汤玛斯要么待在卧室里，要么死守书房。对他来说，这个家不只是家，也是工作室和教堂，像龟壳一样属于自己，并且不可或缺。他简直不能相信，这个家还可以被这样侵犯。他通红的脸上始终保有一种错愕的愤怒。

那姑娘早上一起床就扯开嗓门唱布鲁斯小调，音调时而上升，时而颤抖，继而俯冲到低音区，暗示激情即将得到满足；而汤玛斯呢，坐在书桌边时就会猛然起身，疯了般用纸巾塞住耳朵。每次他从这个房间走去另一个房间，或是上下楼，她都准保现身。每次他上下楼，走在楼梯半当中时，她要么扭捏作态地迎面走来，再卖弄风情地和他擦身而过，要么就跟在他后头上楼或下楼，呼出带有薄荷糖味、故作悲戚的叹息。她似乎很钟爱汤玛斯对她表露出的厌恶，一有机会就要从他身上汲取一点，好像那能为她的苦难增添诱人的风情。

老爷子好像已经在汤玛斯的头脑中占据了一席之地——黄蜂似的小个子，戴着泛黄的巴拿马帽，穿着绸面西装，故意弄脏的粉色衬衫，系着小领结——他通常都是蹲着，只要他儿子在勉强工作中有所停顿，他就会用粗嘎的嗓门吼出同一条建议。坚决反对。去找警长。

警长就像是汤玛斯父亲的翻版，只不过他穿的是格子衬衫，戴的是得克萨斯风格的帽子，而且比他父亲年轻十岁。警长说起瞎话来眼睛都不眨一下，对他父亲的欣赏是发自内心的。汤玛斯和他母亲一样，宁可绕道而行，也不想被警长那双淡蓝色的眼睛直勾勾地注视。他一直期盼有别的解决途径，但那无异于奇迹。

有萨拉·汉姆在家，一日三餐都难以忍受。

第三天或第四天的晚餐时，她一边噘着嘴说"汤米不喜欢我呢"，一边隔着餐桌盯着汤玛斯僵硬而庞大的身形。看他的神情，好像受困于令人窒息的气味。"他不想让我在这里。哪儿都没人要我。"

"汤玛斯叫汤玛斯，"他母亲打断她，"不叫汤米。"

"汤米是我取的名字，"她说，"我觉得挺可爱的。他讨厌我。"

"汤玛斯不讨厌你,"他母亲说,"我们不是那种随随便便讨厌人家的人。"她特意补上这句话,好像那是一种生理缺陷,但在他们家族已有数代人免于此病。

"噢,别人不想要我的时候,我是知道的,"萨拉·汉姆继续说道,"他们甚至不想把我关在监狱里。如果我自杀,我怀疑上帝是不是要我呢?"

"试一下就知道了。"汤玛斯嘀咕了一句。

那姑娘尖声狂笑,又突然打住,脸孔扭曲起来,身体开始颤抖。牙齿打战的她说道:"最好的办法就是把我自己弄死。那就再也不会碍别人的事了。我会下地狱,不给上帝添麻烦。魔鬼都可能不要我,把我从地狱里踢出去,就连地狱都……"说到这儿她放声大哭。

汤玛斯站起来,端起餐盘和刀叉,到书房里把晚餐吃完。之后,他再也没到餐桌边吃饭,让他母亲把餐食直接端到他书桌上。这样用餐时,他会感觉到老爷子的存在感特别强烈。他好像就坐在椅子里,椅背往后倾斜,拇指钩住吊裤带,尽说些"她可从来没把我从我的餐桌边赶走"之类的话。

又过了几晚,萨拉·汉姆用一把水果刀割腕,歇斯底里发作。汤玛斯吃过晚餐就一直待在书房里,突然听到一声尖叫,然后是一连串的尖叫,继而听到他母亲急匆匆的脚步声来来回回。他动也没动。他一开始希望那姑娘割断了喉咙,再一想就意识到她不可能割了喉还这样尖叫,希望就破灭了。他继续看杂志,暂时听不到尖叫了。但没过多久,他母亲就闯了进来,拿了他的外套和帽子。"我们得送她去医院,"她说,"她想自我了断。我在她胳膊上绑了止血带。噢,上帝啊,汤玛斯,你想象得到吗,竟有人心情低落到做出那种事!"

汤玛斯木然地站起身,穿上外套,戴上帽子。"我们是要送她去医院,"他说,"然后就把她留在那儿。"

"再一次把她逼到绝境吗?"老妇人哀号道,"汤玛斯!"

他站在书房中央,意识到自己已在临界点,非行动不可了:他必须打包,必须离家,必须出走。但汤玛斯依然动弹不得。

他的怒气不再针对那个小荡妇,而是冲着他母亲而去了。医生发现她几乎没伤到自己,还对止血带嘲笑了一番,只在伤口上抹了一层碘酒,结果让那姑娘更加火冒三丈,他母亲却对这次事件难以释怀。悲伤似乎在她肩上施加了新一轮重负,不只是汤玛斯,甚至萨拉·汉姆都为此恼怒起来,因为那悲伤显然是不具有针对性的,哪怕他或她碰到了好运气,那悲伤仍会另找理由撞上门来。萨拉·汉姆的遭遇让老妇人一头栽入对整个世界的哀悼中去了。

萨拉·汉姆自杀未遂过后的次日清晨,他母亲把整栋小楼仔细翻找一遍,把所有刀具、剪刀收拾到一只抽屉里,上了锁。她还把一罐老鼠药倒进了马桶,再把厨房地板上的蟑螂药尽数收走。然后,她走进汤玛斯的书房,轻声说道:"他那把枪在哪里?我要你锁起来。"

"枪在我抽屉里。"汤玛斯咆哮起来,"我是不会锁的。如果她要开枪自杀,那可太好了!"

"汤玛斯,"他母亲说道,"她会听到的!"

"让她听好了!"汤玛斯大声说道,"你难道不明白吗?她根本不想自杀。你怎么就搞不明白她们那种人是绝对不会自杀的?你怎么……"

他母亲闪到门外,关上房门,想挡住他的声音,可萨拉·汉姆的笑声就在咫尺之遥的走廊里,咯咯咯地涌入他的书房。"小汤米会看到结局的。我一定会自杀,他也一定会遗憾,因为他对我不好。我会用他那把小手枪,那把老掉牙的、枪把镶珍珠的小左轮!"她扯着嗓子喊完,又模仿电影里的怪兽爆发出一种痛苦的狂笑声。

汤玛斯咬牙切齿。他一把拉开书桌抽屉,摸到了那把枪。那是老爷子留给他的,老爷子认为每家每户都该有一把上了膛的枪。有天晚上,老爷子朝小偷身边开过两枪,但汤玛斯从没朝任何东西开过枪。他一点儿也不怕那姑娘饮弹自尽。他关上了抽屉。她那种人只会顽强地抓住生命,时时刻刻装腔作势,只求捞到一点好处。

脑海中走马灯般闪过几个除掉她的办法,但每一个念头的道德基调都在暗示它们出自和他父亲同根同源的心灵,于是,全都被汤玛斯驳回。他要等到她再一次作奸犯科,再找人把她关起来。换作是老爷子,就能丝毫不受良心谴责地把她灌醉,让她开他的车上公路,再向公路巡警举报她酒驾上路,但汤玛斯认为这样做超出了他的道德底线。各式各样的办法接踵而至,每一个都比上一个更过分。

对于那姑娘举枪自尽的可能性,他完全不抱希望,但那天下午当他朝抽屉里看去时,手枪不见了。他的书房是从里面锁上的,外面没法锁。他不在乎手枪怎样了,但一想到萨拉·汉姆的手在他的稿纸间摸索就冒火了。就连他的书房都被玷污了。如今,只剩下他的卧室未曾遭到她的染指。

就在那天晚上,她进了卧室。

早餐时,他没有吃东西,也没有落座,就站在椅子边发出了最后通牒;他母亲在啜着咖啡,好像屋子里只有她一个人,而且承受着巨大痛苦。"我已经试过忍耐了,"他说,"尽我可能地忍。反正我已经看明白了,你根本不在乎我,不管我是不是安宁、舒适,能不能安心工作,那我只有一个选择,只能迈出最后这一步。我再给你一天的时间。如果今天下午你还是把那姑娘带回家,我就走。你可以选——选她还是选我。"他还有话要说,但讲到这时,哽住了,他就转身走了。

十点钟,他母亲和萨拉·汉姆出了家门。

四点钟,他听车轮驶上碎石车道,就冲到窗边。车子一停下,狗站了起来,浑身颤抖。

他似乎无法迈出第一步,也就是:走到过道尽头的壁橱里把行李箱拿出来。似乎有人递给他一把刀,告诉他,如果他想活命就要在自己身上开刀。他无助地攥紧两只大手。纠缠在举棋不定和愤慨间的表情混乱不堪。在他发烫的脸庞上,淡蓝色的眼睛简直都快滴出汗来了。他把眼睛闭上片刻,但在眼帘内又看到父亲斜睨着自己。白痴!老爷子愤然地低声骂道:白痴!让那个手脚不干净的荡妇偷走了你的枪!去找警长!找警长啊!

又过了片刻,汤玛斯终于睁开眼睛。他好像刚刚受到一番打击,站在原地足有三分钟,然后,才像一艘巨轮转向般慢慢转身,面朝门口。他在那儿又站了一会儿,继而迈出步子,一脸决意要熬过折磨的表情。

他不知道去哪儿才能找到警长。那个男人自有一套规矩,按自己的时间表行事。汤玛斯先去了监狱,也就是警长办公室所在地,但警长不在。他又去了政府楼,有个文员告诉他,警长去了街对面的理发店。"副警长就在那儿。"文员说着,指了指窗外,有个穿格子衬衫的大个子男人懒洋洋靠在警车上,目光放空。

"我得找警长。"汤玛斯说完就朝理发店走去。他丝毫不想和警长打交道,但终究知道那至少是个明白人,不只是一坨汗津津的肉。

理发师说警长刚走。汤玛斯又往回走向政府楼,刚过街迈上人行道,就看到一个略有驼背的瘦男人正指手画脚地怒斥副官。

汤玛斯走上前去,因为又紧张又慌乱,不经意间带上了攻击性的姿态。他在三英尺开外时戛然止步,音量拔得过高:"可以和你谈谈吗?"他甚至没称呼警长的名字:费尔布拉泽。

费尔布拉泽把满脸褶子的脸稍稍扭转到仅够把汤玛斯纳入视野的程度,副警长也一样,但两人都没讲话。警长从唇间抽出一小截烟屁股,扔在脚边,对他的副官说:"早就告诉你该怎么做了。"然后微微颔首地走开,示意汤玛斯如果要见他,可以跟他走。副警长轻手轻脚绕着警车跑到另一边,钻进了车里。

费尔布拉泽走向政府楼前的广场,汤玛斯跟在后头。费尔布拉泽在树下停下脚步,树影遮蔽了四分之一草坪。他等待着,身子略微前倾,又点了一根烟。

汤玛斯滔滔不绝地讲起这档子事。他没工夫预先准备说辞,所以几乎语无伦次。把同一件事讲了好几遍,才终于把想说的话和盘托出。待他讲完,警长依然身子前倾,和他保持一定的角度,视线没有特定的落点。他就一声不吭地保持这姿态。

汤玛斯又开始讲,这一次放慢了速度,放低了声音,费尔布拉泽让他继续讲了一会儿,然后说道:"我们逮过她一次。"说完,他脸上慢慢浮起一丝皱巴巴的,似乎无所不知的笑容。

"我和那件事无关。"汤玛斯说,"都怪我母亲。"

费尔布拉泽蹲了下来。

"她很想帮到那姑娘,"汤玛斯说,"她不明白,谁也帮不了她。"

"我估摸着是她自不量力吧。"从下方传来的声音好像在沉思。

"她和这事儿无关,"汤玛斯说,"她不知道我来这里。那姑娘要是有了枪就太危险了。"

"要是**他**,"警长说,"决不会姑息放任这种事发生。尤其是女人惹的祸。"

"那姑娘可能拿那把枪去杀人。"汤玛斯无力地说道,垂头看着得克萨斯风格帽子的圆顶。

沉默良久。

"她把枪放哪儿了?"费尔布拉泽问道。

"我不知道。她睡客房。应该就在那儿,大概在她的行李箱里。"汤玛斯回答。

费尔布拉泽再次陷入沉默。

"你可以去搜客房,"汤玛斯用紧张的口吻说道,"我可以回家去,把前门插销拉开,你就可以悄悄进来,上楼去搜查她的房间。"

费尔布拉泽转过头,以便视线无所忌惮地落在他的膝头。"你好像挺清楚该怎么办嘛,"他说,"想跟我换个工作吗?"

汤玛斯一言不发,因为他想不出可以说什么,但他执拗地等下去。费尔布拉泽从唇间抽出烟屁股,扔在草地上。在他身后的政府楼前门廊里有一群游手好闲的家伙,本来斜倚在左侧,现在都挪到了右侧,因为一小块阳光挪到了那里。一张皱巴巴的纸从楼上的窗口飞出来,飘飘然落下楼来。

"我六点左右过去一趟,"费尔布拉泽说,"把插销拉开,不要挡我的路——你和她们两个女人都一样。"

汤玛斯长舒一口气,如释重负,好像在说"谢谢"。他迈开大步横穿草坪,俨如刚刚刑满获释。"她们两个女人"这句话如同芒刺扎在他脑袋里——相比于费尔布拉泽讽刺自己的无能，他对自己母亲那种微妙的侮辱更让他受伤。他一钻进车里，脸就腾地涨红了。他岂不是把母亲拱手交到警长手里了吗——任由他嘲讽？为了解决那个小荡妇，他背叛了母亲吗？但他一转念就想通了，事情并非如此。他是为了她好才这么做的，为了帮她除掉毁掉他们的平和生活的寄生虫。他发动车子，飞快地朝家驶去，但刚一拐上车道，他就决定最好停得远一点，再悄悄从后门进屋。他把车停在草坪上，绕道走向后门。天上飘着芥末色的条状云。狗在后门口的门垫上打盹，听到主人的脚步声就睁开一只黄色的眼睛，瞅了他一眼，又闭上了。

汤玛斯走进厨房。屋里没人，家中悄无声息，只听见厨房里的钟响亮的走秒声。五点三刻。他踮着脚尖从走廊冲到前门，拉开插销。而后，他驻足倾听片刻。客厅的门关着，里面传来他母亲低微的鼾声，他猜想，她准是看书看得睡着了。走廊另一边，就在离他书房三英尺的地方，小荡妇的黑色外套、红色手袋搭在椅子上。他听到楼上有水声，断定她在冲澡。

他走进书房，坐在书桌边开始等，并且注意到自己每隔几分钟就会周身战栗,这让他很反感。他无所事事地坐了一两分钟。然后,抓起一支钢笔,在面前的信封背后画起了方格。他看了看手表。还差十一分钟就到六点了。又过了一会儿,他在百无聊赖中顺手把书桌中间的抽屉拉开到大腿上方。他一时间只能茫然地瞪着手枪,几乎认不出来。之后,他短促地尖叫一声,一跃而起。她把枪放回来了!

白痴!他父亲咬牙切齿,白痴!快去把枪塞到她手袋里去。别傻站在那儿。把它塞进她的包!

汤玛斯站在原地,瞪着那只抽屉。

傻瓜!老爷子气得七窍生烟。还有时间,要抓紧啊!快塞到她包里去。

汤玛斯一动不动。

低能!他父亲怒吼道。

汤玛斯拿起枪。

快点儿!老爷子下达指令。

汤玛斯开始往前走,拿枪的手臂伸出去,离身体尽可能远一点。他打开门,朝那把椅子看。黑色外套和红色手袋就搁在椅子上,咫尺之遥。

快点儿啊!你这个傻瓜,他父亲说道。

客厅门后传出的鼾声有起有落,几乎听不到,似乎在标注时间的进度,但又似乎和汤玛斯所剩无几的时间毫无关系。没有其他声响。

快一点,你这个低能的傻子,趁她还没醒,老爷子说道。

鼾声停止了,汤玛斯听到沙发弹簧嘎吱作响。他一把抓过那只红色的手袋。摸上去有种皮肤的质感,一打开包,那姑娘特有的味道不容置疑地扑面而来。他畏畏缩缩地把枪扔进包里,再退回身来。他的脸孔发烫,涨成了丑陋的暗红色。

"汤米把什么放进我包里了呀?"她喊了一嗓子,快活的笑声顺着楼梯传下来。汤玛斯连忙转身。

她就站在楼梯顶端,摆出时装模特的步态逐级而下,一条裸露的大腿紧接着另一条,以规律的节奏,相继从日式睡袍的前襟开口袒露出来。"汤米真调皮。"她用沙哑的声音说着,走到了最低一级,用极有占有欲的挑逗眼神瞥向汤玛斯,他的脸色已由红转灰。她伸出手,用一根手指挑开包盖,凝视那把枪。

他母亲打开客厅门,朝外看。

"汤米把他的枪放到我包里了。"那姑娘尖叫起来。

"荒唐,"他母亲打着哈欠说道,"汤玛斯干吗要把手枪放你包里?"

汤玛斯微微弓着背站在门口,双手无助又无力地垂在手腕下,好像他刚把它们从一摊血泊中拉出来。

"我不知道是为什么呀?"那姑娘说,"但他真的放了。"她开始绕着汤玛斯打转,双手搭在胯上,脖子往前伸,将暧昧的微笑恶狠狠地对牢他。突然间,她的表情豁然开朗,好像汤玛斯一碰,那手袋就敞开了。她歪着脑袋,频频点头,用一种不可置信的口吻慢慢说道:"哦天啊,他真是个怪人。"

就在那个瞬间,汤玛斯不仅诅咒那姑娘,也诅咒让她生、让她活的整个宇宙的秩序。

"汤玛斯不会把枪放到你包里的,"他母亲说道,"汤玛斯是绅士。"

那姑娘咯咯直笑:"你自己看哪,就在这里头。"她指了指敞开的手袋。

是你发现枪在她包里的,你这个笨蛋,老爷子嘶哑地低声吼道。

"我发现枪在她包里!"汤玛斯大声喊道,"这个下贱的有罪的荡妇偷了我的枪!"

他母亲惊觉到他的喊叫声中还藏匿着另一个人的声息,不禁倒吸一口冷气。老妇人那张占卜师般的脸庞变得刷白。

"什么狗屁的发现!"萨拉·汉姆尖叫着扑向手袋,但汤玛斯抢先抓到,好像是父亲牵着他的胳膊抢到的,继而抓住了手枪。那姑娘在狂暴中冲向汤玛斯的喉头,要不是他母亲冲上前去保护她,她当真会掐住他的脖子。

开枪!老爷子叫起来。

汤玛斯开了枪。气流爆裂的声响俨如要终结这世上的邪恶。在汤玛斯听来,这爆裂声将会粉碎荡妇的狂笑,直到所有人的尖叫都停止,不剩下任何东西能干扰完美秩序的平静。

回声一波一波渐息渐止。在最后一波回声消逝前,费尔布拉泽推开前门,探头进入走道。他皱起鼻头。片刻间,他保持着一种不情愿承认自己被惊到的人特有的表情。他的双眼清澈如玻璃,反映出了这一幕。老妇人躺在那姑娘和汤玛斯之间的地板上。

警长的大脑立刻像计算机般地运转起来。如同白纸黑字，他所见的事实一目了然：这家伙一直想要杀死亲生母亲，再嫁祸于那姑娘。但费尔布拉泽来早了一步。他探头进屋时，他们都没有觉察到。仔细审视现场时，他的脑海里闪现出更多顿悟。在她的尸体之上，凶手和荡妇眼看就要瘫倒在对方的怀抱里了。只要有肮脏的企图，警长一眼就能看出来。他早就习惯了亲临现场时发现状况并不像自己预期的那么糟糕，但这次的现场完全符合他的预期。

第二辑

格林利夫

梅夫人朝东的卧室窗户很低矮,那头公牛就站在窗下,被月光照成了银色,它抬着头,好像在聆听卧室里的些微动静——俨如某位耐心的神衹下到凡间,想要求取她的归顺。窗口黑洞洞的,她轻微的呼吸声传不到窗外。云层漫游,遮了月亮,将它隐成黑影,它就在夜黑中顶撞藩篱。云朵散开后,它又出现了,仍在原地笃悠悠地咀嚼,刚刚扯下的树篱如一圈花冠挂在牛角上。月亮再度隐身,只能依据稳健的咀嚼声辨认它所在的位置。这时,粉色灯光突然溢满窗口。透过百叶窗的缝隙,一条条的光影打在它身上。它往后退了一步,低下头,好像在展示双角上的花冠。

近乎一分钟的时间里,窗内没有任何声响。就在它再次仰起戴着花冠的牛头时,传来一个妇人低沉的喉音,用对狗讲话的口吻呵斥道:"先生,别在这儿待着!"随后才是自顾自的怨言:"不知是哪个黑鬼的蠢牛。"

这头畜生抬起蹄子,刨起了地。弓身前倾站在百叶窗后的梅夫人飞也似的拉拢窗片,生怕泄露的灯光会刺激它冲进矮木丛。她等了一会儿,依然弓着背,挂在窄小双肩上的睡袍松松垮垮地垂荡到身前。绿色塑料小发卷整整齐齐排在她的额前,脸孔敷上了祛皱用的蛋清睡眠面膜,显得异常平滑。

即便在睡梦中,她也一直感觉得到那有节奏的咀嚼声,仿佛有东西要吃掉这房子的一堵墙。她早有觉悟,不管那是什么东西,只要她还拥有这地方,它就会一直吃下去,顺着藩篱吃到房子,现在已经啃上了房子,还会用同样的节奏沉着地吃穿这栋房子,吃掉她和儿子们,一路吃下去,除了格林利夫家的人,它会吃啊吃,什么都吃,直到吃光一切,只留下孤岛上的格林利夫一家人,在原本属于她的地界中央。眼看那东西快吃到她的胳膊肘了,她惊跳起身,这才发现自己是被惊醒的,正站在卧室的中央。她立刻听懂了那种声音:是一头牛在扯咬她窗下的树篱。格林利夫先生肯定忘了关上牧场大门,她毫不怀疑,整群牛都跑来她家院落来吃草了。于是,她打开幽暗的粉色台灯,走到床边,旋开百叶窗页,看到了那头公牛,枯瘦,长腿,站在离她四英尺的地方,像个上门求婚的笨蛋乡巴佬,只知道默不作声地嚼啊嚼。

她眯起眼睛怒视它时心想道:十五年来,一直都有懒鬼的蠢猪拱食她田里的燕麦,他们的骡子践踏她家的草坪,他们的杂种牛害得她的乳牛生下野种。要是现在不把这头公牛关起来,不用等到天亮,它就会越过藩篱,长驱直入,糟蹋她的牛群。此刻,格林利夫先生正安安稳稳地在半英里外的佃农屋里睡大觉。要找他来处理,没别的办法,她只能穿戴齐整,钻进汽车,自己开车去把他叫醒。他会来,但他的表情、整个身姿以及言行中的每个停顿都会暗示:"大半夜的,我真是想不通,总该有一个儿子顶用吧,那两个小子怎么会让他们的老娘开车出来?换作我的儿子,他们肯定会自己把牛关起来。"

公牛低下头,摇头晃脑,绕在角尖的花叶枝条向下滑,越发像是带刺的、威严的王冠。她已经合上了百叶窗;过了几秒钟,她听见它踏着重重的步伐走开了。

格林利夫先生会说:"换作是我那几个儿子,他们绝不会让老娘大半夜开车去找雇工帮忙。他们会自己处理好的。"

权衡再三,她决定不去麻烦格林利夫先生。回到床上,她想到,要说格林利夫家的儿子们能在这个世界里风生水起,还不是因为她雇用了他们无人肯用的父亲。她雇用老格林利夫已有十五年了,其实别人家连雇他五分钟都不肯。但凡长了眼睛的人,只要看他走路的样子就知道他是哪种雇工了。他走起路来肩头高耸,慢慢吞吞,好像生来就不能走直线。好像有个看不见的圆圈,他只会绕着圈走,如果你想直视他的脸孔,你就得径直走到他面前。她至今没有解雇他,只是因为她怀疑自己未必能比他更好地打点农场。他实在是好吃懒做,懒到不肯走出去再找一份工;他连偷偷摸摸的动力都没有,凡事都要她吩咐三四次,他才去做;但要是有牛病了,他也会拖到找兽医都为时太晚了才告诉她;要是牲口棚着火了,他会让老婆先看看火势,再自己动手去灭火。至于他老婆,梅太太就更不待见了。站在老婆旁边的格林利夫先生简直就算贵族了。

"要是我儿子，"他肯定会这样讲，"他们宁愿先把自个儿的右手胳膊砍掉，也不会眼看着老娘去……"

总有那么一天，她会这样对他讲："格林利夫先生，要是您那几个儿子还有点尊严，肯定**不会**让他们的亲妈去做那些事。"

第二天早上，格林利夫先生刚进后门，她就告诉他这地界里有头走失的公牛，她希望他尽快把它圈起来。

"都在这儿三天了。"他好像在对伸在身前的右脚说话，还略微翻转脚面，好像要看一眼鞋底。他站在三级门阶最下面的那级，而她靠在厨房后门口。小小的个子，近视眼暗淡无神，灰头发支棱在头顶，俨如受惊的鸟竖起羽冠。

"三天！"她用习惯性地克制后的尖声尖气喊出声来。

格林利夫先生的眼神掠过近处的牧场，眺望远方，他从衬衣口袋里掏出一盒烟，颠了颠，一支烟落在掌心里。他把烟盒放回去，一边凝视那支烟，一边默默站立片刻。"我把它关进棚了,但被它跑掉了。"停了停,又说道,"之后我就没见过它了。"他猫下腰,点上烟,这才把头稍稍偏向她的方位。他长了一张粗制滥造的大酒杯般的脸孔,上半部倾斜地收入狭长的下半部。戴在头顶、压向鼻梁的灰色毛毡帽下,有一双深凹的狐狸色的眼睛。身形单薄,无足轻重。

"格林利夫先生,"她开口了,"今儿早上要先把那头牛圈起来,否则就不要做别的事儿。你是知道的,配种的季节到了,它肯定会捣乱。抓住它,关好它,下一次再有走失的公牛出现在我的地界,你要立刻通知我。听明白了吗?"

"你想把它关在哪里?"格林利夫先生问道。

"我不在乎你把它关在哪里。"她回答,"你应该有这方面的常识。关在它逃不出来的地方。那是谁家的牛?"

格林利夫先生迟疑片刻,欲言又止,好像把自己左边的空气研究了一番,好半天才答说:"肯定是别人家的牛。"

"说得好,这是肯定的!"她说完就关上门,砰的一声,清晰但不刺耳。

她走进餐厅,两个儿子正在吃早餐,她挨着椅子边沿坐下来。她的位子在餐桌之首,但她历来不吃早餐,只是陪儿子们坐坐,确保他们的需求都能得到满足。"天地良心!"她做了开场白,就开始讲述那头牛的事,模仿格林利夫先生的口吻说道,"肯定是**别人家**的牛。"

韦斯利无动于衷,继续看那份叠放在餐盘旁的报纸,但斯科菲尔德吃吃停停,时不时看着她大笑。不管什么事,两个儿子从来不会有一致的反应。她常说,他们就像白天和黑夜那样迥异。他们之间唯一的共同点在于:对这片地界里发生的事,他们都不管不顾。斯科菲尔德是做生意的料儿,韦斯利是个书呆子。

梅太太认为,老二韦斯利变成读书人是因为他七岁时得了风湿热。老大斯科菲尔德从小到大没生过一天的病,现在成了卖保险的销售员。要是他能卖别的险种,她倒觉得卖保险没什么不好,可惜他只卖黑鬼才会买的那种保险。他就是黑鬼们所说的"保险代理人"。据他说,卖任何险种都不如卖黑人保险赚得多,若是大庭广众之下,他必会大言不惭地瞎嚷嚷:"我妈不喜欢听我这么说,但我确实是本县最好的黑人保险销售员！"

斯科菲尔德三十六岁了，一张讨喜的笑脸宽宽正正，却还没有成婚。"是的。"梅夫人会说，"如果你能卖点体面的保险，有的是**淑女**愿意嫁给你。可是，什么样的好姑娘肯嫁给卖黑鬼保险的呀？等你早晚有一天清醒过来，那就太晚了。"

听到这套抱怨，斯科菲尔德就会尖起嗓子，唱着小曲儿般说道："我的娘亲啊，你没死翘翘，我就不娶妻。到那时候，我要找个肥嘟嘟的好村姑，娶进门来照料这地界！"有一回，他还加了一句："就像格林利夫太太那样的好女人。"听到他这样讲，梅夫人登时从椅子里跳起来，背脊僵硬得像耙柄，径直走向她的房间。卧室里，她在床边枯坐良久，瘦小的脸庞憔悴不堪。最后，她轻声念叨："我一辈子辛辛苦苦，拼命干活，流血流汗地为他们守住这地方，可等我一死，他们就会娶个垃圾进门，毁掉这一切。他们会娶个垃圾进门，毁掉我一生心血。"就在那一刻，她下定决心更改遗嘱。第二天，她就去找律师，添加限定继承人的条款，让他们即便结婚了也不能把地产留给妻子。

一想到他们有可能娶回格林利夫太太那样的女

人，哪怕只有一丁点儿相似，她都会受不了。她已经忍耐格林利夫先生整整十五年了，而忍耐他太太的唯一办法就是彻底避而不见。格林利夫太太是个虚胖的大块头。格林利夫家周围的空地俨如垃圾场，五个女儿总是脏兮兮的；就连最小的丫头都会吸鼻烟。她不剪饬花园，也不洗家人的衣服，整天忙着她所谓的"祈祷疗法"。

她每天都把报纸上所有恐怖的报道剪下来——女人们被强奸、罪犯逃逸、孩童被烧伤、火车脱轨、飞机坠毁、电影明星离婚，尽是对这类事的详细描述。她带着剪报进树林，挖个坑，埋下地，然后就扑倒在地，念念有词，嘟囔个把钟头，还把肥硕的手臂压在身下来回翻动，再从身下抽出，最后要躺平。这让梅太太怀疑：她大概想在泥地上睡一觉。

格林利夫一家人在这里住了几个月后，她才发现这档子事。有天清晨，她出门去查看一块田，明明是在那儿种黑麦的，长出来的却是苜蓿，原来，格林利夫先生往播种机里倒错了种子。她正穿过隔开两块牧场的林荫步道往回走，低声抱怨，把随身带的防蛇用的长棍有节奏地往地上戳。"格林利夫先生，"她喃喃自语,"你犯错,我可承担不起。我很穷,只剩这块地了。我还要供两个儿子上学。我没办法……"

突然间,林中传来痛苦而低沉的呻吟:"耶稣!耶稣!"隔了一秒,呻吟变得急切起来,令人无端恐慌。"耶稣啊!耶稣!"

梅太太停下脚步,僵立着抬起一只手捂住喉头。那呼喊声是如此刺耳,令她觉得似有某种暴力破土而出,脱缰般向她冲杀而来。转而又想到一个比较合情合理的念头:有人在这片林子里受伤了,她会被告,会赔得倾家荡产。她可没买保险。她快步朝前,在步道上拐了个弯,竟一眼看到格林利夫太太跪在路边,双手着地,低垂着头。

"格林利夫太太!"她大叫一声,"这是怎么了?"

格林利夫太太抬起头。泥土和泪水把她的面容搅和得斑斑驳驳,红肿的眼眶里,细小的眼睛成了紫花豌豆的颜色,但她的表情却像斗牛犬那样镇定自若。她四肢着地的身体来回摇摆,口中不断低呼:"耶稣,耶稣。"

梅太太畏缩不前。她想着这个词语,耶稣,理应在教堂里被呼喊出来,恰如有些词句只能在卧室里讲。

她是个良善的基督徒，极度尊崇宗教，不过，当然啦，她其实压根儿不信那些都真有其事。"你到底怎么了？"她厉声问道。

"你打断了我的治疗。"格林利夫太太说着，挥挥手，让她别过来，"没有完成治疗，我就不能和你讲话。"

梅太太呆立原地，瞠目结舌，弯着腰，手中的长棍顿在半空，好像她不知道该往何处下手。

"啊，耶稣，刺中我的心吧！"格林利夫太太凄厉地叫道，"耶稣，来刺中我的心吧！"说罢，她像座人形小山一样扑倒在泥地上，摊开四肢，好像要把大地整个儿抱在怀中。

就像被小孩欺负了一样，梅太太怒火中烧，却又无可奈何。"耶稣，"她连连后退，"会以你为耻。他会叫你赶紧爬起来，去给孩子们洗衣服！"说完，她掉头就走，能走多快就走多快。

每当她想起格林利夫家的儿子们是如何飞黄腾达的，就只能想到格林利夫太太四仰八叉、粗俗不堪地趴在地上的情形，便对自己说道："得了吧，他们**远走高飞**也没用，反正是那个女人**生出来**的。"

她倒是很想在遗嘱里再加一条：自己百年之后，韦斯利和斯科菲尔德不可继续雇用格林利夫先生。她镇得住格林利夫先生，他们可不行。格林利夫先生曾经跟她讲过一次，她的两个儿子连干草和青贮饲料都分不清。她则反唇相讥，说他们有别的本领，斯科菲尔德是个成功的生意人，韦斯利是个成功的知识分子。格林利夫先生没有再表态，但只要一有机会，他就一定会让她看到自己的表情或简单的手势，暗示他实在看不起那两个儿子。格林利夫一家虽然干苦力，但他总是不失时机地让她知道：无论他们一家身处怎样的环境，他的两个儿子——O. T. 和 E. T.——都必会表现得更好。

格林利夫家的儿子比梅太太的儿子小两三岁，是对双胞胎。你跟他们讲话的时候，根本搞不清楚是在和 O. T. 还是 E. T. 讲话，而他们从来都不会彬彬有礼地自报家门或含蓄地暗示。兄弟俩都是大长腿、皮包骨、皮肤泛红，透着贪婪的明亮眼睛和他们父亲的一样都是狐狸色的。这对双胞胎一出生，格林利夫先生就以他们为荣。梅太太说过，瞧他那副自豪的德行，好像生为孪生子是儿子们自行发明的聪明主意。兄弟俩精力充沛，干活很卖力，而她愿意向所有人坦承：他们今天的成就得来不易——其实就是第二次世界大战的功劳。

兄弟俩都服了兵役，穿上军装就等于遮掩了出身，和别人家的孩子没两样。当然，他们一开口就露馅，你还是听得出来的。但他们很少发言。他们做过的最聪明的事莫过于得到派遣海外的机会，娶到了法国老婆。而且，不是法国人里的垃圾货色。他们娶到的是良家姑娘，她们自然听不出来他们那一口英语有多蹩脚，也搞不清格林利夫一家人的底细。

韦斯利的心脏有毛病，所以无法参军卫国，但斯科菲尔德在军队里待过两年。他对兵戎之事毫无兴趣，兵役服完还只是个上等兵。格林利夫家的两个儿子都蹿到了中士级别，战争期间，格林利夫先生逮到任何机会都要在儿子的名字后面加上军衔。这兄弟俩都想方设法负了伤，现如今都领抚恤金。他们前脚离开军队，后脚就抓牢一切退役军人能享受的福利：进了大学，念农业专科——那期间，就让纳税人帮忙养活他们的法国老婆。沿着公路往下两英里，就是他们现在的住家所在，那一小块地是政府补贴建造和购买的，那两栋联排砖土平房也是政府补贴建造和购买的。梅太太说过，要说战争对谁有好处，只能是格林利夫家的双胞胎了。兄弟俩各生了三个孩子，都说一口格林利夫家的蹩脚英语和法语。考虑到两位法国母亲的背景，这六个孩子会被送到教会学校，被培养得知书达礼。梅太太问过斯科菲尔德和韦斯利："你们知道吗？不出二十年，那些小家伙会变成什么样？"

"上等人。"她阴郁地自问自答。

她耗了十五年来对付格林利夫先生，事到如今，和他过招已成为她的第二天性。在某些日子里，他的脾气就像天气一样，决定了她可以做或不可以做某些事，她学会了解读他的表情，就像地道的乡下人看得懂日出日落间的奥妙。

她是不甘心自称为乡下人的。已过世的梅先生是个商人，趁地价低迷时买下了这块地，他撒手人寰时，留给她的也只有这块地。当初，要搬到乡下，住在破落的农场里，两个儿子都很不情愿，但她别无选择。她叫人砍去这地界里的树木，卖了当本钱，继而做起了乳品生意。之后，她登了广告，格林利夫先生来应聘，应聘信上只写了两句话："我看到你的广告了，会带着两个儿子过来。"但第二天他开着拼装而成的老卡车来时，两个儿子和他坐在车厢里，后车斗里还坐着老婆和五个女儿。

这么多年了，他们一直住在她的地界里，格林利夫夫妇好像没怎么变老。他们无忧无虑，不用负担任何重责。他们像田里的百合花，抢走了她铆足了劲儿灌进田里的养分。等她忧劳过度而死后，格林利夫家的人却健康太平，子孙满堂，万事俱备，只差把斯科菲尔德和韦斯利榨干了。

韦斯利说，格林利夫太太不见老是因为她在祈祷疗法中发泄了所有情绪。这个差劲的儿子还忍不住油腔滑调地说："亲爱的，你也该开始祈祷啦。"

虽然斯科菲尔德让她气急败坏，但真正让她担心的是韦斯利。他那么瘦，还秃顶，很神经质，身为知识分子让他养成了别别扭扭的坏脾气。她觉得，自己等到死也未必等得到他成婚，但她敢说，到头来，能搞定他的准保是个坏女人。好姑娘不喜欢斯科菲尔德，但韦斯利不喜欢好姑娘。他什么都不喜欢。他每天驱车二十英里去大学上课，晚上再开二十英里回来，但他说了，他讨厌二十英里的车程，讨厌那所二流院校，讨厌烂学校里的蠢学生。他厌恶乡村,厌恶他过的这种生活,厌恶和母亲、和白痴一样的哥哥同住在一个屋檐下,厌恶每天听家人谈论该死的乳制品、该死的雇工、该死的一天到晚坏掉的农具机械。然而,说归说,他并不曾试图搬走。他谈论的是巴黎和罗马,实际上连亚特兰大都没去过。

"去那些地方,你就会生病。"梅太太总是这样讲,"哪个巴黎人会知道,你吃的喝的都得是无盐的?就算你和那些奇奇怪怪的女孩约会了,难道你以为娶了一个,她就会为你做不加盐的餐点?不可能,谁都不会!"只要这句话一出口,韦斯利就会在座椅里粗鲁地扭转身体,充耳不闻。有一回,她唠叨个没完,他就咆哮起来:"说够了没?老太婆,你怎么不去找点事儿做?为什么你不能像格林利夫太太那样为我祈祷?"

"我不喜欢听到你们这些孩子拿宗教开玩笑。"她答说,"你要能去教堂,就能遇到好姑娘。"

然而,要这两个儿子听话是不可能的。现在,她看着他俩分坐在餐桌两边,压根儿不关心有头走失的公牛会毁掉她的乳牛——说到底,那也是他们的牛群,他们的未来——她就这样看着他们,一个弓着背看报纸,另一个在前前后后地摇椅子,像个低能儿一样朝她咧嘴痴笑,她真想一跃而起,用拳头捶桌子,大吼道:"总有一天你们会明白的,但等你们明白什么是**现实**,那就太晚了!"

"妈妈,"斯科菲尔德说道,"我可以告诉你,那是谁的牛,但你别太激动了。"他鬼头鬼脑地盯着她看。椅子的前腿着地了,他一下子站起来,微微含着胸,双手遮在脑袋上,蹑手蹑脚走向门口。他倒退着走进走廊,关上门但留一条缝,只够露出他的脸。"亲爱的,你想知道吗?"这时他才问道。

梅太太冷冷地看着他。

"那是 O. T. 和 E. T. 的牛。"他说,"昨天,我听他们家的黑鬼说的,说他们丢了一头牛。"他夸张地假笑,露出两排牙齿,然后悄悄地走开了。

韦斯利仰头大笑。

梅太太扭过头,正视前方,面不改色。"我是这里唯一的**成年人**。"她倾身向前,把他餐盘边的报纸抽开,"你怎么就不明白呢?等我死了,你们两兄弟要想办法对付他,那会是什么情形?"她一口气往下说,"难道你看不出来吗,为什么他说他不知道那是谁家的牛？因为它就是他们家的。你不知道我要忍耐这种事吗？要不是我这些年来压下了他的气焰，清早四点钟去挤牛奶的就会是你们兄弟俩，你难道不明白吗？"

韦斯利把报纸拽回自己的餐盘边，凝视她的脸，嘟囔了一句："我可不想为了拯救你的灵魂免下地狱而去挤牛奶。"

"我知道你不会的。"她用又尖又细的声音回击他，然后往后靠在椅背上，开始飞快地翻转搁在盘子旁的餐刀，接着说道，"O. T. 和 E. T. 都是好孩子。他们要是我的儿子就对了。"这念头太可怕了，她眼中的韦斯利立刻被一层泪花模糊了。她只能看见他黑乎乎的身影登时站起来，走了。"那你们俩，"她哭喊起来，"你们两个就该是那个女人的儿子！"

他朝门口走去。

"等我死了，"她已气若游丝，"我都不知道你们会有什么下场。"

"你老是瞎说什么死死死，"他冲出门去的时候在怒吼，"可我看你明明活得好好的。"

她在原地坐了好一会儿，眼光向前，看穿了餐厅那面的窗玻璃，看进了一片含糊不清、灰绿相间的光影。之后,她抻了抻脖子,活动了一下脸部的肌肉,深吸了一口气,但眼前的景致依然混沌不清地涌动在灰蒙蒙的泪波中。"他们不需要相信我随时都会死掉,"她喃喃自语,又加重了挑衅的语气,负气般加了一句:"等万事俱备,我就会死的。"

她用餐巾抹了抹眼,起身走到窗前,凝望外面的景象。一群乳牛在两块淡绿色的牧场地上吃着草,将它们围在草场里的是一堵墙般黑压压的林篱,锯齿状的篱笆尖桩指向漠然的天空。牧草地足以让她冷静下来。从这栋小楼的任意一扇窗户望出去,她都能看到自身性格的投射。她那些城里的朋友们都说她是他们所知的最了不起的女性,哪怕一贫如洗,毫无经验,却真的豁出去,在破落的农场扎下根,还能经营得有声有色。"一切都和你作对,"她会这样说,"天公不帮忙,土地跟你对着干,雇工也和你拧着来。他们联合起来对付你。除了硬着头皮动用铁腕,没别的法子。"

"瞧妈妈的铁腕呀!"斯科菲尔德就会嚷嚷着抓过她的胳膊,举起来,让所有人看到她青筋暴露的纤弱小手在腕下晃荡,好似断了茎的百合花。旁人总会被逗乐。

太阳只是天空中稍稍亮一点的那部分，阳光在黑白相间、吃着草的乳牛群里微微移动。看着看着，她猛然发现一个深色的轮廓，兴许是不知从哪个角度投下来的影子，在牛群间晃动。她陡然惊呼，转身出门，快步走到屋外。

格林利夫先生在挖好的青贮发酵沟里，往独轮手推车里装料。她站在壕沟边，低头盯住他。"我跟你说过了，先把那头牛关起来。可它现在还在乳牛群里瞎溜达。"

"一时间干不了两件事。"格林利夫先生呛了她一句。

"我叫你先去关牛。"

他把手推车推出青贮沟，朝牛棚而去，她紧跟其后。"格林利夫先生，你别以为，"她边走边说，"别以为我不知道那是谁家的牛，还有，你为什么不着急告诉我这儿多了一头牛。我倒不如把 O.T. 和 E.T. 的公牛养起来，让它们尽情吃草，再眼看着它毁了我的乳牛。"

格林利夫先生的手推车停下来了，他扭头朝她看，用不可置信的口吻反问："那是那俩小子的牛？"

她不置一词,只不过略微移开目光,抿紧了嘴。

"他们对我讲过,牛走丢了,但我不知道就是那头。"他说。

"我要你现在就把那头牛关起来。"她说,"我还要开车去找 O. T. 和 E. T. ,让他们今天就来把牛带回去。它在这儿没少吃,我真该收点饲养费——那样的话,以后就不会发生这种事了。"

"他们买下那头牛才花了七十五块。"格林利夫先生报出了价钱。

"送给我,我都不要。"她说。

"他们本来是想把它宰了吃。"格林利夫先生继续讲,"可它挣脱了,拿脑袋去撞兄弟俩的皮卡车头。它不喜欢轿车啊卡车啊这些。他们好不容易才把它的牛角从挡泥板缝里拽出来,刚一松手,它就一溜烟儿跑了,他们累到没力气追它——但我从头到尾都不知道,它就在这儿。"

"我不会雇你去打听这是谁的牛,格林利夫先生。"她说,"反正现在你也知道了。去牵匹马来,把它关好。"

不出半小时,她透过前窗又看到了那头松鼠灰色毛皮的公牛，撅着屁股，翘着长长的浅色牛角，沿着屋前的土路悠哉悠哉地走着，后面跟着骑在马背上的格林利夫先生。"一看就知道是格林利夫家的牛。"她轻声怨了一句，又走到门廊，朗声吩咐道，"把它关在它逃不出来的地方。"

"它就喜欢东撞西撞，很会逃。"格林利夫先生说着，带着赞许的眼神看着牛屁股，"这位绅士是把好手。"

"你儿子不来领走它，这位绅士就死定了。"她说，"我只是把丑话说在前头。"

他听到了，但没有回应。

"没见过这么招人厌的公牛。"她提高了音量，但他已经走远了，听不到了。

她开车拐进O.T.和E.T.家的车道时，清晨已过。那栋新造的红砖平房低低矮矮，看似带窗户的大仓库，坐落在不长树木的山丘顶上。阳光直晒在白花花的屋顶上。这年头家家户户都盖这种毫无特征的房子，只有三条猎犬和狐狸犬的杂种狗能标示这是格林利夫家，她的车还没停稳，它们就从屋后蹿了出来。什么人养什么狗,她提醒自己记起这句俗话,然后摁响了喇叭。等待有谁出来时,她把这小楼打量了一番。窗户都关上了,她猜想,莫非政府还补贴了空调之类的设备。没人出来,她又摁了摁喇叭。总算有扇门开了,门里站着几个孩子,眼巴巴地瞪着她,好像不打算走出来。她一眼就看出了格林利夫家的那副德行——他们可以站在门里,一连几个钟头呆呆地张望你。

"有谁能过来一下?"她喊了一声。

足有一分钟,他们才都开始往外走,慢慢吞吞。他们都穿着吊带裤,光着脚,但没有她想象中那么脏。有两三个孩子一看就是格林利夫家的人,其他的几个却不太明显。最小的是个女孩,一头黑发乱糟糟的。他们在距离她的车六英尺的地方相继驻足,站定了,继续瞪着她。

"你还挺漂亮的。"梅太太对最小的女孩说道。

没人吭声。他们都带着木然的表情。

"你们的妈妈呢?"她问。

还是没人回答。过了一会儿,有个孩子用法语说了什么。梅太太不懂法语。

"你们的爸爸呢?"她又问。

又过了一会儿，有个男孩答说："他也不在家。"

"哎呀——"梅太太的语气仿佛在说——果然不出所料，"那个黑鬼雇工呢？"

她等了又等，知道这回不会有人回答了。"猫咪叼走了六条小舌头？"她自顾自说道，"你们要不要跟我回家，让我教你们怎么讲话？"她大笑起来，笑声却在死寂的空气中窒息般消失了。她觉得自己好像正在领受决定生死的审判，面对着格林利夫一家人组成的陪审团。"我下去看看能不能找到你们家的黑鬼。"

"如果你想去，你就去吧。"有个男孩回道。

"好吧，多谢你的好意。"她兀自嘟哝着，开车离去。

顺着平房前的车道往下走就是牲口棚。她以前没过来看过，但格林利夫先生详尽地描绘过，说是它符合最时新的标准。他说的是挤奶间里的新装备：在下面挤奶，牛奶顺着管道从机器流进奶厅，从头到尾都不需要装桶。格林利夫先生说，不需要人力了。还问过她："你啥时候也去搞一个？"

"格林利夫先生，"她答说，"我得自力更生。政府一毛钱都没补贴过我。我要收支平衡都很勉强，而装个新式挤奶间要花两万块呢。"

"我儿子搞好了。"格林利夫先生嘟哝着,又说,"不过每家的儿子都不一样。"

"是不一样!"她紧接着说道,"我要为此感谢上帝!"

"我为——万事万物——感谢上帝。"格林利夫先生故意拖了长腔。

随之而来的沉默里有种剑拔弩张的气氛,她心想:你是得好好感恩,自己什么都没做,但什么都有了。

她把车停在牲口棚外,再次按响喇叭,但没人出来。她在车里等了几分钟,观察摆放在周遭的各种机器,估摸着有多少是他们自个儿掏钱买的。他们有一台草料收割机,一台旋转式干草捆扎机。这些她都有。她打定主意,既然这儿没人,她不妨下车看看新式奶厅,看他们拾掇得是否干净。

她推开牛奶棚的大门,探头一看,一时间差点儿喘不上气来。一尘不染的白色水泥房间里,两面墙上各有一排齐头高的窗,阳光照射进来,金属架闪闪发光,她不得不眯起眼睛才能把一切看个究竟。她飞快地缩回脑袋,关上门,又靠在门上,眉头紧皱。外面的日光不像里面的那样晃眼,但她感觉得到,日头就在她的头顶之上,像一颗银色的子弹,随时都能钻进她的脑袋。

有个黑人手提黄色的牛犊饲料桶,拐过机具棚,朝她走来。他的皮肤是浅黄色的,穿了一套格林利夫兄弟俩不要的旧军装。他留出体面的距离就停下来,把桶搁在地上。

"O. T. 先生和 E. T. 先生在哪里?"她问道。

"O. T. 先生去镇上了,E. T. 先生下田干活了。"黑人先指向左边,又指向右边,像是在给两颗行星定位。

"留个口信,你记得住吗?"她问得一本正经,好像真的很怀疑。

"只要没忘,我就记得住。"他有点不高兴地说。

"好吧,那我就写下来。"说完,她钻进车里,从记事本里找到一截铅笔头,在空信封的背面写了起来。黑人走近了,站在车窗边。"我是梅太太,"她边写边对他说,"他们的牛跑到我家去了,我要它今天就消失。你可以告诉他们,我已经气坏了。"

"那头公牛礼拜六跑的。"黑人答说,"后来我们谁也没见过它。都不晓得它跑哪儿去了。"

"那现在晓得了吧。"她说,"你尽可以告诉O.T.先生和E.T.先生,如果他们今天不来领牛,明儿一早,我先让他们的老爹一枪毙了那畜生。我不能眼看着那头公牛糟蹋我的乳牛。"她把字条递给他。

"照我对O.T.先生和E.T.先生的了解,"黑人接下字条,说道,"他们肯定会说,随你要杀要剐。它都撞坏我们的卡车了,死了才好。"

她把头往后一仰,眯着眼瞪了他一眼。"他们是指望我耗上时间和人力帮他们宰牛?"她再问,"他们不想要了,就任它到处乱逛,等别人动手?它天天都在吃我家的燕麦,骚扰我家的母牛,他们还等着我毙了它?"

"我想是这样的,"他轻声说道,"它已经撞坏了……"

她狠狠地瞪了他一眼,"行了,我倒也不意外。有些人就是这副德行。"她停顿一下,再问道,"这里是谁当家作主,O.T.先生,还是E.T.先生?"她一直怀疑,兄弟俩暗中较劲儿。

"他们从来不吵架的,"男孩回答,"就像有两副皮囊的一个人。"

"哼,我敢说,你只是没听到他们当你的面吵。"

"别人也一样,谁都没听过他们起争执。"他说着这话,移开目光,好像是用这种傲慢的腔调对别人讲话。

"得了吧。"她说,"我忍了他们老爹十五年了,还不知道格林利夫家的那些破事儿?"

黑人突然盯着她看,一脸恍然大悟的神情问道:"你就是我保险代理人的妈妈?"

"我不知道你的代理人是谁,"她尖刻地回道,"你把这字条给他们,告诉他们如果今天不来弄走那头牛,明天他们老爹就要毙了它。"说完,她驱车扬长而去。

整个下午她都在家,等着格林利夫家的双胞胎来领走那头牛。他们没来。她愤懑地暗忖,我反倒要给他们干活,他们竟然没底线地占我便宜。吃晚餐的时候,她又把事情讲了一遍,这是为兄弟俩好,让他们明白 O.T. 和 E.T. 打的是什么如意算盘。"他们不想要那头牛了,"她说,"——把黄油递给我——所以就放它走,让别人替他们去操心该拿它怎么办。你们是怎么想的？我是受害者。我一直都是受害者。"

"把黄油递给受害者。"韦斯利说道。他的脾气比往日更坏，因为从大学回家的路上，他的车爆了一只胎。

斯科菲尔德把黄油递过去，说道："哎呀，妈妈，它什么都没做呀，只不过让你的乳牛生了几只杂种，朝这样一头老公牛开枪，你不觉得惭愧吗？我正式宣布，有这样的妈，我却成长为这么优秀的孩子，简直堪称奇迹啊！"

"你又不是她的儿子。"韦斯利说道。

她往椅背上靠，指尖搭上了桌边。

"我只知道，"斯科菲尔德说道，"鉴于我的出身，现在能取得这么大的成就实在是了不起。"

他们开始取笑她，用格林利夫家的口音讲英语，韦斯利还加上了他特有的刀锋般扎心的腔调。"老兄，我得跟你讲一桩事，"他往前凑，紧靠桌边，"你但凡长了半拉脑子，早就晓得了。"

"老弟，到底啥事啊？"斯科菲尔德扬起宽宽的大脸，咧嘴歪笑，对着桌对面那张狭长的脸孔。

"是这样的，"韦斯利答道，"你和我都不是她的儿子……"他讲到这里，突然停了下来，因为她发出一种沙哑而沉重的喘息声，俨如一匹老马出其不意地受了一鞭。她起身冲出了餐厅。

"哎呀，看在上帝的分上，"韦斯利低吼了一嗓子，"你干吗去招惹她？"

"又不是我。"斯科菲尔德说，"是你挑的头。"

"哈！"

"她上了年纪了，经不起这种刺激了。"

"她把脾气发出来就好了。"韦斯利说，"反正成天听她念叨的人是我。"

当哥哥的一改嬉笑之色，露出丑恶的表情，立刻显示出两兄弟共同继承的相似之处。"没人会同情你这种浑蛋。"说着，他伸手越过桌面，揪紧了弟弟的衬衣前襟。

她在自己的卧室里听到了盘碟跌碎的声响，赶紧穿过厨房跑向餐厅。走廊门敞开着，斯科菲尔德冲出门去。韦斯利像只巨大的昆虫，肚皮朝上躺在地板上，被掀翻的餐桌拦腰倒在他身上，餐盘的碎片也散落在他身上。她把桌子从他身上掀开，拉住他的胳膊，把他拉起来，但他手忙脚乱地站起身后，却气冲冲地推开她,头也不回地夺门而出,也像他哥哥刚才那样跑了出去。

要不是有人敲响了后门,她本会虚脱地瘫倒,但叩门声令她浑身僵直,转过身去。望穿厨房和后门廊,她看得到格林利夫先生正往纱窗门里急切地张望。她一下子来了精神,好像要魔鬼亲自下战书,她才能全身心地振作起来。"我听到大动静了,"他喊了一嗓子,"还以为天花板掉下来砸到你了。"

需要他的时候,得派人骑马去找他,可不需要他的时候,他倒是说来就来。她从厨房走到后门,站在纱窗门内说道:"不是的,没出什么事儿,不过是桌子倒了。有条桌腿不太稳。"她一口气往下说,一点儿停顿都没有,"你的儿子没来领走那头牛,所以明天你要打死它。"

淡薄的红紫色晚霞漫浮天际,云彩后面的夕阳正缓慢地西沉,仿佛一级一级爬下阶梯。格林利夫先生在门阶上蹲坐下来,背对着她,帽尖和她的鞋面一般高。他说:"明天我会帮你把它赶回家。"

"噢,不用了,格林利夫先生。"她讥讽地回道,"你明天载它回家,下礼拜它又会回这儿来。我再清楚不过了。"她换上一种痛心的口吻,又说道,"我真没想到 O. T. 和 E. T. 会这样对我。我还以为他们会有感恩之心。他们在这儿度过了很多快乐的日子,难道不是吗,格林利夫先生?"

格林利夫先生一言不发。

"我认为是这样的。"她说下去,"我相信他们过得很开心。但他们都忘了那些美好的小事,忘了我曾经对他们的好。我还记得,他们穿过我儿子的旧衣裳,玩过我儿子的旧玩具,还用我儿子们的旧猎枪去打猎。他们在我家的池塘里游泳,打我地界里的鸟儿,在我的小溪里钓鱼。时间过得飞快,总是一眨眼就到了他们的生日和圣诞节,我从没忘记给他们礼物。可现在呢,他们还会记得这些事吗?"她问,再答,"**不会!**"

好一会儿,她凝望着逐渐消沉的夕阳,格林利夫先生低头细看自己的手掌。她好像突然想起了什么,又问道:"你知道他们到底为什么不来领牛吗?"

"我可不知道。"格林利夫先生没好气地回答。

"他们不来,因为我是女人。"她说,"女人最好打发了,你随便怎样都可以。要是经营这地方的是个男人……"

格林利夫先生像蛇咬人一样，冷不丁打断她："你有两个儿子。他们知道你这儿有两个男人。"

太阳消隐在林木背后。她低下头，而他现在仰起头了，她看着那张黝黑、狡猾的脸孔，还有那双在帽檐的阴影下依然明亮而机警的双眼。她等了一会儿，想给他充裕的时间，让他看出她受伤的表情，继而说道："有些人学会感恩但为时已晚，格林利夫先生，还有些人一辈子也学不会。"说完，她转身就走，把他独自留在门阶上。

半夜，她在睡梦中听到一种声响，好像有块大石头要在她脑壳上研磨，直到钻出个洞。她在脑壳内游走，走过连绵起伏、美不胜收的山丘，每走一步，她就把长棍杵在地上。如此走了一会儿，她渐渐明白过来，那是太阳灼烧树顶的声响，她便停下来观望，明知道阳光烧不穿林木，而且只能一如往常地沉落到她的地界之外，因而觉得安全无忧。刚刚停下观望时，太阳还只是膨胀的红球，但当她站定再望时，它却开始缩小、变白，渐渐缩成了一颗子弹的形状。突然间，它穿过林叶，冲着山脚下的她而来。她惊醒时，手还捂着嘴，却还听得见梦中的声响，渐渐消失却依然清晰。

那是公牛在她窗前吃草的声响。格林利夫先生把它放出来了。

她起身下床,摸黑走到窗边,透过百叶窗页的缝隙往外看,但公牛已从矮树丛边走开了,她一时间没看到它。接着她才发现,不远处有个庞大的黑影停顿下来,仿佛在观察她。她自言自语,过了今晚,我再也忍不下去了。然后她一直望到那个铁灰色的黑影越走越远,消失在暗夜中。

翌日清晨,她等到十一点整就走向她的车,开到牲口棚,格林利夫先生正在那儿清洗牛奶桶。他把七只桶摆在挤奶房外面晒太阳。两星期前,她就叫他干这事儿了。现在她说:"好了,格林利夫先生,去把你的枪拿来。我们这就去毙了那头公牛。"

"我以为你要我把这些桶……"

"去拿你的枪,格林利夫先生。"她说话的声音和表情都是冷冰冰的。

"那位绅士昨晚跑掉了。"他听上去略有遗憾,又弯下腰擦洗牛奶桶了——他的一只胳膊还在桶里。

"去拿你的枪,格林利夫先生。"她像赢家那样故作平淡地说道,"那头公牛和没有奶的母牛在牧场里。"

我在二楼窗边看到它了。我开车带你去,你可以把它赶到没有牛的草场,再一枪毙了它。"

他慢吞吞地放下牛奶桶,又提高了嗓门,用锉刀般的声音说:"怎么会有人叫我把亲儿子的牛打死。"他从后袋里扯出一块抹布,使劲地擦手,再擦鼻头。

她好像根本没听见,转身说道:"我在车里等你。去拿你的枪。"

她坐在车里,看着他气势汹汹地走向他放枪的马具棚。进去后,只听到一阵碰撞声,想必是他一路踢开了什么东西。等他再出现时,手里提着那杆枪,他绕到车后,用力地拉开车门,重重地坐进她旁边的座位里。他把枪立在双膝间,目不斜视。她心想,他宁愿朝我开枪也不肯毙了那头牛。继而她别过脸,以免他看到自己在笑。

这天清早干燥而晴朗。她在树林里开了四分之一英里,再驶入开阔的空地,狭窄的小路两边都有田地。一想到即将如愿以偿,她只觉得神清气爽,感官都敏锐起来。四处都有鸟鸣声,绿草油亮刺眼,天空更是蓝得耀目。"春天来了!"她喜不自禁地说道。格林利夫先生嘴角抽动,好像在说,这简直是蠢到家的废话。

她把车停在第二个牧场的门口,他立刻下车,用力地甩上车门。他打开牧场大门,她开车进去。他关上大门,又坐回车里,一声不吭。她绕着牧场开,直到看到那头牛,它几乎就站在牧场的正中心,安详地在牛群中吃草。

"那位绅士在等你呢。"她狡黠地瞥一眼格林利夫先生怨怒的侧脸,"把它赶到下个草场去,我会开车跟在你后面,等你把它赶进去了,我就自己关栅栏门。"

他再次愤然下车,但这次故意敞着车门,让她不得不侧身够到把手,把门关上。她就坐在车里,微笑地看着他走进草场,朝另一扇栅栏门走去。他似乎每迈一步都要奋力朝前,再使劲往后拉扯,好像以此呼天抢地,让天神见证他是被迫做这事。"哎呀,"她大声喊起来,好像他还坐在她车里,"格林利夫先生,是你那两个儿子害你这样做的。"O. T. 和 E. T. 现在大概在家里笑得前俯后仰呢。她简直都能听见他们用同一种瓮声瓮气的腔调说:"让老爹帮我们干掉那头牛吧。老爹还以为那是头好牛呢。杀了它会要了老爹的命!"

"但凡那两个小子有点孝心,格林利夫先生,"她接着说道,"他们就会过来,把牛领回家。他们真让我大吃一惊啊。"

他先绕了一圈,把栅栏门敞开。那头深灰色的公牛没有挪动,仍在黑白间杂的乳牛群里。它埋头吃草,吃个不停。格林利夫先生开了门,又绕回来,从后面靠近它,直到大约有十英尺的距离时,他开始挥舞双臂。公牛懒洋洋地抬起头,又垂下去,自顾自地吃草。格林利夫先生不再挥臂,随手捡起什么,挑衅般地朝它扔去。她觉得那一定是块尖锐的石头,因为公牛立刻跳将起来,拔腿就跑,跑到山边就不见了。格林利夫先生不慌不忙地跟在后面。

"你别以为会跟丢它!"她喊了一句,发动汽车,径直穿过牧场地。过陡坡时她不得不放慢速度,等她开到栅栏门边时,格林利夫先生和公牛都不见了踪影。这块草场比刚才那块小一点,绿油油的一片,四周都是林木。她下了车,关上栅栏门,站在门边搜寻格林利夫先生,但哪儿都看不到人影。她登时明白了,他早就盘算好了,就想让公牛跑进密林里去,让她等上半晌,再见他从树丛间现身,一瘸一拐地朝她走来,走到她跟前再说:"你要能在这林子里找到那位绅士,那我就服了你。"

她会这样应答:"格林利夫先生,要是我不得不和你一起进林子,耗一下午,准能找到那头牛。哪怕非得由我帮你扣动扳机,你也得亲手干掉它。"他会看出来她志在必行,就会乖乖反身,很快就能亲手解决那头牛。

她回到车里,开向草场的中心点,以便他从林子里出来时能少走几步冤枉路。她想象着,这时候的他坐在一截树桩上,顺手用树枝在地上乱画一气。她看看手表,决定等他十分钟,不多不少,然后就摁喇叭。她下了车,随意走了走,又在车头保险杠上坐下来,边休息边等待。她非常疲倦,头向后靠在引擎盖上,闭上了双眼。她想不通,上午才过了一半,怎么会这么累呢?透过紧闭的双眼,她感觉得到阳光就在头顶,火辣辣的。她微微睁开眼,但白晃晃的阳光迫使她又合上了眼。

她在引擎盖上靠了一会儿,昏昏沉沉地思忖自己为什么如此疲惫。闭着眼睛的她不再把时间分为白天和黑夜,而分为过去和未来。她想通了,自己如此疲惫正是因为马不停蹄地劳作了十五年。她想明白了,她最有资格累,有权休息几分钟再接着干活。在任何人组成的陪审团前,她都能无愧地说:我一直在工作,不曾偷懒。就在她回忆毕生辛劳的时候,格林利夫先生在林子里磨洋工,格林利夫太太大概瘫在泥地上,趴在埋在洞里的剪报上睡大觉。这些年来,那个女人变本加厉,梅太太相信她其实早就疯了。"依我看,你太太恐怕太痴迷于宗教了,"有一次,她试图婉转地对格林利夫先生说,"你知道,凡事都该有个度。"

"上次她治好了一个男人,虫子吃掉了他的半拉内脏。"格林利夫先生这样回答,她只好转过身去,觉得有点反胃。现在她想的是,可怜的人啊,头脑如此简单。不知觉间她打起盹来。

等她坐起来看手表时,十分钟早就过去了。她连一声枪响都没听到。她突然有了新的揣测:莫非格林利夫先生丢出石块,公牛恼羞成怒,转而去攻击他,把他顶到树干上,他就这么死了?如果 O. T. 和 E. T. 找个奸诈的律师来控告她,那就更讽刺了。十五年来她容忍格林利夫一家人,落得这种下场岂非完美。想到这里,她竟似有点愉悦,好像自己讲给朋友们听的故事终于有了神来之笔的大结局。接着,她又否定了这种想法,因为格林利夫先生带着枪,而她已经买好了保险。

她决定先按喇叭。她站起来,手伸进车窗,长按了三声,再短按了两三声,好让他知道她已经不耐烦了。然后她走回车头,又在保险杠上坐下。

过了几分钟,林木间有了动静,是那个黑乎乎的庞大身影,来回甩了几下头就朝前大步奔跑。几秒钟后,她认清楚了,就是那头公牛。它慢慢地穿过草场,用一种近似乐颠颠的步态向她而来,好像能再见到她令它忘乎所以。她朝它身后看,以为会看到格林利夫先生紧随其后走出林子,但他没有出现。"它在这儿,格林利夫先生!"她大喊一声,望向草场的另一边,想看他会不会从后面冒出来,但他还是没有出现。她再扭回头来,看着公牛朝她冲来,牛头压低。她动也不动,但并非出于恐惧,而是因为难以置信而难以动弹。她眼看着公牛像黑色的闪电一样劈向自己,好像已无法感知距离,好像她一时间不能判定它的真正意图,她还没来得及大惊失色,公牛已将脑袋埋进她的腿间,恰如痛苦而狂热的情人。一只牛角陷没在她的身体里,直到刺穿她的心脏,另一只牛角的弧弯拢住她的侧身,紧紧夹住,好像给了她一个无法挣脱的怀抱。她始终目视前方，但面前的景致已彻底改观了——在一个唯有天空留存的世界里，只有黑色伤疤般的林木线——她的表情就像一个盲人重见光明，却发现天光难以忍耐。

格林利夫先生从一旁冲出来，端起了枪，她看到他来了，但没有看向他。仿佛有一个隐形的圆圈，她看到他渐渐靠近但仍在圈外，他身后的林木裂出豁口，他脚下空无一物。他瞄准公牛的眼睛开了四枪。她没有听到枪声，但感觉到那巨大的身躯倒下时引发的震动，拖着她往前倾，倾倒在牛头上。看起来，当格林利夫先生走到她身边时，她好像弯下腰，对着这畜生的耳朵轻声讲述她最后的发现。

本篇荣获1957年欧·亨利短篇小说奖一等奖

启示

候诊室非常小,特尔平夫妇走进来时,几乎已经坐满了人。特尔平太太身形庞大,反衬得这地方更为逼仄。她如乌云压顶般站在屋子中央搁杂志的矮桌前,犹如活生生的力证,证明了这房间的局促和荒谬。她用明亮的黑色小眼睛扫视了候诊中的每一个病人,琢磨着该在哪里落座。有一张椅子是空的,沙发上也有余位,但被一个身穿脏兮兮的蓝色连身短裤的金发男孩霸占了,应该有人让他挪一挪,给女士腾出位置。他大概五六岁,但特尔平太太一眼就看出来了,不会有人叫他挪过去的。他瘫坐在沙发座里,双臂摊放在两侧,眼里也尽显懒散,还挂着鼻涕,擦也不擦。

特尔平太太那只坚定的手搁在了克劳德的肩头,说道:"克劳德,你坐那把椅子。"声音不高不低,想听的人绝不会听不清。她推着他,在空椅子里坐下。秃顶的克劳德面色红润,身子很粗壮,好像比特尔平太太矮了一点,但从他坐下来的样子看,他似乎很习惯听老婆的吩咐做事。

特尔平太太还是站着。除了克劳德,候诊室里只有一位男士。那是个瘦巴巴的老头,摊开红棕色的双手,搁在两个膝头,双眼紧闭着,像是睡了或死了,又或只是假寐,免得起身给她让座。她调转视线,和善地看向穿着讲究的灰发女士,她俩的视线对在一起,灰发女士用表情示意:如果是我的孩子,肯定教养有加,主动挪位——沙发足够你和他一起坐。

克劳德叹着气,抬起头,像是打算起身。

"坐下,"特尔平太太说,"你知道你那条腿不该站着。他的腿上有溃疡。"她向别人解释。

克劳德把一只脚翘上矮桌,卷起裤腿,露出大理石般苍白的腿肚子上那个鼓凸出来的紫色肿块。

"哎呀!"那位和气的女士说道,"怎么会这样?"

"牛踢了他一脚。"特尔平太太回答。

"我的天啊!"女士惊呼。

克劳德放下了裤腿。

"也许小男孩可以挪一下。"女士说了一句,但孩子纹丝不动。

"很快就有人走了。"特尔平太太说道。她不能理解,为什么医生赚了那么多钱,却负担不起一间大小适中的候诊室?那些医生只需把脑袋伸过来看你一眼,五块钱就到手了。这个房间不比车库大多少。矮桌上堆满了被翻得软趴趴的杂志,杂乱无章,另一头还搁着一只绿玻璃烟灰缸,里面塞满了烟屁股和沾了血点的棉花球。要是这地方交给她打理,她时不时就会倒空那个烟灰缸。房间前部的墙边没有摆放座椅,墙面上有个长方形的嵌窗,可以看到诊疗室里的情形,护士进进出出的,秘书在听广播。嵌窗口摆着一只金色花盆,里面是塑料蕨类植物,下垂的枝叶都快荡到地板了。广播里轻轻播放着福音音乐。

就在那时,内门打开,门缝里探出一个黄头发护士的脸孔,叫下一位病人进去。她顶着特尔平太太从未见过的高耸盘发。坐在克劳德另一边的女人撑着座椅扶手站起来,拉了拉吸附在腿上的裙摆,蹒跚地走进护士刚刚消失的那扇门内。

特尔平太太在空出的座椅里坐下,椅子像束身衣般紧紧箍住她。"我真想减肥啊。"她说着,翻了个白眼,逗趣地叹口气。

"哎呀,你又不胖。"时髦的女士说道。

"哦哟哟——我可是太胖了。"特尔平太太说,"克劳德想吃什么就吃什么,体重却从没超过一百七十五磅,可我呢,光是看一眼好吃的,体重就往上涨了。"她的肚子和肩膀随着大笑抖动起来。"你想吃啥就吃啥,对不,克劳德?"她扭头问他。

克劳德只是咧着嘴笑。

"其实,只要你性格好,"时髦的女士说,"我觉得胖瘦都一样。只要性格好,别的都不重要。"

她身边坐着个胖姑娘,十八九岁的模样,正拉长了脸看着一本厚厚的蓝封皮书。特尔平太太看到书名是《人类发展》。那姑娘抬起头,面带不悦地对着特尔平太太,好像很不喜欢她的长相。她想看书的时候却有人在聊天,这显然让她很烦。这可怜的姑娘满脸粉刺,面色青灰,特尔平太太心想,这年纪有这样一张脸实在太让人同情了。她朝姑娘友善地一笑,但姑娘的脸色更阴沉了。特尔平太太虽然胖,但皮肤一直很好,哪怕已经四十七岁了,除了因为太爱笑,眼角生出了笑纹之外,脸上其他地方一道皱纹都没有。

丑姑娘的旁边就是那个小男孩,坐姿依然,在原位没动。孩子的旁边是个皮肤粗糙的瘦老太,穿着印花棉布连衣裙。她和克劳德在泵房里放了三袋鸡饲料,袋子上的花纹和老太裙子上的一式一样。她刚才就看出来了,那孩子是跟这老太来的。从坐姿就看得出来——无所事事,茫然失神,白人中的渣滓,只要没人喊他们进去,叫他们起身,他们好像就能这样坐到审判日。和老太呈直角的位置,也就是穿着体面、讨人喜欢的女士身边,坐着一个脸型瘦长的女人,显然就是男孩的妈妈。她穿着黄色长袖卫衣,红酒色的宽松长裤,衣裤的质地看起来都很粗糙,她的唇边还沾染了鼻烟粉,肮脏的黄头发用一条红纸带扎在脑后。特尔平太太心想,他们比任何时候看到的黑鬼还要糟糕。

福音唱的是:"当我仰望,主将俯视。"特尔平太太知道这首曲子,便在心里唱起最后一句:"不久归家,佩戴冠冕。"

特尔平太太总是不动声色地观察别人的脚。衣着讲究的女士穿了双红灰相拼的小羊皮鞋,和她的裙子很搭。特尔平太太自己穿了皮质上好的黑色漆皮鞋。丑姑娘穿的是女童子军鞋,搭配了厚短袜。老太穿了网球鞋,白渣妈妈的脚下好像是卧室里穿的拖鞋,黑色草编配金色饰带——你还能指望她穿什么好鞋呢。

有时,特尔平太太入夜睡不着时,就会异想天开:假如她不能当自己,那她会选择当什么人?如果神造她之前,耶稣问她:"你只能二选一,要么是黑鬼,要么是白渣。"她会怎么选呢?"求求你,耶稣,求你了。"她大概还会说,"再让我等等吧,等到有别的身份腾出来再挑。"耶稣就会说:"不行,你必须现在就去人间,我只能给你这两个选择,赶紧拿主意吧。"她会扭来扭去耍无赖,哀求不已,但都没用,到头来她只能说:"好吧,那就让我当黑人吧——但不能是黑人中的渣滓。"耶稣就会让她成为干净、整洁、受人敬重的黑女人,她还是她,只不过皮肤是黑色的。

男孩妈妈的旁边坐着一个挺年轻的红发女子,正嚼着口香糖,一边翻看杂志,用克劳德的话来说,那是飞也似的看。特尔平太太看不到女子的脚。她不算白人中的渣滓,只是个普通人。特尔平太太时常在深夜难眠时把人分个三六九等。大多数有色人种都在最底层，就算她是有色人种，也不会在这一层；稍微好一点——但还不算上一层，只是稍好一点的底层——就是白渣。底层之上是有房的人，再往上是有房又有地的人，她和克劳德就属于这个档次。他们之上就是家财万贯的有钱人，房子更大，土地更多。但想到这里，她就体会到了阶层的复杂性：有些有钱人其实很普通，本该在她和克劳德之下；还有些血统纯正的人却千金散尽，不得不租房子住；有些有色人种也拥有自己的房产、地产。他们镇上有个有色人种的牙医，拥有两辆红色林肯、一个带泳池的房子，还有一座农场，养了有血统认证的纯种白面牛。通常，数到快睡着的时候，各种阶层不同档次的人就会在她脑海里喧闹翻腾，她会梦见所有人挤进一辆箱型货车，再被送进焚化炉。

"挂钟真漂亮。"她说着，朝右边点点头。那是一座大壁钟，钟面四周是太阳光芒四射状的黄铜装饰条。

"是挺漂亮的，"讲究的女士附和道，瞅了瞅手表，又说，"而且挺准的。"

旁边的丑姑娘抬眼瞥了一眼壁钟，冷笑一下，扭头瞪着特尔平太太，又冷笑一下。继而，她的视线才回到书页上。她显然是那位女士的女儿,尽管脾气天差地别,但她们有相同的脸型和蓝色瞳孔。同样的蓝眼睛在那位女士脸上就闪出悦人的光亮,但在女孩干枯的脸上却时而阴燃,时而喷火。

万一耶稣说的是"好吧,你可以选当白渣、黑鬼或丑八怪",那可如何是好啊!

特尔平太太非常同情这姑娘,但她认为长得难看和品行丑陋是有所不同的。

嘴唇沾着鼻烟粉的女人在座椅里转过身体,抬头看了看壁钟。身体转回来的时候,她往特尔平太太那儿扫了一眼。她有只眼睛是斜视。她大声问道:"你想知道哪儿有卖这种钟吗?"

"不用了,我已经有一只很好的钟了。"特尔平太太回答。只要有这种人在闲聊中插一腿,她就会结束对谈。

"拿绿票就能换购,"那女人继续说,"他八成也是这样换来的。攒足了绿票,任何东西都能换来。我就换到了首饰。"

你该换些毛巾和肥皂。特尔平太太心想。

"我用绿票换到了床单呢。"讨人喜欢的女士说道。

她的女儿砰一声合起书,笔直朝前看,视线直接穿越特尔平太太,再往前穿过黄色窗帘,以及特尔平太太身后的厚玻璃窗墙。丑姑娘的眼睛突然亮起来,闪出奇特的光,如同夜色中的路标发出的不自然的冷光。特尔平太太扭过头去,想看看外面有什么好看的,但她什么也看不到。隔着窗帘,只见路人朦胧的身影。这姑娘不该只对她露出丑恶的表情吧,没道理啊。

"芬利小姐。"护士把门推开一条缝,喊道。嚼着口香糖的女人站起来,径直走过她和克劳德的面前,进了诊疗室。这女人穿的是红色高跟鞋。

丑姑娘的视线越过矮桌,直勾勾地看着特尔平太太,好像她真有什么特别的理由看她不顺眼。

"今儿天气真好,不是吗?"这姑娘的妈妈说道。

"这种好天气最适合摘棉花,如果你有黑鬼帮你干活的话。"特尔平太太说道,"但黑鬼们不想再去摘棉花了。你找不到白人去摘,现如今也找不到黑鬼去摘,因为他们可以和白人平起平坐啦。"

"反正他们就想试试呗。"白渣女人说着,把身子朝前倾。

"你有没有摘棉花的机器?"讨人喜欢的女人问道。

"没有。"特尔平太太回答,"用那种机器的话,顶多采得到一半,还有一半剩在田里。不过我们也没多少棉花地。现如今,要是你想搞农业,什么都得种一点。我们有几亩棉花田、几头猪和几只鸡,还有几头白面牛,光靠克劳德自己,还顾得过来。"

"有一样是我不想要的,"白渣女人说着,用手背抹了抹嘴巴,"那就是猪。臭烘烘的,恶心死了,呼噜呼噜到处乱拱。"

特尔平太太几乎不搭理她。"我们家的猪不脏,也不臭。比我见过的有些小孩还干净呢。它们的蹄子都不沾泥地。我们有个猪舍——在水泥地上养猪。"她对讨人喜欢的女士解释说,"克劳德每天下午都用水管冲洗它们,还要冲刷地面。"她暗自心想,比坐在那边的孩子干净多了。可怜的小脏孩儿。他除了把脏兮兮的大拇指塞进嘴里之外,根本没动过。

那女人扭开脸,不再朝向特尔平太太,对着墙壁说道:"我才不会用什么水管冲洗猪呢。"

你又没有猪可以用水管冲。特尔平太太心想。

"呼噜呼噜,就知道到处乱拱,哼哼唧唧。"那女人嘟囔道。

"我们什么都有一点。"特尔平太太对讨人喜欢的女士说,"在自己和帮手应付得来的程度就好,有再多也没用。今年我们找到了足够的黑鬼来摘棉花,可是克劳德要带他们去,晚上还要送他们回家。他们连半英里的路都不肯走。死活不肯,我跟你说啊,"她欢快地笑出声,"讨好那些黑鬼可让我烦透了,可是,如果你要他们替你干活,你还就得爱他们。他们早上来的时候,我就跑出去说:'大家伙都好吧?'克劳德开车载他们去田里时,我还要死命地挥手,他们也会挥手回应我。"她飞快地摆摆手以作演示。

"按照他们那套做法来。"女士说道,表示她完全理解。

"可不是嘛。"特尔平太太说,"等他们从田里回来,我要提着一大桶冰水出去迎。从现在开始,只能这样了。要面对现实啊。"

"我就知道一点,"白渣女人说道,"有两样事情我绝对不会去做:爱黑鬼和用水管冲洗臭猪。"说完,她发出短促而轻蔑的嗤笑。

特尔平太太和讨人喜欢的女士交换了一个眼神，表明彼此心知肚明：你得先**拥有**某样东西，才能**明白**某些事。但特尔平太太每次和这位女士交换眼神，都分明意识到丑姑娘的古怪眼神落在自己身上，这让她很难把注意力转回先前的谈话中。

"你拥有的东西，"她继续说，"就要好好照料。"她还在心里继续默念：如果你除了呼吸、身上的衣裤之外，什么都没有，你只能每天早上进城，坐在法院墙顶上往下吐口水。

她身后突然闪过一片奇形怪状、旋动不停的阴影，隔着窗帘，浅淡地投射到对面的墙上。接着，有辆咔哒咔哒响的自行车停靠在了门外。门打开后，一个有色男孩手拿杂货店的托盘，悄无声息地溜进来，托盘上放着两只红白相间的大纸杯，都带着杯盖。这男孩个子高挑，肤色极黑，穿着已经褪了色的白色裤子和绿色尼龙衬衫。他慢悠悠地嚼着口香糖，好像踩着音乐的节拍。他把纸杯托盘放在诊疗室门口的蕨类摆设旁边，探头找秘书。她不在。他把胳膊撑在窗边，等着的时候，窄瘦的胯部撅起来，左右摇摆。他把手伸过头顶，挠了挠后脑勺。

"小伙子,看到那边的按钮了吗?"特尔平太太说,"你摁一下,她就会来。她大概在后头忙。"

"是这个吗?"小伙子开心地说道,好像从没见过那个按钮。他倾身向右,摁下了按钮。"她时常跑来跑去的。"说着,他转身面对观望他的这些人,胳膊肘搭在背后的柜台上。护士来了,他又扭回身去。她递给他一美元,他把钱收进口袋,再数出找零,递给她。她给了他十五美分小费,他带着空托盘走了。沉重的大门慢慢地自动合拢,发出吸气般的轻响。一时间,没人讲话。

"他们该把所有黑鬼都送回非洲去。"白渣女人开口了,"他们本来就是从那儿来的。"

"哦,要是没有我那些黑人好朋友,我可过不下去。"讨人喜欢的女士应声说道。

"还有好多事情比黑鬼更糟呢。"特尔平太太附和道,"黑人有各种各样的,就像我们也各不相同。"

"是的,要有各种各样的人,世界才能好好运转下去。"那位女士用悦耳的嗓音说。

她说话的时候,那个表情丑陋的姑娘猛然咬合牙齿,下唇外翻,露出唇内粉红色的嫩肉,隔了一会儿才卷回去。特尔平太太从没见过这么难看的鬼脸,一时间,她非常肯定那姑娘是冲着她扮的鬼脸。她盯着她看的样子就好像她一直认识她,一辈子都在讨厌她——还不只是姑娘本人,特尔平太太的一辈子也要算在里面。这是为什么呀,姑娘,我根本不认识你,特尔平太太无声地在心里发问。

她勉强把注意力转回刚才的交谈中去。"把他们送回非洲不太现实。"她说道,"他们不肯走的。他们在这儿过得太好了。"

"要是我说了算,怎么也不能由着他们的心愿来。"那女人说。

"你不可能把所有黑人都送回非洲去。"特尔平太太说,"他们会躲起来,要不就赖在地上装病,大哭小叫,挥手踢脚,死乞白赖。你没办法把他们都弄回去。"

"既然他们能到这儿来,"白渣女人继续说,"那就怎么来的怎么滚回去呗。"

"那时候,他们还没这么多人。"特尔平太太说。

那女人看着特尔平太太,好像在打量一个白痴,但特尔平太太一想到这副表情从何而来,也就不以为忤了。

"不不不,"她说,"他们要待在这儿,还可以去纽约,和白人结婚,改良肤色。他们就想这么干,每个人都想让肤色变好。"

"你知道结果会怎样,对不?"克劳德问道。

"不知道,克劳德,会怎样?"特尔平太太反问。

克劳德两眼放光地说道:"变出很多白脸黑鬼呀。"他故意板起脸说。

候诊室里的人都哈哈大笑,只有白渣女人和丑姑娘没笑。姑娘用关节发白的手指紧紧攥住书本。白渣女人环顾四周,一一打量旁人的脸,好像她觉得他们都是白痴。穿饲料袋图案的瘦老太照旧面无表情地盯着对面的男人脚上的高帮鞋,特尔平夫妇进门后,那男人一直在装睡,现在倒是开怀大笑,双手照旧摊放在膝头。那男孩子的姿态总算有了变化,现在歪着身子,脸朝下伏在老太的腿上。

笑声渐息,但候诊室里并没有安静下来,无线电广播里的福音团还在用鼻音哼唱。

你走……

我走我的

但我们都会……往前

一起同行，

一直沿着……

我们彼此扶持

无论阴晴圆缺

都面带笑容！

特尔平太太没有听清全部歌词，但这足以让她对这首歌的精神心悦诚服，让她的思绪肃穆起来。帮助有需要的人素来是她的生活原则。每当发现有人需要帮助，她从不会袖手旁观，不管对方是白人还是黑人，垃圾人渣还是体面人士。在所有让她心怀感恩的事物里，这一点给她的感悟最为深切。要是耶稣说："你可以出身在上流阶层，想要多少钱都行，而且纤瘦迷人，但不是好女人。"她就会回答："那就算了，我不要做那样的女人。我要做有品德的好女人。其他的都不重要，不管我多胖、多丑、多穷！"她的心情激动起来。神终究没有把她造成黑鬼或白渣，也不算丑八怪！神让她成为现在的她，每一样都给予她一点点。耶稣，多谢！谢谢你！谢谢你！每当她细数自己领受到的恩赐时都感觉轻盈，好像体重不是一百八十五磅，而是只有一百二十五磅。

"你儿子怎么啦？"讨人喜欢的女士问白渣女人。

"他有溃疡。"那女人挺得意地回答，"他一生下来就没给过我一分钟的太平日子。他和她，一个样儿。"说着，她朝老太努了努下巴，老太正用干枯的手指梳捋小男孩的淡金色头发。"我只能把可口可乐和糖果塞进他们肚子里去，别的都咽不下去。"

你能给他们吃的也就是这些东西了，特尔平太太在心里说，太懒了，懒到不肯自己煮饭。像这种人，她再了解不过了。他们非但一无所有，而且，就算你给他们一切，不出两星期，好东西也可能被用坏，用脏，搞不好还会被他们劈了当柴火烧。她太知道了，都是以往的所见所闻带给她的经验之谈。你是得帮他们，但根本帮不了。

突然间，丑姑娘又把下内唇翻出来了。她的眼睛像两把钻子紧紧钉住特尔平太太。这一次，眼神深处分明有了难耐的躁动，错不了。

姑娘啊，特尔平太太无声地呐喊，我又没招惹过你!那姑娘肯定把她和别的什么人搞混了。何必干坐在这里忍气吞声,遭受恫吓呢。"你准是在读大学吧?"她唐突地发问,直视那姑娘,"我看到你在读书。"

姑娘只是瞪着她,显然不打算答话。

看她这样无礼,她的母亲脸红了,压低了音量说:"这位女士在问你话呢,玛丽·格蕾丝。"

"我有耳朵。"玛丽·格蕾丝说道。

可怜的母亲又一次涨红了脸。"玛丽·格蕾丝读的是韦尔斯利学院。"她只好代为回答,不安地旋着衣裙上的一颗纽扣,"在马萨诸塞州,"当妈的苦笑着继续说道,"整个暑假,她一直埋头苦读。一天到晚都在看书,名副其实的书虫啊。她在韦尔斯利的表现相当不错,修读了英语、数学、历史、心理学和社会学,"她喋喋不休地往下说,"我觉得学业太重了,她应该出门玩玩。"

看那姑娘的神情,似乎很想把她们全都抛出玻璃窗去。

"在北方念书啊。"特尔平太太低声附和,心想:她在北方也没学到什么礼仪嘛。

"我倒情愿他生病。"白渣女人插了一句,想把大家的注意力拽回自己身上,"他不生病的时候太闹了。有些小孩生来就是坏蛋。还有些是病了才招人厌,可他刚好相反,病了才消停。他现在倒没给我惹麻烦。要看医生的是我自个儿。"

特尔平太太心想,要让我把某些人送回非洲去,那就是你这样的人啊,女人。"对,确实是,"她朗声回道,但仰头看着天花板,"还有很多东西比黑鬼更糟。"然后在心里加一句:比猪还脏。

"我觉得性情不好的人比世界上的其他人更让人遗憾。"讨人喜欢的女士故意用一种脆弱的语气说道。

"感谢上帝赐予我好脾气,"特尔平太太说,"不管哪一天,我总能找到可以让我笑的事。"

"反正嫁给我以后确实如此。"克劳德假装一本正经,一脸的冷幽默。

大家都笑出声来,除了那姑娘和白渣女人。

特尔平太太笑得花枝乱颤。"他老这样,我怎么能忍住不笑他呢。"

那姑娘的唇齿间发出响亮的咋舌声。

她母亲的嘴唇紧绷成了细薄的一条线。"我认为世上最糟的事莫过于不懂感恩的人。"她说道,"什么都有，却不知道感恩。我认识一个女孩，她的父母愿意给她一切，有一个爱她的小弟弟，得到一流的教育，穿最好的衣服，可她从没对任何人说过一句好话，从没笑过，成天到晚只知道批评和抱怨。"

"是不是长大了，就打不得了？"克劳德问。

那姑娘的脸色都发紫了。

"是啊，"女士回答，"我怕是没办法了，只好随她犯傻去。早晚有一天她会清醒过来，就怕为时已晚。"

"笑一笑又不会伤人，"特尔平太太说，"只会让你感觉畅快啊。"

"当然了，"女士悲戚地说，"但偏偏有些人听不进你说的话。他们不接受批评。"

"要说我，"特尔平太太激情昂扬地说道，"别的不会，但最懂感恩了。每当我想到自己可能是另一番模样，再想到自己拥有的一切，不只有好脾气，什么都有一点，我就很想放声呼喊：'谢谢你，耶稣，让一切成为这样！'要知道，很可能不是这样的呀！"比如说，克劳德很可能娶了别人。一想到这里，她满心感激，强烈的喜悦之情贯通全身。"噢，感谢你，耶稣，耶稣，感谢你！"她大声地呼喊道。

那本书直接砸中她的左眼。就在她意识到那姑娘要甩手扔书时，书就迎面砸来了。她都来不及喊出声，那张红肿的脸就越过矮桌，号叫着朝她扑来。那姑娘的手指如钳子般掐住她脖颈上的赘肉。她听到姑娘的妈妈大叫一声，克劳德也在叫"哇呀！"，有那么一瞬间，她还以为自己要遭遇地震了。

眨眼间，她的视野变窄了，所见的一切都似乎发生在很遥远的小房间里，也像是拿反了望远镜所看到的情形。克劳德的五官挤成一团，跌出了她的视野。护士跑进来，又跑出去，再跑进来。接着，医生那竹竿儿似的身影从内门蹿了出来。矮桌倾倒，杂志飞散。那姑娘跌倒时发出沉重的响动，特尔平太太的视野突然又颠倒了过来，所见的一切不再是小小的，而是变大了。白渣女人瞪圆了双眼盯着地板。那姑娘，一边被护士压着，另一边被她妈妈按住，正扭动身体奋力挣脱她们的钳制。医生跨坐在她身上，使劲地压下她的胳膊，好不容易压住，旋即将一根长长的针管扎了下去。

特尔平太太只觉体内空空荡荡，只有一颗心剧烈摇摆，像是在一只巨大而空洞、血肉做的鼓腔内来回晃荡。

"谁闲着？快去打电话叫救护车。"医生用年轻医生在紧急状态下特有的仓促语气吩咐道。

特尔平太太连手指头都动不了。一直坐在她旁边的老头身手敏捷地冲进诊疗室，拨通了电话，因为秘书好像还没回来。

"克劳德！"特尔平太太喊道。

他不在座椅里。她知道自己理应跳起来，去找他，但此时此刻她如在梦中追火车，一切都是慢动作，越想快点跑，动作反而越慢。

"我在这儿。"闷声闷气的回答，听来一点儿都不像克劳德的声音。

坐在地板上的他缩着身体，靠在角落里，抱着他那条伤腿，脸色煞白。她想站起身去扶他，但她动不了。于是，她慢慢垂下目光，越过医生的肩膀就能看到地板上那张痛苦拧扭的脸孔。

姑娘的眼睛不再狂乱转动了，紧紧盯住她。那双眼睛的蓝色似乎比刚才浅了很多，好像眼睛后头有一扇门，本来紧紧闭合，现在却向光明和空气敞开了。

特尔平太太的头脑清晰起来，又有了活动身体的能力。她向前俯下身,以便直勾勾地看进那双凶猛而闪亮的蓝眼睛。她心里万分肯定,这姑娘确实认识她,以某种激烈又私密,超越时空和环境的方式认识她的。"你想对我说什么?"她用沙哑的声音问道,随后屏住呼吸,等待回答,俨如在等待神祇给予的启示。

那姑娘仰起头。目光牢牢锁定特尔平太太的眼睛。"你这只从地狱来的老疣猪,滚回地狱去吧。"她轻轻说道,声音低沉却清晰,眼中片刻间发出炽烈的光芒,好像她欣然见到自己传达的信息准确地命中要害。

特尔平太太重新瘫坐在椅子里。

过了一会儿,姑娘的眼睛才合上,脑袋虚弱地侧向一边。

医生站了起来,把注射一空的针管递给护士。他弯下腰,双手在姑娘的母亲肩头搭了片刻。母亲一直在发抖,坐在地板上,嘴唇抿紧,将玛丽·格蕾丝的一只手握在膝头。姑娘的手像婴孩那般四指蜷缩,攥住母亲的拇指。"去医院吧,"他说,"我会打电话安排好的。"

"现在来看看脖子。"他用欢快的口吻对特尔平太太说完,就开始用食指和中指检查她的颈项。她的气管上方有两条粉色鱼骨般的月牙形细印痕。一只眼睛的上方红肿起来,他也用手指去摸了摸。

"别管我了,"她口齿不清地说着,甩开他的手,"去看克劳德。她踢了他。"

"我马上就去看他。"他说着,搭了搭她的脉搏。他是个灰头发的瘦男人,爱说俏皮话。"回家后就给自己放一天假吧,今天别干活了。"说完,他拍了拍她的肩。

别拍我,特尔平太太在心里无声地吼叫。

"记得用冰袋敷敷那只眼睛。"他又叮嘱一句,就走到角落,在克劳德身边蹲下身,查看他的腿。看过之后,他拉他站起来,克劳德跟在他后面一瘸一拐地进了诊疗室。

救护车抵达前,候诊室里只能听见那姑娘的母亲颤抖的哀吟,她依然坐在地板上。白渣女人自始至终盯着那姑娘看。特尔平太太直视前方,两眼放空。救护车停在门口后,在窗帘后面投下一条长长的黑影。急救人员走进来,把担架放在那姑娘身边,利落地将她移上去,再抬走担架。护士帮那位母亲收拾好东西。救护车的黑影悄无声息地离去,护士又进了诊疗室。

"那姑娘是疯子吧?"白渣女人问护士,但护士在里面的房间,没理会她。

"没错,她就是要发疯了。"白渣女人对其他人说道。

"可怜的丫头。"瘦老太嘟哝了一声。男孩依然把脸埋在她腿上,懒洋洋的目光越过她的膝盖往外看着。在刚才那场小骚乱中,他照旧一动不动,只不过缩起一条腿,压到了身下。

"我要好好谢谢上帝,"白渣女人说,"我可不是疯子。"

克劳德跛着脚走出诊疗室。特尔平夫妇回家去。

他们的小皮卡转上自家的土路,翻越山丘时,特尔平太太抓住车窗架,疑虑地向外张望。这道缓坡优雅地向下倾斜,穿过一大片点缀了紫色杂草的田野,斜坡最低处就是他们家那栋黄色小木屋,一个个小花圃像时髦的围裙聚拢在木屋四周,两棵参天的核桃树分立于两旁,把小屋衬托得格外端正。就算她此刻看到两根发黑的烟囱间有一处灼痕,她也不会惊讶的。

他俩都没胃口吃饭,所以就换上家居服,放下卧室里的百叶窗,躺到了床上。克劳德的伤腿搁在一只枕头上,她用毛巾敷在自己的那只眼睛上。刚一躺平,她的脑海中就浮现出一只背脊尖耸、脸上长疣、耳后钻出犄角的猪,呼噜呼噜地叫。她呜咽了一声,轻微得几乎听不到。

"我不是,"她眼泪汪汪地说,"我不是疣猪。不是从地狱来的。"但这样的否认毫无力道。那姑娘的眼神和言语,甚至嗓音里的那种低沉却清晰的腔调,分明是针对她的,不容置疑。唯独是她接收到了这则讯息,尽管这话用在房间里那些人渣身上才算贴切。直到这时,这个事实才以全力击中她的心。明明有个女人对自己的小孩不闻不问,竟然就这样被忽视了。这则启示赐给了露比·特尔平,一位备受尊敬、勤劳又虔诚的女人。泪流干了。怒火让她的眼睛变得火辣辣的。

她撑起手肘坐起来,毛巾落到了手里。克劳德仰面睡着了,打着呼噜。她很想告诉他那姑娘说了什么。但与此同时,她又不希望把她是来自地狱的疣猪这个印象灌输到他脑海中去。

"嘿,克劳德。"她轻轻叫一声,推推他的肩膀。

克劳德睁开一只浅蓝色的眼睛。

她谨慎地看进去。他心里一片空白,什么都没在想。他这个人就是这样。

"什么……什么事？"他说着又闭上眼睛。

"没事。"她说，"腿还疼吗？"

"疼死了。"克劳德回答。

"很快就会好的。"她说着又躺下。眨眼的工夫，克劳德的鼾声又起。那天下午，他们就一直这样躺着。克劳德在睡。她用一张怒容对着天花板。偶尔，她会兀自举起拳头，在胸前轻轻一捶，好像正对着一群看不见的访客为自己的清白辩护，他们就像《圣经》里来安慰约伯的朋友，看似通情达理，实则大错特错。

五点半左右，克劳德睡不住了。"得去接那些黑鬼了。"他叹口气，但没起身。

她直勾勾向上看着，好像天花板上有难以辨认的手写字迹。眼睛上原本红肿的部分已经变成青中带绿的瘀痕。"听我说。"她说。

"什么？"

"吻我。"

克劳德侧过身，响亮地亲在她唇上。他掐一把她的腰身，两人十指交扣。她那种狂热而专注的神情并未改变。克劳德起身，又是叫苦又是叫疼，跛着脚走出去了。她继续盯着天花板看。

直到听到皮卡车载着黑鬼们回来了,她才起身,把双脚塞进棕色牛津鞋里,懒得系鞋带,就拖着沉重的步伐走到后门廊,提上红色的塑料桶。她把一整盘冰块倒进桶里,倒了半桶水,再提着桶走进后院。每天下午,克劳德带雇工们回来后,总有个小伙子帮他堆干草,其余的黑人就坐在车斗里,等他忙完再送他们回家。皮卡停在一棵山核桃树的树荫下。

"你们今儿晚上都好吗?"手提水桶和长柄勺的特尔平太太精神不振地打招呼。车上有三个女人和一个男孩。

"我们挺好的。"年纪最大的女人答道,"您这是怎么了?"她立刻注意到了特尔平太太眉角上的瘀青肿块。"您是跌倒了吗?"她很殷勤地问道。这个老女人皮肤很黑,牙齿都快掉光了,戴了一顶克劳德的旧毡帽,帽檐往后脑勺上推。另外两个女人年纪较轻,肤色较浅,都有崭新的亮绿色遮阳帽。一个女人戴着帽子,还有一个摘下了帽子,小男孩在帽子下面笑嘻嘻的,露出了牙齿。

特尔平太太把水桶搁在货车斗里。"你们自己来吧。"她说着,朝四周看看,确保克劳德不在附近。"不,我没有跌倒。"她抱起胳膊,"比摔一跤更糟。"

"您怎么会遇到那种坏事!"听老女人这口气,好像她们都知道特尔平太太是有神灵庇护的,"您只是不小心摔了一跤吧?"

"我们进城去看医生,因为特尔平先生被牛踢伤了腿,"特尔平太太用平淡的语气,暗示她们可以省省那些蠢话了,"那儿有个姑娘,又胖又壮,满脸爆痘。我一看就知道她有点怪,但又不知道怪在哪里。我和她妈妈好好地聊着天,突然间,砰!她把手头正在读的书朝我砸过来,又……"

"不是吧!"老女人叫起来。

"又跳过桌子,冲过来掐我的脖子。"

"不是吧!"她们全都叫起来,"天啊!"

"她为啥要那样?"老女人问道,"她有啥毛病?"

特尔平太太只是怒视前方。

"她一定有毛病。"老女人说。

"他们把她抬上了救护车,"特尔平太太接着说,"但走之前,她在地板上打滚,他们拼命按住她,还不得不给她打了一针,后来她对我说了句话。"她停顿一下,"你们知道她对我说了什么?"

"说了啥?"她们问。

"她说……"特尔平太太开了口,又停下来,脸色阴郁、沉重。阳光越来越亮,把天空照得白晃晃的,核桃树叶被阳光反衬得乌黑。那句话,她怎么也说不出口,只能喃喃地说:"很难听的话。"

"她不该对您讲难听的话。"老女人说,"您待人这么好。我就没见过您这样体贴的女士。"

"长得也漂亮。"戴帽子的年轻女人说道。

"还敦实,"另一个女人说,"我从没见过这样亲切的白人女士。"

"耶稣做证,我们讲的都是实话。"老女人说,"阿门!您是最亲切最漂亮的大好人。"

特尔平太太明白黑人的恭维不值钱,听完只觉火气更大了。"她说,"她再次挑起话头,顺着一口恶气飞快地重复了那句话,"我是从地狱来的老疣猪。"

一阵震惊中的沉默。

"她在哪儿呢?"最年轻的女人用刺耳的尖声嚷起来。

"让我见着她,我就杀了她!"

"我和你一道去宰了她!"另一个也嚷嚷。

"她该被关进疯人院,"老女人言之凿凿,"您是我见过的最好的白人太太。"

"还漂亮,"另一个紧接着说,"敦实得不得了,亲切得不得了,耶稣最满意了!"

"没错。"老女人附和道。

白痴!特尔平太太在心里默默咆哮。过脑子的话,你永远没法跟黑鬼讲得通。你可以对他们讲话,但不能与他们对话。"你们怎么不喝水?"她唐突地说道,"喝完了就把水桶留在车上吧。我还有事要忙,不能站这儿耗到天黑吧。"她转身朝木屋走去。

她在厨房的地中央站了一会儿。眼眶上的瘀青肿块像一朵微型漏斗云,随时都会像席卷地平线那样吞没她的眉梢。她的下唇向外凸出,显得危机四伏。她正了正魁伟的双肩,接着大步走到屋前,走出侧门,走下通向猪舍的小路。她带着一种特别的表情,就像决意手无寸铁孤身赴战的女人。

现在,太阳是深黄色的,恰如秋分的满月,正飞快地向西移动,越过了远处的林木线,好像要抢在她前头到达猪舍。路面坑坑洼洼的,她一路大步流星,还踢开了几块大石头。猪舍就在谷仓边的小路尽头，小小的土丘顶上一方水泥平台，面积和小房间差不多，四周围起约四英尺高的木栅栏。水泥地面微微倾斜，冲刷时，水就能流进沟渠，流向田里便成了肥料。克劳德就站在水泥地边，靠在篱笆栅栏上，手持水管，俯身冲洗围栏里的地面。水管的另一头接在附近水槽的水龙头上。

特尔平太太走上水泥台，站到他身边，怒目圆睁地瞪着围栏里的猪。里面关了七只长鼻子、满身绒毛的小猪崽——黄褐色的皮上有猪肝色的斑点，还有一只老母猪，几星期前，就是它产下了这窝猪崽。老母猪侧身躺着，哼哼直叫。小猪崽东跑西颠的，就像傻乎乎的小毛孩，眯缝起来的细眼睛在地上搜寻剩下的食物。她在书上读到过：猪是最聪明的动物。她对此深感怀疑。它们应该是比狗聪明。还有一只猪飞上了太空，作为宇航员，它完美地完成了任务，但后来死于心脏病，因为他们让它一直穿着电热飞行服，直挺挺地坐着接受检查，而猪理该四蹄着地。

呼噜呼噜，到处乱拱，哼哼唧唧。

"把水管给我，"她一把抢过克劳德手里的水管，

"去吧,送黑鬼们回家,让你那条腿多歇一会儿吧。"

"你怎么一副吞了疯狗的模样啊?"克劳德注意到了,但还是一瘸一拐地走下水泥台了。他没有理会她的情绪。

还听得到他的脚步声时,特尔平太太站在围栏边,手持水管,只要哪头猪崽像要躺下来了,她就用水去猛冲它的屁股。等到他差不多翻过小丘了,她才微微侧过头去,用愤怒的眼光扫视小路前后。不见他的人影了。她这才转过身去,似乎打起精神了,耸起肩膀,深深吸口气。

"你为什么要给我传达这样的讯息?"她恶狠狠地低声问道,几乎不比耳语更响亮,但凝聚在言语中的怒气却有着近似咆哮的力道,"我怎么可能既是母猪又是我?我怎么可能既得到拯救,又来自地狱?"没有握水管的那只手紧握成拳,握水管的那只手茫然地将水柱对准老母猪的眼睛一顿猛冲。她对母猪的愤然嘶吼充耳不闻。

从猪舍可以看到侧后方的牧草地。那里有二十头肉牛,聚在克劳德和小伙子刚刚堆好的干草垛边。新近割好的牧草地顺坡而下,一直延展到公路边。路的另一边就是他们的棉花田,再过去就是他们的树林,灰蒙蒙的一片深绿色。夕阳落在林子后面,变得非常鲜红,好像正在审视自家猪群的农夫在树篱上俯瞰着。

"为什么是我?"她低沉地自言自语,"不管是黑是白,这里的人渣我都帮过。每天拼命干活,骨头都快断了。还要去教堂帮忙。"

就掌管她面前这片领地而言,她的身形显得很匹配。"我怎么会是猪?"她再次质问,"我到底哪里像猪了?"她再用水柱去冲击猪崽,"那儿明明有一堆人渣。干吗非挑我。"

"要是你更喜欢人渣,那你就多造一些好了,"她怨怼地说下去,"你本来就可以把我造成人渣的,或是黑鬼。如果你喜欢人渣,干吗不把我造成人渣呢。"她挥动握着水管的拳头,水柱如长蛇般在半空甩动。"我可以不再干活,懒散逍遥,脏臭都不管,"她愤愤地说,"就喝着姜根啤酒,啥也不干地瘫在街边。吸鼻烟粉,见个水洼就吐烟汁,烟粉沾得满脸都是。我可以很邋遢。"

"要不然,你索性把我变成黑鬼呀。现在再当黑鬼已经来不及了,"她极尽讽刺之意地说下去,"但我可以像黑鬼那样：躺在马路中央，挡住交通。满地打滚。"

天色渐沉，一切都蒙上了某种神秘的色调。牧场的绿色变得特别透亮，蜿蜒的公路则泛出蓝紫色。她振作精神，打算发起最后的猛攻，这一次，她的声音嘹亮地飘扬到牧草地上。"来呀！"她高喊道，"说我是猪吧！再说一次我是猪呀。说我来自地狱。说我是从地狱来的疣猪。让底下的翻身骑到上头来啊！但高低上下之分永远存在！"

传回她耳中的是含混的回音。

最后一股余怒的撼动下，她大吼一声："你以为你是谁？"

从田野到绯红色的天空，万物的色彩似乎在强烈的透明感中炽燃了片刻。最后的发问被推向远方，越过草场、公路和棉花田，又清晰无比地回到她耳中，仿佛从树林那边给了她答案。

她张大嘴，却发不出声音。

克劳德的小货车出现在公路上了，正飞快地驶出她的视野。传动装置吃力地运转。它看起来活像小孩的玩具车。随时都可能蹿出大货车，撞上去，让克劳德和那些黑鬼在路面上脑浆迸裂。

特尔平太太站在原地，盯着公路看，浑身僵硬。过了足有五六分钟，小货车再次出现，朝向家的方向。她等着车驶上他们自家的车道，才如活过来的雕像那样缓慢地垂下头，凝视着，仿佛望穿了秘密的核心，进而再望进猪舍里的猪。猪崽们在母猪身边的角落里安顿下来，母猪轻轻哼哼。它们沐浴在红光之中。它们喘息不停，似乎孕育着神秘的生命。

在夕阳最终隐没在林木线后之前，特尔平太太一直驻足原地，低头俯瞰着猪群，仿佛在专心致志地汲取深不可测、鼓舞人心的知识。终于，她抬起头了。天空中只剩下一道紫光，笔直穿过绯红色的草原，如同延伸出来的一段公路，向前隐入即将降临的暮霭。她在猪舍栅栏上举起双手，像僧侣般做出意味深长的手势。一道幻景之光落定在她眼中。她看出来了，那道紫光就是无边无际的吊桥，穿过熊熊燃烧的田野，从地面升腾而起。桥上有无数灵魂，轰轰然走向天堂。其中有好多白渣，生平第一次干干净净的；还有好多穿着雪白长袍的黑鬼；还有好多大叫大嚷的怪胎和疯子，青蛙似的连蹦带跳，拍着手掌。她一眼就认出来，在队列的末尾就是她和克劳德这样的人，什么都有一点，还有上帝赐予的智慧，懂得善用自己拥有的一切。她朝前凑了凑，想看得更仔细点。他们走在其他人后面，带着无比庄严的姿态，一如既往地井然有序、富有常识、举止体面。只有他们是合乎正道的。但她从他们震惊、扭曲的脸孔中看出来，就连他们的德行也快熬光了。她垂下手，紧抓着猪舍的栅栏，眯起双眼，眨也不眨地盯着正前方。眨眼间，这异象就消隐不见了，但她仍站在原地，动也不动。

到最后，她终于走下来，关掉水龙头，慢慢走向笼罩在黯淡夜色中的小路，归家而去。环绕她的树林里，只闻其声不见踪影的蟋蟀齐声鸣叫，然而，她只能听到那些攀上星光璀璨的天际的灵魂一路高歌哈利路亚。

本篇荣获1965年欧·亨利短篇小说奖一等奖

天竺葵

老达德利窝进椅子里，望向窗外十五英尺开外的另一扇黑乎乎的红砖窗户，身下的那把椅子已在日复一日中渐渐贴合他的身形。他在等待天竺葵。每天早上十点左右，他们会把它搬出窗外，下午五点半再搬进去。在老家那儿，卡森太太的窗前也有一盆天竺葵。老家有很多天竺葵，长得都比这盆漂亮。我们那儿的才算地道的天竺葵，老达德利心想，才不是这种扎着绿色纸带蝴蝶结的淡粉色玩意儿。对面人家搬到窗台上的天竺葵让他想起了老家的格力斯比家的儿子。那男孩有小儿麻痹症，每天早上都坐在轮椅上被推到户外晒太阳，只能眨巴眼睛。要是让卢提莎来养花，她肯定会把那盆天竺葵移栽到土里，不出几星期，就有真正的花头好看了。对巷的那户人家根本不会养花。

他们只知道把它搬出来，任烈日暴晒一整天，而且，摆放得那么靠外，来一阵大风就会把花盆吹落。他们根本不懂，根本不该养什么天竺葵。那盆花不该在那儿。老达德利觉得喉咙里七上八下的。不管是什么，卢提莎都能种好。雷比也是。老达德利的喉头一紧。他把头往后靠，想清空头脑，换个事情想，但如今已没有太多事能让他想起来喉头不紧的。

他的女儿进来问："想出去走走吗？"看她的表情，好像有人惹她不高兴似的。

他没有作答。

"怎样？"

"不去。"他心想，她还要在那儿站多久呀。她让他的眼睛和喉咙一样不太舒服。眼睛会变得泪水汪汪的，会被她看到。她以前就看过，然后就露出为他难过的神情。她好像也在为自己难过；但老达德利心想，她大可不必如此，她只要不管他就好了——让他清清静静待在老家，别老想着履行她身为女儿的该死的义务。她走出房间前重重地叹口气，这声叹息慢慢传遍周身，让他想起自己突发奇想跑来纽约和她同住的那一刻，这实在不是她的错。

他当然可以不离开老家。他本该固执到底,告诉她:他要在过了一辈子的地方终老余生,不管她每个月给不给他寄钱,他都能靠养老金和打零工过活。留着她那些该死的钱吧——她比他更需要。她就该顺水推舟,乐于就此卸下抚养老爸的重担,并理直气壮地说:万一他撒手人寰时身边连个亲生孩子都没有,只能说是他自找的;如果他病了,身边没人照顾他,那也是他自讨苦吃。但他心里头始终有个念想,想去看看纽约。他小时候去过一次亚特兰大,但只在电影里看过纽约。那部电影叫《大城节奏》。大城市是重要的地方。这念想就在那一瞬间涌上他的心头。他在电影里看过的大城市里居然有一个小地方可以让他去住!那么重要的地方有他的一席之地!所以他说好极了,他要去。

说要去的时候,他一定是头脑发热了。但凡还清醒,他怎么可能说出那种话呢?他脑袋一热,她又硬要担起该死的责任,是她把他的心思搅乱了。说起来,她为什么要跑回老家纠缠他呢?他明明过得好好的,有养老金,吃喝不愁,还有零工可打,让他租得起寄宿公寓。

他从那间公寓的窗户可以看到河——稠重发红的河水蜿蜒冲流过礁石。现在他要努力回想，除了发红的缓流，那条河还有什么特点。他在想象中的河岸两边添上片片绿荫，又在上流添上一斑褐色，代表漂浮而下的垃圾。每周三，他和雷比都会划一条平底船去河中钓鱼。雷比对这条河的上下二十英里了如指掌。在科瓦县，没有哪个黑鬼比雷比更了解这条河。雷比很爱这条河，但对老达德利来说，河只是河，没有更多意味。他要的是河里的鱼。他喜欢晚上回家时提着一长串鱼，啪一声甩在水槽里。他会说："就钓到这几条。"寄宿公寓里的老太太们就会说，只有男子汉才能抓到这么多鱼。每周三清晨，他和雷比会早早出发，钓上一整天。雷比负责划船，找好有鱼群的地点；老达德利总是负责把鱼钓上来。雷比对捉鱼不太感兴趣——他只是喜欢那条河。"老爷子，把线甩那头没用哇，"雷比会说，"那儿没鱼。这条老河在这一片儿藏不住东西，啥也留不住。"他会咯咯地笑，把船划到下游。雷比总这样。他偷鸡摸狗的时候或许比黄鼠狼还狡猾，但他很清楚鱼在哪里。老达德利总是把钓上来的小鱼送给他。

妻子一九二二年去世后，老达德利一直住在寄宿公寓二楼拐角的那间租屋里。住在这儿的老太太们都在他的庇荫之下。他是老人公寓中的男子汉，男人在家该干的活他都干。但到了晚上，当一家之主也挺无聊的，老太太们坐在客厅里，一边说闲话，一边织毛线，当家的男人要聆听，妇道人家叽叽喳喳吵成一片时，他也时不时要担任裁判。但白天还好，有雷比在。雷比和卢提莎住在地下室。卢提莎负责膳食，雷比负责扫除洗涮、照料蔬果园，但他特别喜欢搁下自己手头的活计，跑来帮老达德利——要么盖完鸡笼，要么刷门。雷比喜欢听人讲话，尤其喜欢听老达德利讲自己去亚特兰大的事儿，或是讲解枪支内部构造，或是老人家知道的其他故事。

有时候，他们会在夜里猎负鼠。其实，他们一只都没打到过，只是因为老达德利隔段时间就想从老太太们身边逃开，打猎是现成的好借口。雷比不喜欢猎负鼠。一只都没逮到。把负鼠逼到树上去的机会都没有。说到底，雷比是个依水而生的黑鬼。老达德利一谈起猎狗和猎枪，他就会说："老爷子，咱们今晚不去打负鼠了吧，打也打不到不是？我有点小事要处理。"

达德利就会咧嘴一笑:"你今晚要去偷谁家的鸡?"雷比就会叹着气说:"我估计我今晚得去打负鼠咯。"

老达德利会拿出自己的猎枪,拆开,在雷比擦拭部件时把机械原理讲给他听。然后,老达德利会亲自把枪重新组装好。雷比看他熟练拼装,总是惊叹不已。老达德利也挺想对雷比说说纽约。但凡他能把纽约一五一十地讲给雷比听,纽约就不会这么大了——每次他走出门、走进城的时候也不会那么压抑了。他肯定会这样讲:"也没那么大。雷比,不要被它吓着了。纽约和别的城差不多,城市都没么复杂。"

但城市确实很复杂。前一分钟的纽约还是流光溢彩,水泄不通,后一分钟却死气沉沉,脏乱龌龊。他女儿家甚至不是独门独户的。她住在大楼里——一整排一模一样的楼房中间,每栋楼都有发黑的红砖墙,看起来灰扑扑的,总有尖嘴猴腮的俗人从自家窗口探身出来,张望别人家的窗户,也总有人和他们一样张望过去。你可以在大楼里上上下下,但只能看到一条条走廊,一扇扇突出的门框会让你想到卷尺上一寸又一寸的刻度。他记得自己在头一个星期里被这栋大楼搞得晕头转向。早上醒来时,他指望走廊会在夜里变个样儿,他就朝门外看,可走廊仍像狗笼跑道一样笔直延伸出去。街道也一样。他很想知道,如果他沿着一条街走到底,会走到哪里去。有天晚上,他梦到自己真的走到底了,到底就是大楼的尽头——哪儿都不算。

第二个星期,他才开始意识到女儿、女婿和孙子的存在——房间就那么大,怎么躲都会挡到他们的路。女婿怪里怪气的。他是个卡车司机,只有周末才回家。他总是用俚语来说"不",听上去就像"勿",而且,他竟然从没听说过负鼠这种生物。老达德利和孙子同住一个房间,大小伙十六岁,爷儿俩没法聊。不过,只有他和女儿在家时,她就会坐下来陪他说说话。她得先想好说什么。通常,还没等到合适的时机起身去忙别的事,她想好的话题就已经说完了,所以他也不得不说点什么。他总是绞尽脑汁想出一些以前没说过的话题。话说第二遍,她历来不听。她只想看到父亲和家人在一起安度晚年,而不是住在挤满了颤颤巍巍直晃脑袋的老太太、破破烂烂的老年寄宿公寓里。她是在尽孝道。她的兄弟姐妹都没有。

有一次她带他去采买,但他手脚太慢了。他们进了"地铁"——这铁路在大洞穴般的地下。人们从列车里涌出来，走上楼梯，回到街面。他俩从街面走下楼梯，挤进车厢——里面什么人都有，黑的白的黄的混杂在一起，活像一锅蔬菜汤。一切都像在沸腾。列车呼啸着冲出隧道，驶上站台，戛然停止。下车的乘客推搡着一涌而入的上车的乘客，轰一声巨响，列车又一下子开动了。老达德利和女儿换了三辆车才到目的地。他不明白，为什么那么多人都要出门呢。他觉得舌头都快滑进胃里去了。她抓着他的大衣袖口，拖着他走出人群。

他们又上了一辆在头顶跑的列车。她管它叫"高线"。他们不得不攀上高高的月台才能坐上车。老达德利往扶栏下面看，只见行人和车辆在他脚底下穿行不休。他觉得很晕，就一手抓住扶栏，身子瘫软在月台的木地板上。女儿尖叫着把他从月台边沿拉起来，冲他大叫："你想翻下去摔死自己吗？"

透过地板上的一条缝，他可以看到街上车水马龙。"我不在乎，"他轻声念叨，"摔不摔死不死，我都不在乎。"

"得了吧，"她说，"回家就好了。"

"家？"他重复着女儿的话。脚底下的汽车有节奏地一一驶过。

"快来吧,"她说,"车来了。我们刚好赶得上。"每一趟车,他们都刚好赶上了。

他们也赶上了那趟车。回到那栋楼,回到了那套公寓。公寓太小,根本没地方独处。厨房正对浴室,浴室对着每一间房,不管转到哪里,你都仍在原地打转。在老家,有二楼,有地下室,有河,弗雷泽的店门口就算闹市区……该死的喉咙。

今天,天竺葵迟到了。已经十点半了。平日里,他们十点一刻就把它搬出来了。

走廊那头有个女人扯着嗓子对街喊话,喊了什么却根本听不懂;不知谁家的收音机有气无力地播放着肥皂剧主题曲;一只垃圾桶被扔在防火梯上。隔壁人家的房门砰一声关上,脚步声一下又一下清晰地响彻走廊。"准是那个黑鬼,"老达德利喃喃自语,"鞋子油光锃亮的黑鬼。"黑鬼搬来的时候,他已在女儿家住了一星期。那天是星期四,他正朝门外看,看着狗笼跑道般的长廊,眼看着黑鬼走进隔壁的公寓。黑鬼穿一身灰色细条纹西装,打着黄褐色领带,洁白的衣领非常挺括,贴着颈部的线条干净利落。他的鞋子是亮闪闪的棕褐色——和他的领带、肤色都很相衬。老达德利挠了挠头。他不知道竟然有这种人：明明雇得起用人，却住在挤挤挨挨的公寓楼里。他暗自发笑。对他们来说，身着节庆正装的黑鬼可以派上大用场呢。这个黑鬼兴许知道附近有什么乡村——兴许还知道怎么去。他们可以去打猎。他们还可以找条小溪流。他关上门，进了女儿的房间。"嘿！"他提高嗓门说道，"隔壁人家找了个黑鬼。肯定是来帮他们打扫的。你觉得他们每天都会叫他上门吗？"

她正在铺床，抬起头说："你在说什么？"

"我说啊，隔壁人家找了个用人——黑鬼——穿着正装的黑鬼。"

她走到床的另一边。"你真是疯了，"她说，"隔壁空着，没人住，而且，住这片儿的人都请不起用人。"

"我跟你说，我亲眼看到他了，"老达德利窃笑一声，"径直走了进去，还打着领带，穿着白衣领衬衫，还穿着尖头皮鞋。"

"如果他进屋了，那也是为他自个儿看房吧。"她嘟哝了一句，走向梳妆台整理起来。

老达德利大笑不已。只要她乐意搞笑，那就真的很好笑。"好吧,"他说,"我要去问问他哪天休息。也许被我一说,他就很想去钓鱼呢。"他拍了拍口袋,两枚两毛五的硬币叮当作响。就在他出门进走廊前,她从后面一把拽住他,把他拉进来。"你没听到我说的吗?"她吼道,"我没开玩笑。如果他进屋了,说明他租了那间屋。你别去问东问西的,最好什么都不要和他说。我不想惹上黑鬼的麻烦。"

"你是说,"老达德利压低了音量,"他要住在你家隔壁?"

她耸耸肩。"应该是吧。你别多管闲事就好。"她又补上一句,"别和他有瓜葛。"

那就是她讲这话的态度。好像他完全没有常识一样。他训斥了她一顿。他讲清楚自己的想法,她也清楚他的意思。"你受的教育不是这样的!"他大发脾气,暴跳如雷,"我们可不是这样教养你的——和那些自以为可以和你平起平坐的黑鬼们紧挨着住,而你还觉得我会和这种人纠缠不清!你以为我想和他们扯上关系吗,你疯了吗!"他不得不让自己平缓下来,因为喉咙越来越紧。她僵硬地站在那儿,说他们住在负担得起的地方,并且把这个空间物尽其用。她竟然对他说教！说完这些，她没再多说一个字，僵硬地走开了。她就那样。昂首挺胸，双肩后顶，努力摆出神圣高尚的姿态。好像他是个白痴。他知道北方佬会让黑鬼从正门进出，请他们坐在自家沙发上，但他以前不知道自己教养得当的女儿竟会心甘情愿地住在黑鬼隔壁——还以为他没头没脑要和他们搅和在一起。和那个黑鬼！

他站起身，从另一把椅子里拿起一份报纸。等下她再从门口走过时，他就可以假装在看报。就让她站在门口盯着他看好了，她总觉得自己应该想出一些事给他做，其实都没什么用。他的目光越过报纸的上缘，望向对巷的窗口。还没有天竺葵的影儿。以前从没这么晚过。他第一次看到那盆花的时候，他正坐在窗边看着另一个窗口，还看了看手表，想知道早餐过后多久了。他一抬头，它就在那儿了。它吓了他一跳。他不太喜欢花花草草，但这盆天竺葵看起来一点不像花。它病恹恹的模样就像格力斯比家的男孩，它的颜色就像老太太们在寄宿公寓客厅里挂的厚帘子，系在花枝上的纸蝴蝶结就像卢提莎扎在礼拜天工作服背后的结。卢提莎很喜欢腰带。老达德利心想，大多数黑鬼都喜欢。

他女儿又过来了。他本打算这时候要装模作样看报纸,可她问道:"帮我一个忙,好吗?"好像她突然想起来他可以帮到她。

他暗自期盼,千万别再让他去杂货店了。上一次他迷路了。拔地而起的楼宇看起来都差不多。他点了点头。

"下楼,去三楼问施密特太太借一下她给杰克做衬衫用的纸样。"

为什么她就不能让他安安稳稳地坐一会儿呢?她不需要什么衬衫纸样。"那好吧,"他说,"几号来着?"

"十号——和这套房子一样的,就在我们楼下三层。"

老达德利每次走进狗道似的长廊,总担心会有扇门突然洞开,常常只穿汗衫靠在窗边的长鼻子男人会冲他大吼:"你在这儿干什么?"黑鬼家旁边的那扇门此刻就开着,他可以看到一个女人坐在窗边的椅子里。"北方的黑鬼。"他嘟哝一句。她戴着无框眼镜,膝头摊着一本书。黑鬼要戴上眼镜,才觉得自己打扮好了。他想起了卢提莎的眼镜。为了买眼镜,她存了十三美元。又去看医生,请他检查她的视力,告诉她该配多厚的镜片。医生让她透过一面小镜子看动物图片,又用小手电照进她的眼睛,都快看到她脑瓜里面去了。谁知他说她不需要戴眼镜。这可把她气坏了,一连三天都把玉米面包烤焦了,但最后还是去十美分的店给自己买了一副,只花了一块九毛八,每个礼拜天都戴。"黑鬼就那样。"老达德利哑然失笑。他突然意识到自己可能笑出声了,就用手捂住了嘴巴。搞不好,公寓里的有些人会听到呢。

他转下一层楼。往下第二层楼时,他听到脚步声由下至上。他越过扶手往下看,看到一个女人——系着围裙的胖女人。从上面看下去,她有点像老家的本森太太。他有点好奇,不晓得她会不会和他打招呼。等到他们之间只隔四级台阶了,他飞快地瞥了她一眼,但她根本没有朝他看。他们擦身而过时,他又眨巴眼睛去看,看到她正冷冷地看着他,而后从他身边走过去。她一声没吭。他觉得心里沉甸甸的。

他下了四层。再往回走上一层,找到了十号房间。施密特太太说没问题,稍等一下,她这就去取纸样。她指派她家的一个小孩把纸样送到门口。那孩子也是一声不吭。

老达德利上楼梯，往回走。上楼要慢一点。爬楼梯会让他很累。好像，每件事都让他乏累。不像过去有雷比帮他跑腿。雷比手脚伶俐，可以悄无声息地潜入鸡笼，连那些母鸡都不会发现他，他却能逮到最肥的鸡，连那只鸡都不会叫一声。走起来也很快。达德利走动起来一向很慢。胖子总归走不快。他记得，有一次他和雷比去莫屯一带打鹌鹑，带了一条特别机灵的猎犬，找寻鹌鹑迹象的时候比那些美其名曰"指示犬"的猎狗都要快。这条狗不太擅长把猎物叼回来，但它每一次都能准确地发现鹌鹑，等你举枪瞄准时，它就像段死树桩一样乖乖趴在地上。那次，这条狗突然停下来，一动不动。雷比轻声说："准是一大群。我感觉到了。"他们往前走，老达德利慢慢端起枪。他必须小心脚下的松针。松针厚厚地覆盖地面，脚底很滑。雷比走的时候不断调整身体的重心，踩在蜡一般滑溜的松针上的双脚不断起落，看似漫不经心，其实走得很谨慎。他直视前方，轻巧地往前移动。老达德利要一边看着前方，一边看着脚下。要是往前滑下去，那会很危险，要么就是使劲上坡的时候往后滑倒。

"老爷子,这次让我去捉鸟可好?"雷比毛遂自荐,"一到星期一,您的腿脚就不听使唤。万一您摔下坡去,还竖着枪口,就会把鸟儿都吓跑。"

老达德利很想亲手猎鸟。一口气打中四只鸟都不在话下。"我没问题。"他嘟囔一声,把枪端到胸前,倾身向前。脚下却有什么东西滑溜一下,他一屁股滑倒在自己的后脚跟上。枪也响了,鹌鹑四散飞走。

"多好的鸟儿啊,可惜就在我们眼皮底下溜走了。"雷比叹气。

"我们再去找一群,"老达德利说,"先把我从这该死的坑里拉出来。"

要是他没有滑倒,准能打中五只鸟。那就像打掉篱笆上的铁罐子那样易如反掌。他一肘举到耳后,一手向前伸。他可以像打泥鸽靶那样打中它们。砰!楼梯间里传来了吱吱嘎嘎的声响,让他原地转身——手臂还保持着那姿势,好像端着看不见的猎枪。只见那个黑鬼轻快地拾级而上,朝他走来,好像被逗乐了,修剪得当的胡须边泛起笑容。老达德利张口结舌。黑鬼抿着嘴,似乎在忍着不让自己笑出声。老达德利动弹不得。他呆呆地看着黑鬼那笔挺的衣领线条鲜明地蹭着他的皮肤。

"老哥们,你在猎什么呢?"黑鬼问话的腔调既像黑鬼的欢笑,又像白人的嘲笑。

老达德利觉得自己就像举着玩具枪的小屁孩。他的嘴巴还张着,舌头好像僵住了。膝盖以下感觉空荡荡的。他脚下一软,连滑三级台阶,跌坐在地。

"你可要小心,"黑鬼说,"走楼梯很容易伤着你自己。"他伸出手,示意老达德利搭一把。那只手很修长,指缝很干净,指甲修剪得方方正正,像是特意锉过的。老达德利的双手垂在两膝间。黑鬼就拽着他的胳膊,把他拉起来。"呦!"他吸口气,"你还挺沉。你也要使点劲儿啊。"老达德利挺起膝盖,摇摇晃晃地站起来。黑鬼撑着他的胳膊。"我反正都要上楼,"他说,"我扶你走吧。"老达德利惊慌又惶恐地四下张望。身后的台阶好像越来越近。他跟着黑鬼往上走。每走一级台阶,黑鬼都要等他。"这么说来,你喜欢打猎?"黑鬼说,"我想想,我就打过一次鹿。我们用的应该是'点三八'左轮手枪。你用什么枪?"

老达德利盯着那双闪闪发亮的棕褐色皮鞋。"我用的是枪。"他含含糊糊地回答。

"我倒不是喜欢打猎,而是喜欢玩枪,"黑鬼说,"对杀生一向没兴趣。禁猎区都没了,多少是种遗憾。不过,如果我有闲又有钱,那就收藏枪支。"他每走上一级台阶都要等老达德利迈上来,一边说起不同枪支的品质特点。他穿的是灰底长袜,上面有块黑斑。他们终于走完了楼梯。黑鬼撑住他的胳膊,搀扶他走在长廊上。看起来有点像黑人用手扣死了他的胳膊,让他无法动弹。

他们径直走到老达德利的家门口。黑鬼问:"你是本地人吗?"

老达德利摇摇头,看着家门。他到现在都没有正眼看过黑鬼。"好吧,"黑鬼说,"这地方不赖——只要你习惯就好。"他拍了拍老达德利的背,走进了他的公寓。老达德利也走进了自己的公寓。喉咙里的疼痛现在已蔓延到整张脸孔,从双眼渗出来了。

他步履蹒跚地走到窗边,陷进椅子里去。他的喉咙都快爆裂了。爆裂,是因为那个黑鬼——该死的一个黑鬼竟然拍他的背,叫他"老哥们"。他怎么会碰到这种事。他可是好人家出身的。体面的好地方的好人家。不可能出现这种事的好地方。眼窝里的双眼感觉很奇特。眼珠子发胀，大概眨眼间就会撑破眼眶。他被困在这个地方了，这个黑鬼可以叫你"老哥们"的破地方。他不想被困在这里。他不要。他把头枕在椅背上左右转动，好让紧张过度的脖子松弛下来。

有个男人在看他。对巷窗内的那个男人直勾勾地盯着他看。那男人在看他哭。那本该是摆放天竺葵的位置，现在却是一个穿着汗衫的男人，正在看他哭，等着看到他的喉管爆裂。老达德利也看着那男人。那儿本该是天竺葵。那儿属于天竺葵，而不是那男人。"天竺葵呢？"他扯着紧绷的嗓子喊道。

"你在哭什么？"那男人反问他，"我从没见过哪个男人哭成这样。"

"天竺葵在哪儿？"老达德利的声音颤抖，"那儿应该是天竺葵。不该是你。"

"这是我家的窗，"那男人说，"只要我愿意，我就有权待在这儿。"

"它在哪儿？"老达德利已是声嘶力竭。嗓子眼里只剩一丝缝隙了。

"掉下去了，可也不关你的事啊。"那男人说。

老达德利站起来，往窗下望去。巷子里，六层楼之下,他看得到一只花盆摔得四分五裂,泥土四溅,还有一些粉红色从绿纸带蝴蝶结中露出来。那是六层楼下。一路掉到六层楼下摔得粉碎。

老达德利看向那男人,他嚼着口香糖,正等着看他的喉管爆裂。"你不该把它贴着窗台边儿放。"他嘟哝起来,"你为什么不去捡?"

"老爹,你干吗不去?"

老达德利盯着占据天竺葵位置的男人。

他会的。他会下楼去捡的。他会把它搁在自家窗口,只要他想看,看上一整天都可以。他转身从窗口走开,走出房间。他在狗道般的走廊里慢慢走,走到楼梯口。楼梯向下延展,如同地板上裂出的一道深切的伤口。楼梯隔着一道裂沟,像巨大的地洞般向两边扩展,一路向下,向下。他曾跟在黑鬼后面上了一段楼梯。那黑鬼把他拉起来,挽住他的胳膊,扶着他走上那几级台阶,说他猎过鹿,"老哥们",看到他端平一把并不存在的猎枪,还看到他像个孩子一样坐在阶梯上。他穿着闪闪发亮的棕褐色皮鞋,他拼命忍住笑,可整件事从头到尾就很可笑。也许,每级台阶上都有个黑鬼,穿着灰底黑斑长袜,抿着嘴,忍住笑。台阶一直向下延展,向下。他不想走下楼,让那些个黑鬼拍他的肩背。他走回了家,走回窗边,低头去看天竺葵。

那男人还坐在该有天竺葵的位置。"我怎么没看到你去捡啊。"他说。

老达德利瞪着那男人。

"我以前见过你,"那男人说,"每天都见到你坐在那把破椅子上,瞪着窗外看,往我家里看。我在家里干什么是我的事,明白吗?我不喜欢别人看我在干什么。"

它在巷底,根裸露在空中。

"好话,我只讲一遍。"那男人说完就从窗边走开。

流离失所的人[1]

一

  肖特利太太想站到山顶去，孔雀跟着她上山坡。她在前，孔雀在后，看似有头有尾的完整队列。她一路上交叠双臂抱在胸前，只要登上山顶，她就会成为巨人般的农妇，一发现有危险的征兆就出来看看到底出了什么事。胸怀伟岸高山般的自信，身躯如坚挺的花岗岩，她用粗壮的双腿站稳，越往上越狭窄，最上面的两道冰蓝色目光笔直向前，不放过任何迹象。午后的日头躲闪在一堵参差不平的云墙后面，像是在假扮入侵者。她对白晃晃的阳光视而不见，只是俯瞰下界，注视着从公路岔出来的红土路。

---

[1] 根据文本，标题"The Displaced Person"或可译为"被顶替的人"，或有双重含义：既指难民，又指被难民顶替的人。仅供参考。

孔雀在她身后停下来,尾巴——在阳光下闪动金绿色和蓝色的光泽——微微上翘,刚好不会蹭到地上。羽翼悬浮在半空,向两侧徐徐展开,芦苇般细长的蓝色脖颈上,头微微后仰,仿佛在凝望远方,注意力集中在旁人无法看到的什么东西上。

肖特利太太望见一辆黑色汽车下了公路,驶进大门。在十五英尺外的工具棚外的两个黑人,阿斯特和萨尔克,停下手工的活计,看着那车。他俩的身影被一棵桑树遮掩住了,但肖特利太太知道他们在那儿。

麦克英特尔太太走出家门,迈下台阶,去迎那辆车。她的脸上挂着最盛情的笑容,但肖特利太太——哪怕隔着那么远——觉察到笑容背后的紧张感。这些刚刚抵达的人不过是雇工而已,和肖特利一家、和黑人们一样都是帮工。但这块地界的主人却亲自出门迎候,还换上了最好的衣裙,戴了珠串,这会儿正咧嘴大笑着疾步往前赶。

她停下脚步时,那辆车也刚好停在步道上。最先下车的是神父,长腿老头穿黑西装、戴白帽,反戴衣领[1],肖特利太太明白,他们想让别人认出自己是神父时就会这么做。这些人来这里,就是这位神父安排的。他打开后车门,便有两个孩子——一男一女——跳下车来,然后是一个棕肤色、身形如花生的女人动作很慢地迈下车。接着,前门打开,走出一个男人。**那个难民**。他很矮,有点驼背,戴着金丝边眼镜。

肖特利太太先将视线集中在他身上,再把女人和两个孩子纳入视野,扩展为全景。最先让她感到离奇的是:他们竟然和别人没两样。她每次去想象,都会看到三只熊走成一列,脚上是荷兰人穿的那种木鞋,戴着水手帽,穿着色彩艳丽并缀有很多纽扣的外套。但那个女人穿着她自己也会穿的裙子,那两个孩子的穿着打扮也和附近的孩子没差别。那男人穿着卡其裤,蓝衬衫。麦克英特尔太太朝他伸出手,突然间,他竟低头弯腰,亲吻了那只手。

肖特利太太猛然把手搁到嘴边,但不出一秒又放下来,起劲儿地在屁股上蹭了蹭。如果肖特利先生想

---

1 神父们所穿的罗马衬衫附有可拆卸式衣领,喉结位置附有标志性的白领圈。这里神父为了不让路人看出他的身份,把白领圈转到了脖颈后。

行吻手礼,麦克英特尔太太肯定把他痛打一顿。不过,肖特利先生也不会去吻她。他没空四处晃荡。

她眯起眼睛,想看个究竟。站在这群人中间的是那个男孩,一直在讲话。那家人里,他的英语大概说得最好,因为在波兰学过一点,所以可以听完父亲的波兰语,翻成英文,再听麦克英特尔太太用英语讲话,再译成波兰语。神父早就告诉麦克英特尔夫人了,男孩叫鲁道夫,十二岁;女孩叫史莱格韦格,九岁。在肖特利太太听来,史莱格韦格像是虫子的名字,反过来也一样,就好像你把一个男孩叫作鲍尔威弗尔,听起来就是在叫棉籽象鼻虫[1]。他们的姓氏也很怪,只有他们自己和神父念得清楚。肖特利太太只听到类似"格伯胡克"的发音。在准备接纳他们的那一周里,她和麦克英特尔太太一直把他们称为"格伯胡克家"。

为了接纳他们,要做很多准备工作,因为他们一无所有,连一件家具、一条床单或一只餐盘都没有,一切都要从麦克英特尔太太弃置不用的东西里搜刮出来。她们东拼西凑出几件不成套的家具,又用一些印

---

[1] 棉籽象鼻虫(Boll weevil)的发音接近"鲍尔威弗尔"。

花鸡饲料袋拼缝出窗帘布，两块红色的，一块绿色的，因为实在凑不出更多红色的袋子了。麦克英特尔太太说她没太多闲钱，买不起新窗帘。"他们连话都不会讲，"肖特利太太说，"你觉得他们还会计较颜色吗？"麦克英特尔太太就说，那些人经历过那些事，不管得到什么，他们都该心存感恩。她说，想想他们能从那边逃出来，还能到这里来，是多么幸运啊。

肖特利太太想起以前看过一部新闻片，拍了许多裸尸在小房间里高高堆叠，胳膊腿脚纠缠混杂，这儿那儿都有一颗脑袋冒出来，一只脚、一个膝盖，还有本该由衣物遮蔽的部分赫然凸伸在外，空握无物的手兀自高举。还没等你意识到这是真实发生的场景并牢记脑中，画面就变了，有个空洞的声音说道："时间向前推进！"这种事每天都在那里发生，欧洲不像这个国家，欧洲没有进步。肖特利太太站在有利的位置远观着，突然有了一种直觉：格伯胡克家就像被带着伤寒病毒的跳蚤附身的老鼠，漂洋过海后，很可能把那些杀人不眨眼的做法直接带到这个地方来。如果他们来自那些暴虐横行的地方，经历过那些事，谁敢说他们不会对别人做出同样的事？这个问题的深度和广度差点儿吓到她。她的肚子哆嗦起来，好像被小山深处发生的小型地震波及了，她不由自主地走下山坡，等待别人向他们介绍自己，好像她决定立刻找到答案：他们到底有何能耐？

她走上前去，挺着肚子，仰着脑袋，抱着胳膊，靴子的边缘在粗壮的腿边轻轻晃动。走到距离那些比手画脚的人十五英尺远的地方就停下来，盯住麦克英特尔太太的后脖颈，好让别人注意到她的在场。麦克英特尔太太六十多岁，个子娇小，圆脸蛋上皱纹丛生，红头发刘海都快盖住描得高耸的橘红色眉毛了。她有玩偶般的小嘴巴，眼睛睁大的时候瞳仁是温柔的淡蓝色，但眯起眼睛往牛奶罐里细看时，眼珠就呈现出冷钢或石灰岩的蓝色。她埋葬过一任丈夫，还离过两次婚，肖特利太太很尊敬她，因为谁也糊弄不了她——也许肖特利一家除外，哈！她朝肖特利太太的方向伸出手臂，对男孩鲁道夫说："这位是肖特利太太。肖特利先生是我的牛奶工。肖特利先生呢？"看到所问之人的太太再次迈步走近，她依然抱着胳膊，又说道："我想让他来见见古扎克一家。"

现在又叫古扎克了。她没有当面叫他们格伯胡克。

"强西在牛棚里,"肖特利太太答道,"他没空,才不像那帮黑鬼在灌木丛里偷懒。"

她的视线先落在这群难民的头顶,继而慢慢往下绕,如同秃鹰盘旋飞掠,然后下降,最后落定在腐尸上。她停下时,站得够远,那个男人就没法亲吻到她的手了。他用绿色的小眼睛直盯着她看,朝她咧嘴一笑,有一边的牙都没了。肖特利太太没有笑,转而去看站在母亲身边的小女孩,她不停地摇晃着肩膀,长头发编成了两条羊角辫,哪怕她有一个虫子的名字,却显然很漂亮,比肖特利太太的两个女儿好看多了——安妮莫德快十五了,但已经不长个儿了;萨拉梅快十七了,有一只眼睛是斜视。她又把那个外国男孩和自家儿子H.C.比较了一番,H.C.显然更胜一筹,今年二十岁,继承了她的身材,戴眼镜。他马上要去主日学校念书,毕业后将主持自己的教堂。他有一把浑厚美妙的好嗓子,很适合唱赞美诗,不管吆喝什么都有人愿意买单。肖特利太太看着神父,想起这家人没有先进的信仰。很难说他们信仰什么,因为其中的愚昧尚未被摒弃。堆满尸体的房间再次浮现在她眼前。

神父自己讲话也有外国腔，虽是英语，却好像嗓子眼里塞满了稻草，含含糊糊的。神父是秃头，也没有胡子，长方形的脸上有一只大鼻子。她打量他的时候，他张着大嘴，目瞪口呆地指着她身后叫道："啊——啊——！"

肖特利太太转过身。孔雀就站在她身后几步远，微昂着头。

"多美丽的鸟儿啊！"神父喃喃自语。

"多一张嘴就要喂。"麦克英特尔太太说着，朝孔雀的方向瞥了一眼。

"它什么时候开屏呀？"神父问。

"它想开就开，"她说，"这里曾有二三十只孔雀，但我让它们一只接一只死了。我不喜欢听它们在半夜里叫个不停。"

"真美啊。"神父说，"一尾阳光。"他踮着脚尖悄悄靠近，低头去看孔雀的背部，精美的金绿色花纹就是从背部开始的。孔雀一动不动地站着，好像刚从阳光充沛的高地下来，只为了供他们所有人观瞻。神父其貌不扬的红脸膛俯在孔雀的上方，绽放出喜悦的光芒。

肖特利太太不悦地撇着嘴,嘀咕了一句:"不就是只雀儿嘛。"

麦克英特尔太太挑动橘红色的眉毛,和她互看一眼,好像在说,这老头不过是童心未泯罢了。"好,我们带古扎克一家人看看他们的新家去。"她不耐烦地说完,催促他们再次上车。孔雀朝两个黑鬼藏身的桑树走去,聚精会神的神父只好恋恋不舍地转头而去,钻进车里,载着难民一家驶向他们即将入住的棚屋。

肖特利太太一直等到汽车消失不见了,才绕到桑树后面,站在离两个黑鬼十英尺远的地方。一个老黑人提着半桶牛饲料,另一个男孩皮肤黑里透黄,长着土拨鼠似的小脑袋,戴着圆滚滚的毡帽。"好吧,"她慢吞吞地说道,"你们也看得够久了。你们觉得他们怎么样?"

老头就是阿斯特,他挺直身板说:"我们一直在看,"好像这是她不知道的新鲜事儿似的,"他们是什么人?"

"他们从海那边来,"肖特利太太扬了扬手臂,"就是所谓的难民。"

"难民,"他说,"好吧。我得问问,那是什么意思?"

"就是说:他们要背井离乡,但又没地方去——比方说你被赶走了,但没人要收留你。"

"可是,看上去他们会待在这儿啊,"老头若有所思地说,"要是待在这儿,不就有地方去了吗?"

"就是呀。"另一个黑鬼应声附和,"他们在这儿了。"

黑鬼的想法毫无逻辑,常常让肖特利太太气不打一处来。"他们没有待在他们应该待的地方,"她说,"他们应该回那边去,样样东西都是他们习惯的。可这里更开化,比他们那儿先进。不过,你们现在要小心了。"她说着,点点头,"还有成千上万他们这样的人,我知道麦克英特尔太太是怎么说的。"

"咋说?"年轻人问道。

"现如今,不管是黑人还是白人,要找个落脚处都不容易,但我听出来她话里的意思了。"她用故作悠扬的语调说道。

"你当然什么都听得出来。"老头说着,身子往前倾,好像要走开,但并没有挪动步子。

"我听到她说:'那帮懒惰的黑鬼这下该知道敬畏

上主了！'"肖特利太太用洪亮的声音说道。

老头迈开步子，"这种话，她想起来就说一遍，"他说，"哈。哈。真这样。"

"你最好去牛棚帮肖特利先生干活。"她对另一个黑人说，"你以为她付你钱是为什么？"

"就是他打发我出来的。"黑鬼嘟哝着，"是他叫我来干别的活儿。"

"那你最好立马去干。"她站在那儿，直到他走远，依然站在原地思忖了片刻，失神的眼神定定地落在孔雀的尾羽上。它已经跳上了树，尾巴垂挂在她眼前，上面满是艳丽的行星，犹如镶了绿边的大眼睛，如底色般衬托在后的小太阳时而闪烁金光，时而闪烁橙红光芒。她本可以从中窥见宇宙星图，但她并未多加留意，同样，也没有多看从黯淡的树荫间透出的斑斑点点的天空。但她的心里有一幅图景。她看到数以百万计的那些人彼此推搡，朝这里，朝新的去处汹涌而来，而她就像巨大的天使，张开宽比屋宇的双翼，告诉黑鬼他们得另觅他处。她转向牛棚的方向，深思着这个画面，露出心满意足又崇高的表情。

她斜穿过去，走近牛棚，这样走不会被人看到，她就可以不露声色地先往门里看一眼。强西·肖特利先生正在校准最后一台挤奶器,机器挂在门口那头硕大的黑白奶牛身上,他蹲在牛腿边,下唇中间粘挂着半英寸长的香烟。肖特利太太目不转睛地看了一会儿。"要是她看到或听说你在牛棚里抽烟,准保大发雷霆。"她说。

肖特利先生抬起皱纹深刻的脸庞,双颊深陷,两道又长又深的法令纹延展到起泡的嘴角。"你要去告诉她吗?"他问。

"她自己长了鼻子。"肖特利太太说。

肖特利先生用舌尖把烟屁股卷进了嘴里,好像漫不经心地使出拿手绝活,然后紧闭上嘴,站起身,迈出门,用赞许的眼神好好打量了一番妻子,再把闷熄的烟头吐到草地上。

"哎呀,强西,哎呀呀。"她一边念叨,一边用脚尖挖出小洞,把烟头埋起来。其实,肖特利先生的这手绝活儿就是用来向她示爱的。追她那会儿,他没有抱着吉他奏情歌,也没有送她任何漂亮的小玩意儿,只是坐在她家门廊上,一言不发,模仿瘫痪的人撑起身体咂摸香烟的美味。等到烟烧到合适的长度,他就转移视线，用你能想象到的最深情的眼神看着她，张开嘴，把烟头卷进嘴里，继续坐在那儿，好像已经把烟头吞进肚了。这简直让她爱疯了，每次他这样做，她都恨不得把他的帽子拉下来，盖住眼睛，再死死地拥抱他。

"那个，"她跟在他后面走进牛棚，"格伯胡克一家来了，她让你去见见他们，还问：'肖特利先生呢？'我就说：'他没空……'"

"算算有多重。"肖特利先生说着，又在牛身边蹲下。

"你觉得他不会讲英语，倒会开拖拉机？"她问道，"我看她雇他们是亏大了。那个男孩可以讲英语，但看起来很瘦弱。会干活的那个不能讲话，会讲话的那个又不能干活。她还不如多雇几个黑鬼呢。"

"要是我，宁可雇黑鬼。"肖特利先生说。

"她说像他们那样的人有百万千万呢。难民。她说，想要几个，那个神父就能帮她弄来几个。"

"她最好别和那个神父扯不清。"肖特利先生说。

"他看起来不太机灵，"肖特利太太说，"——有点蠢。"

"我不需要罗马教皇教我怎样挤牛奶。"肖特利先生说。

"他们不是意大利人,是波兰人,"她说,"从那些尸首堆得山高的波兰来的。你记得那些个尸首不?"

"我猜他们最多在这儿待三个星期。"肖特利先生说。

三个星期后,麦克英特尔太太和肖特利太太一起开车去甘蔗地,看古扎克先生启用一台青贮料切碎机。那是麦克英特尔太太刚买来的新机器,因为她说终于有帮工知道怎么操作这种机器了,破天荒头一回。古扎克先生会开拖拉机,会用旋转式干草捆扎机、青贮料切碎机、收割机、碾磨机,她这里有的机器他都会用。他是机械方面的一把好手,还会做木工、泥瓦工。他很节俭,精力十足。麦克英特尔太太说,她粗粗算下来,光是修缮费用,他每个月就能帮她省下二十美元。她还说,雇到他是她这辈子干过的最得意的事。他会用挤奶器,特别爱干净,而且不抽烟。

她把车停在甘蔗地旁,两人下了车。年轻的黑人萨尔克正在把卡车套接在切碎机上,古扎克先生在把切碎机套接在拖拉机上，他干完了，就把黑人男孩推开，自己动手把卡车接好，要人递上榔头或螺丝刀时就会面带怒气地比画手势。他的手脚太利落了，谁也跟不上他。黑人们让他焦虑不安。

上星期吃晚饭时，他撞见萨尔克带着一只麻袋蹑手蹑脚溜进了鸡棚，火鸡崽都关在那个棚里。他亲眼看到他从中抓住一只大小适合做炸鸡的小火鸡，塞进麻袋，藏在外套里面。他尾随他绕到牛棚后面，再把他扑倒，扭送到麦克英特尔太太家的后门口，还把来龙去脉向她演示了一遍，年轻的黑人嘟嘟囔囔，说他如果偷鸡，上帝会把他劈死，他带走那只鸡只是想在它脑袋上抹点黑鞋油，因为它的性子太烈。他对基督起誓，如有半点假话，上帝就会当场劈死他。麦克英特尔太太叫他把火鸡崽送回鸡棚，接着，花了很长时间跟波兰人解释，所有黑鬼都偷鸡摸狗。最后她不得不叫来鲁道夫，跟他讲英语，让他用波兰语转告他父亲。古扎克先生离开时，一脸惊愕，失望极了。

肖特利太太站在一旁，巴望着青贮料切碎机会出故障，但一切都很顺利。古扎克先生的每一个动作都敏捷、精准。他像只猴子般跳上拖拉机，操控巨大的橙色切碎机驶进甘蔗地;眨眼间,青贮饲料就化为绿色的洪流,从管子里喷涌到了卡车的车斗里。他沿着一排排甘蔗颠簸而去,渐渐消失,机器的轰鸣声也渐渐飘远。

麦克英特尔太太舒畅地长叹一声。"终于,"她说,"我有了可靠的人手。这么多年来,我一直被废物搞得团团转。尽是些废人。没用的白渣和黑鬼。"她轻轻说道,"他们已把我榨干了。在你们家来以前,我雇过瑞菲尔德家、柯林斯家、杰瑞尔家、博金家、品金家、赫瑞家,天晓得还有哪些人,就没一个是干干净净走的,全都从这地界偷走了些不属于他们的东西。没有一个是干净的!"

肖特利太太可以心平气和地听她说完,因为她知道,如果麦克英特尔太太认为她也是白渣,她们就根本没可能在一起谈论别的人渣。她俩都不认同人渣。麦克英特尔太太自顾自地说下去,尽是肖特利太太早就听过的老生常谈。"我经营这个地方三十年啦,"她蹙眉眺望田间,"不过是在勉强维持。人家都以为你赚了大钱,但我要缴税,要定期交保险,要付维修费,还有饲料费。"历数完毕,她挺起胸膛,一双小手紧紧抱住手肘。"法官死后，我差点儿入不敷出，他们走的时候还都顺手牵羊。黑鬼们倒不走——他们就待在这儿偷鸡摸狗。黑鬼觉得别人都有钱，偷一点没关系；白渣觉得有钱雇帮工的人都有钱，雇得起他们那种废物。其实我只拥有自己脚下的泥土！"

雇谁炒谁不都是你说了算，肖特利太太心想道，但她并不总是把心里话说出口。她站在一旁，让麦克英特尔太太说个够，但这次她的话不像往日里那样结尾。"还好，我终于得救了！一人受苦，他人获益。那个人——"说着，她指向难民的身影已消失的方向，"他必须工作！他想要工作！"她把布满皱纹但容光焕发的脸孔转向肖特利太太，"那个人是我的大救星！"

肖特利太太直视前方，好像她的视线可以穿透甘蔗和山丘，径直看到另一边的景象。"我倒是怀疑救星其实是魔鬼。"她用一种游离在外的口吻慢悠悠地说道。

"你这话是什么意思？"麦克英特尔太太问道，用犀利的眼神剜了她一眼。

肖特利太太摇摇头，却没再说别的。事实上她也没什么好说的，因为这种直觉突如其来，转瞬即逝。

她从没细想过魔鬼的事，因为她总觉得那些没有头脑、不知道如何辟邪的人才需要宗教。对于她这样精明老辣的人，宗教不过是社交性的活动，见见人，唱唱歌；不过，但凡她深究下去，就会把魔鬼当成首领，把上帝想成拥趸。这些难民的到达，让她不得不对很多事产生了新想法。

"我知道史莱格韦格对安妮莫德说了什么。"她这样说道，但麦克英特尔太太很谨慎地没有追问，而是弯腰折断一段黄樟嫩枝嚼起来，她只好用一种欲言又止的口吻继续说，"说他们过不下去，一家四口每个月只拿七十美元。"

"给他涨工资也值得。"麦克英特尔太太说，"他帮我省了钱。"

言外之意，强西从没给她省钱。强西凌晨四点起床，为她挤牛奶，不畏严寒酷暑地坚持了两年。在她雇的帮工里，她和强西是待得最久的，非但没得到感恩，还被暗示说他们没帮她省钱。

"肖特利先生今天好点了吗？"麦克英特尔太太问。

肖特利太太觉得时机到了，该问那个问题了。肖特利先生病了，在床上躺了两天。古扎克先生揽下了牛奶工的活儿，也没耽误他完成自己分内的工作。"没好。医生说他是过度操劳。"

"如果肖特利先生过度操劳，"麦克英特尔太太说，"那他肯定找了份兼差。"她看着肖特利太太的眼神就好像在检查牛奶罐一样，眼睛眯得都快闭上了。

肖特利太太不置一词，但心中的疑虑像雷雨云下的阴霾渐渐蔓延。实际上，肖特利先生确实有一份兼差，但在这个自由的国度，这种事并不归麦克英特尔太太管。肖特利先生在酿制威士忌。他在这块地界最偏僻的外缘有个小酒坊，当然，算是在麦克英特尔太太的地界里，但那片地未经开垦，只是名义上属于麦克英特尔太太，根本就是对任何人都没用的荒地。肖特利先生不怕干活。他清早四点帮她挤好牛奶，中午本可以休息，他却去酒坊里干活。不是每个男人都像他那样勤快。黑鬼们知道他有酿酒的作坊，但他也知道他们的秘密，所以相安无事。但这里来了外国人，多了眼目，却无法彼此沟通。他们来自征战不断、宗教未经改进的国度，根本不懂这里的人情世故——有这种人在身边，你就必须分分秒秒保持警惕。她觉得，该有一种特别针对他们的法律。他们没道理不待在自己的国家,取代那些死于战争和屠杀的人。

"还有,"她突然说道,"史莱格韦格说,只要她爸爸存够了钱,他就要买一辆自己的车。只要有一辆二手车,他们就会弃你而去。"

"我不会付他太多钱的,要存也存不下来。"麦克英特尔太太说,"当然,我不担心这一点。如果肖特利先生不能干活,我就得让古扎克先生一直负责挤牛奶,那就要多付一份工钱。他不抽烟。"光是这星期,她已是第五次提及此事了。

"没有人比强西干活更卖力了。"肖特利太太特意强调,"挤牛奶也没人比他更熟练,也没人比他更像基督徒。"她抱起胳膊,凝视远方。拖拉机和切碎机的轰鸣声渐渐趋近,古扎克先生从另一排甘蔗的尽头拐角处绕出来了。"不是每个人都能像强西那样。"她喃喃自语,继而思忖:如果波兰人发现了强西的酒坊,他能认出来那是干什么的吗?麻烦就在于,你说不准这些人到底知道些什么。只要古扎克先生露出微笑,整个欧洲就在肖特利太太脑海中铺展开来,神秘、邪恶,俨如恶魔的实验站。

拖拉机、青贮料切碎机、卡车在她们面前接续驶过，颠簸，轰鸣，碾压。"你想想，要是用人力和骡子，这得干多少天啊，"麦克英特尔太太扯着嗓门说道，"照这个速度，我们两天就能把整片地收拾完。"

"差不多吧。"肖特利太太轻声嘀咕，"只要别出什么可怕的乱子就行。"她想到，自从有了拖拉机，骡子就一文不值了。现如今，你白送骡子都没人要。她提醒自己去想，接下去就该轮到黑鬼了。

下午，阿斯特和萨尔克在牧场上往施肥机填牛粪，她就在一旁跟他们解释即将出现的局面。她坐在小棚屋下的一堆粗盐边上，肚子贴着膝盖，胳膊叠在肚子上。"你们这些黑人最好留点神，"她说，"你们知道骡子值多少钱。"

"一美分也不值，卖不出。"老头说，"一美分都卖不出。"

"有拖拉机以前，骡子还有点用。那你想，有了难民，黑鬼还有什么用。时候到啦，"她预言，"很快就没人再提起黑人了。"

老头彬彬有礼地笑笑。"是啊，哈，哈。"

年轻人没言语，一脸阴沉，但等她进屋了，他就说:"胖贝利好像什么都知道。"

"没事,"老头说,"你的地位太低,不会有人跟你争论这事。"

等到肖特利先生返工,又去挤牛奶了,她才告诉他自己很担忧酒坊的事。那天晚上,他俩上了床,她又说道:"那男人鬼头鬼脑的。"

肖特利先生把双手叠放在瘦巴巴的胸脯上,好像他是个死人。

"鬼头鬼脑的。"她继续说,用膝盖用力顶了顶他的腰窝,"谁知道他明白什么,不明白什么?要是被他发现了,谁敢说他不会向她告状?你怎么知道他们在欧洲会不会酿酒?他们会开拖拉机。他们会捣鼓各式各样的机器。你倒是说句话啊。"

"别烦我,"肖特利先生说,"我现在是死人。"

"就他们那种小眼睛,一看就是外国人,"她嘀嘀咕咕地说,"还有他耸肩的模样。"她的双肩上下耸动了几次,不解地问道,"他怎么动不动就耸肩膀呢?"

"要是每个人都像我一样死透透,没烦恼,天下就太平了。"肖特利先生说。

"还有那个神父,"她嘀咕了一句,沉默了一会儿,然后继续说,"在欧洲,他们兴许用另一套办法酿酒,但我觉得他们知道所有的酿酒方法。他们满脑子歪门邪道。他们从没经过改革,一直没开化。他们信仰的宗教和一千年前没两样。只有魔鬼才做得出这种事。老是打来打去,争来抢去。他们也把我们卷进去了。不都已经卷过两次了吗,我们就傻头傻脑地去那边,帮他们摆平,他们就到这边来,探头探脑,发现了你的酒坊,直接向她告状。很可能还要亲她的手,随时随地都可能。你在听我说吗?"

"没。"肖特利先生说。

"我还要告诉你一件事,"她说,"不管是不是用英语,要说他听不懂你讲的每一句话,我才不会惊讶呢。"

"我又不会说外国话。"肖特利先生嘟哝着。

"我猜想,"她说,"用不了多久,这地方就不会再有黑鬼了。我跟你说啊,我宁可要黑鬼,也不要波兰人。还有,到时候我要帮黑鬼们说话。格伯胡克一家刚来这儿的时候,你记得不,他是怎么和他们握手的?好像他看不出黑白之分,好像他和他们一样黑,可等他逮到萨尔克偷火鸡,又不依不饶地跑去告状。

我知道他一直在偷鸡。我也可以跟她说的。"

肖特利先生呼吸轻柔,好像已经睡着了。

"黑鬼不知道自己什么时候就有盟友了,"她还在说,"我还要跟你讲一件事。我从史莱格韦格那儿打听到不少事儿。她说他们在波兰住在一栋砖房里,有天晚上来了个男人,叫他们天亮前离开。你能相信吗,他们竟然住砖房?吹吧!就知道吹牛皮。要我说,住木屋就够好了。强西,"她喊了一声,"你倒是转过来啊。我不喜欢看到黑鬼被欺负,被赶跑。我对黑人和穷人很有同情心。一直都是,不是吗?"她问,"我是说,我一直都是黑人和穷人的朋友吧?"

"到时候,"她说,"我会站在黑鬼一边,就这样。我不能眼看着那个神父把所有黑鬼都赶跑。"

麦克英特尔太太新买了拖耙,还有一台带升降机的拖拉机,因为她说,破天荒头一回,终于有雇工会捣鼓这些机器了。她和肖特利太太开车去后面的田里检查他前一天翻过的地。"干得太漂亮了!"麦克英特尔太太说着,环顾起伏有致的红土地。

自从有难民给她打工后,麦克英特尔太太就像变了一个人。肖特利太太细致地注意到这种变化:她的言行举止开始像那种闷声发大财的人,也不再像以前那样对肖特利太太吐露心事。肖特利太太怀疑是那个神父在背后捣鬼。他们非常狡猾。一开始,他会连哄带骗叫她去教堂,然后就会把手伸进她的腰包。嗯,肖特利太太心想,她也是够傻的!肖特利太太自己也有秘密。她知道那个难民正在做一件会让麦克英特尔太太彻底崩溃的事。"我还是那句话,他不会永远为了每个月七十美元卖力的。"她轻声说道,决意保守这个只有肖特利先生和她本人知道的秘密。

"好吧,"麦克英特尔太太说,"也许我不得不撵走一个人,才能多付他工钱。"

肖特利太太点点头,表示她早就知道这件事了。"我倒不是说那些黑鬼不该被赶走,"她说,"但他们笨手笨脚的,已经尽力了。你让黑鬼干活,就得站在旁边盯着他干完。"

"法官也这么说。"麦克英特尔太太说着,赞同地看看她。法官是她的第一任丈夫,把这块地作为遗产留给了她。肖特利太太听说他们结婚时,他都七十五了,她才三十岁,满心指望他一死自己就会成为富翁,谁知那老头是个无赖,清算财产时,人们才发现他根本没有钱,一个子儿都没剩,留给她的只是五十英亩土地和一栋房子。但她提起他时总是满怀敬意,还引用他说过的话,譬如"一人受苦,他人获益""你认识的魔鬼总好过你不认识的"。

"可是,"肖特利太太当即搬出名言,"你认识的魔鬼总好过你不认识的。"说完转身就走,麦克英特尔太太就看不到她在偷笑了。她已经搞清楚那个难民在搞什么花样,是老头阿斯特告诉她的,她只讲给肖特利先生听了。肖特利先生一听,一下子从床上蹦起来,活像爬出坟墓的拉撒路。

"别说了!"他说。

"偏不。"她说。

"不可能!"肖特利先生说。

"是真的。"她说。

肖特利先生又直挺挺地躺下去了。

"波兰人什么都不懂,"肖特利太太说,"我觉得是那个神父撺掇他这么干的。要怪就怪神父。"

神父常来看望古扎克一家,也总是顺道拜访麦克英特尔太太,两人相伴在附近散散步,她会一边指给他看各处做出的改善,一边听他喋喋不休。肖特利太太突然意识到,他是在说服她,让另一家波兰人也搬到这儿来住。两家人凑一块儿,那岂不是只说波兰语就好了?黑鬼们会被撵走,只有那两家人会和肖特利夫妇唱对台戏!她开始想象,那将是一场言语之战,波兰语和英语,你一言我一语,针锋相对,没有句子,只有单个儿的词汇,叽里咕噜,吧啦吧啦,语无伦次,拔高音量,你一言我一语,捉对厮杀,最后扭成一团。她看到自以为无所不知但根本尚未开化的龌龊的波兰语词汇往洁净的英语词汇上甩泥巴,到最后,两边的词语一样脏。她看到所有词汇在房间里堆成小山,都是死透透的脏话,他们的、她的,全都像新闻片里的裸尸那样堆叠一处。上帝救我啊,她无声地哭喊起来,把我从撒旦的极恶势力中拯救出来吧!从那天起,她开始带着前所未有的专注去读《圣经》。她一口气读完了《启示录》,开始引用《先知书》中的句子,没过多久,她就对自己的存在有了更深切的领悟。她清楚地看到,世界的意义是一个早有预设的谜,而她很强大,所以在这个设定中扮演了一个特殊的角色,对此她毫不惊讶。她看出来了,万能的上主创造出强大的人,就是要委以重任,让他们达成必须达成的事,她感觉得到,等到上帝召唤时她肯定准备好了。此刻,她认为自己的任务就是盯紧神父。

他的来访让她越来越恼怒。最后那次,他走来走去,捡地上的羽毛。他找到了两根孔雀的羽毛,四五根火鸡的羽毛,还有一根是褐色老母鸡的,他把它们收在掌心里带走了,像是捧着一束花。这种傻气的举动根本没能骗过肖特利太太。他的本质是率领成群结队的外国人在别人的地盘里安营扎寨,挑起争端,赶走黑人,在正人君子中间安插巴比伦的荡妇[1]!只要他出现在这里,她就藏起来暗中观察,直到他离去。

一个周日的下午,她产生了幻觉。肖特利先生膝盖痛,她就去帮他赶牛,抱着胳膊,慢慢走在牧场里,望着远处低垂的云层像一排排被冲上宽广无际的蓝色海岸的白色鱼群。爬过一个坡后,她累到不行,停下来缓口气,毕竟不年轻了,身子又那么笨重。她时常能感觉到心脏像小孩的拳头在胸膛里一握一松,这种

---

[1] 《新约·启示录》预言中的一个形象,被描绘为一种穿着华丽、饮用上好的酒、坐在兽背上的女性,象征着罪恶、堕落和各种腐化的诱惑。

感觉一旦出现，就会推走万般思绪，什么都没法想，她就会像一具巨大的空壳走来走去，漫无目的；但她身不摇腿不晃地爬上了这段坡路，站到了山顶，又觉得非常得意。就在她眺望的时候，天空中，突然像舞台上的幕布合拢后凸现出一个巨大的身影，就站在她眼前，和晌午的太阳一样金白耀眼，没有固定的形状，但有火轮飞旋在周围，火轮里都有凶猛的黑眼睛。她说不出来那个身影在前进还是后退，因为它辉煌壮丽，让人无从辨别。为了看到它，她要闭紧眼睛，它就变成血红色，飞轮变成了白色。有个极其洪亮的声音说出一个词："预言！"

她站在山顶，身子微微摇晃，但依然站得很直，双眼紧闭，双拳紧握，遮阳草帽低低地压在前额。"邪恶民族的子孙将被屠杀，"她大声说道，"该是胳膊的地方变成腿，该是脸的地方变成脚，耳朵在手掌心里。谁能保持完整？谁会完整无缺？谁？"

她猛然睁开眼睛。天空中满是白色的鱼，仿佛被看不见的波涛懒洋洋地托住。淹没在更远处的阳光斑斑点点，时隐时现，仿佛被反方向的浪潮冲向彼岸。她木然地挪动双脚，深一脚浅一脚，就这样走过了牧场，进了院落。她像目眩神迷的人那样茫茫然穿过牛棚，看到肖特利先生也没讲话。她走出牛棚，又走上土路，直到看见神父的汽车停在麦克英特尔太太家的门口。"又来了，"她喃喃自语，"又来搞破坏。"

麦克英特尔太太和神父正在院落里散步。为了避免和他们打照面，她转向左边，进了饲料间。那个单间棚屋的一侧堆满了印花饲料袋，角落里散落着牡蛎壳，墙上贴了几张脏兮兮的旧日历，上面有牛饲料和各种专利药的广告，其中一张上有一个穿礼服、留胡子的男人手举药瓶，脚下有一排广告语："神奇的新药让我天天通畅，肠胃无负担！"肖特利太太一直觉得和这个人很亲近，好像是个她很熟悉的名人，但现在她的头脑里一片空白，只有那个危险的神父。她站在两块木板的缝隙间往外看，她看得到他和麦克英特尔太太朝孵化小火鸡的鸡棚慢慢走来，鸡棚就在饲料间外面。

"哎呀呀！"他走近孵化房的时候说道，"瞧这些小鸡崽啊！"他停下来，眯起眼睛朝铁丝网内看。

肖特利太太撇撇嘴。

"你觉得古扎克一家会走吗？"麦克英特尔太太问

道,"你觉得他们会去芝加哥或别的大城市吗?"

"为什么他们现在要走呢?"神父反问,朝火鸡摇了摇手指头,大鼻子都快伸进铁丝网里了。

"为了钱呀。"麦克英特尔太太说道。

"哎呀呀,那就多给他们一点钱嘛,"他满不在乎地说道,"他们也要过日子呀。"

"我也是啊,"麦克英特尔太太嘟哝起来,"那就意味着我要撵走几个现有的帮工。"

"肖特利家让你满意吗?"他问,好像对火鸡更感兴趣。

"上个月我有五次发现肖特利先生在牛棚里抽烟。"麦克英特尔太太说,"五次!"

"黑人会好一点吗?"

"他们说谎话,偷东西,成天到晚都要人盯着。"她说。

"啧啧,"他说,"那你要撵走谁呢?"

"我已经决定了,明天就通知肖特利先生,雇他到这个月底。"麦克英特尔太太说。

神父好像没听到她说的,就忙着把手指头伸进网里逗鸡崽了。肖特利太太一屁股坐在敞着口的鸡饲料袋上，随着那声闷响，饲料粉末像云雾般扬起。她发现自己直勾勾盯着对面那堵墙，日历上的绅士仍举着神奇的药瓶，但她根本没看到他。她目视前方，却好像什么都没看到。继而起身，一路跑回家。她的脸涨红了，红得就像爆发的火山。

她拉开所有的抽屉，从床底下拖出纸箱和破旧的行李箱。她把抽屉里的东西通通倒进行李箱里，片刻不停，头上的遮阳草帽都来不及摘下来。她让两个女儿也这样做。肖特利先生进屋时，她连看都没看他一眼，一只手还在收拾，就用另一只手指着他说，"把车开到后门。你不能傻等着被人赶走啊。"

肖特利先生这辈子从没怀疑过她是全能全知的。他用半秒钟考虑了当下形势，只是苦恼地皱皱眉，就退出门外，把车开到了后门口。

他们把两张铁床绑在车顶，两把摇椅放在床上，两条床垫卷起来，塞在摇椅中间。他们还把一篮筐小鸡绑在最上头。他们在车里塞满了旧箱子和纸盒，只留了一小块地方让安妮莫德和萨拉梅坐。他们用下午剩下的时间和半个晚上收拾东西，肖特利太太决意赶在清晨四点前离开此地，她认为肖特利先生不该再为这地方调试一次挤奶器了。她一刻不停地忙碌，脸色由红转白，再迅速地由白转红。

天亮前下起了毛毛细雨，他们准备停当，可以出发了。四人挤进车里，在纸箱、包袱和卷起的铺盖中蜷缩手脚。方方正正的黑色小车发动后发出比平日更响的怪声响，好像在抗议负重。两个又高又瘦的黄头发女孩挤在后座的一摞纸箱上，还有一只小猎犬、一只老猫和两只小猫钻在毯子下面。车子走得很慢，如同一条超载又漏水的方舟，从他们的棚屋出发，经过麦克英特尔太太的白色小楼——她在里面睡得正香，根本猜不到这天清晨肖特利先生不会给她的牛群挤奶了——再经过波兰人住的山顶棚屋，继而沿路下坡，驶向大门。两个黑人正从那儿走来，一人在前一人在后，正要去帮忙挤奶。他们直视这辆车和车里的人，然而，就算昏黄的前灯照亮了他们的脸，他们也假装什么都没看到，或仅仅是保持礼貌，也可能是觉得这没什么可大惊小怪的。超载的车或许只是半明半暗的黎明飘过的一团晨雾。他们继续用稳定的步子往前走，没有回头看。

一轮暗黄色的太阳升起来，但天空还是和公路一样平滑而灰暗。田野铺展在公路两侧，一成不变，杂草飘摇。"我们去哪儿？"这是肖特利先生第一次问这个问题。

肖特利太太的一只脚搭在纸箱上，膝盖只能顶着肚子。肖特利先生的手肘都快戳到她鼻子底下了，萨拉梅光着左脚，抵着前座后背，脚趾擦到了她的耳朵。

"我们去哪儿？"肖特利先生又问了一遍，她没有回答，他就扭头看着她。

燥热慢慢升腾到她的整个脸庞，好像现在要涌升沸腾，给她最后一击。尽管她的一条腿折压在身下，另一条腿都快杵到颈窝里了，她却依然坐得笔直，但在那双冰蓝色的眼眸里有一种缺失，没有光芒。或许，这双眼睛曾见到的一切异象都已颠倒转向，正在凝视她的内在。她突然同时抓住肖特利先生的手肘和萨拉梅的脚尖，又拉又拽，好像要把这两条外部的肢体强装在自己身上。

肖特利先生骂骂咧咧，立刻停下车子，萨拉梅大叫着抽出脚掌，但肖特利太太显然打算把车里的东西重新布局，她一会儿往前凑，一会儿向后抓，不管抓到什么就抱在怀里：肖特利先生的脑袋，萨拉梅的腿，猫，一叠白床单，她自己那满月般圆鼓鼓的膝头；之后，狂暴突然退潮般消失，只残余了错愕的表情，抓着东西的手继而松开。她的一只眼珠滑向另一只，好像静静地崩塌了，她变得僵硬不动。

两个女儿不知道她是怎么了，不停地问："我们要去哪儿，妈？我们这是要去哪儿？"她们以为她是在开玩笑，况且她们的父亲也目不转睛地盯着她看，好像在扮演死人。她们不知道她刚经历了一番重大的体验，在这个原本尽属于她的世界里，她已变成了流离失所的人。眼前平滑又灰暗的长路让她们害怕，所以提高了嗓门问："我们要去哪儿，妈？我们这是要去哪儿？"但她们的母亲此刻一动不动，庞大的身躯靠在椅背上，双眼如同涂成蓝色的玻璃片，好像生平第一次凝神审视她的祖国那广袤的边境。

二

"好吧，"麦克英特尔太太对老黑人说，"没有他们，我们也行。我们见过太多人来了又走——黑人白人都有。"黑人在打扫牛棚，她也站在棚里，手拿铁耙，时不时把一根玉米棒子从角落里钩出来，要不就指出他没扫干净的一处湿漉漉的地面。当她发现肖特利一家人不告而别时还挺高兴的,因为那样一来,她就不用亲口说解雇的事了。她雇的人都会离她而去——因为他们就是这号人。在她雇过的所有人家中,肖特利家算是最好的了,如果不算难民那家的话。他们还不算太渣,肖特利太太是个好女人,她会想念她的,但就像法官说过的:你不能吃着碗里的,还惦记着锅里的。她现在对那个难民非常满意。"我们眼见着他们来了又走。"志得意满的她又念叨了一遍。

"只有我和您,"老头弯腰把锄头伸到饲料槽下,"还在这儿。"

她一下子就听懂了他的言外之意。一道道阳光透过开裂的天花板照在他背上,把他分成明暗分明的三段。她看着他那双修长的双手攥着锄头,一下又一下凑近佝偻低俯的身子。你大概比我到得早,但很可能等你走了,我还留在这里,她心想道。"我大半辈子都白白耗在没用的废人身上,"她严肃地说道,"但现在我算是熬过来了。"

"黑人白人,"他说,"都一样。"

"我算是熬过来了。"她又说了一遍,利落地提了提披在肩上当斗篷用的深色罩衫的衣领。她戴了一顶宽檐黑色草帽,是二十年前花了二十块钱买来的,她现在把它当作遮阳帽。"金钱是万恶之源。"她说,"法官每天都这么说。他说他贬斥金钱。他说你们黑人不好管理,就是因为市场中流通的金钱太多了。"

老黑人是认识法官的。"法官说他很期盼有一天他穷到雇不起黑人干活,还说,等那天到了,世界就能重新兴盛起来。"

她倾身向前,双手搭在胯上,抻长了脖子说,"哼,那天就快来到了,我跟你们每一个人明说吧:你们最好机灵点。我不用非得忍受愚蠢的废物。现在我有一个不得不工作的人!"

老头知道什么时候该答话,什么时候该岔开话题。过了一会儿才说:"我们眼看着他们来了又走。"

"话说回来,肖特利家可远远不是最糟糕的。"她说,"嘉利特那一家子,我可是记得清清楚楚。"

"他们之前是柯林斯家。"他说。

"不对,是瑞菲尔德家。"

"哎呀主啊,瑞菲尔德那家人啊!"他嘟哝了一声。

"那些人啊,没一个想干活。"她说。

"我们就看着他们来了又走。"好像这句话是循环的副歌唱词,他说道,"但我们从没有过谁,"他直起身来,和她面对面,"像现在的这个。"他的皮肤是浅黄褐色的,老眼昏花,眼珠子好像挂在蛛网后面。

她深深地看了他一眼,目不转睛,直到他放下握住锄头的手,又弯下腰去,拢走独轮车边的一堆刨花。她生硬地说道:"光是肖特利先生打定主意要去冲洗牛棚的那点时间,他都可以清扫完了。"

"他从波尔来。"老人嘟嘟哝哝。

"从波兰。"

"波尔和这儿不一样,"他说,"他们做事的方法和我们不一样。"接着,他含含糊糊地说了什么。

"你在说什么?"她问,"要是你对他有什么意见,就说出来,把话说明白。"

他沉默了,颤颤巍巍地屈膝蹲下,把耙子伸到饲料槽下去清扫。

"要是你知道他做了什么不该做的事,我希望你告诉我。"她说。

"倒不是说他该不该做,"他嘟哝着,"要说的是,别人不那么做。"

"你和他没过节，"她言简意赅地说，"他还要在这里待下去。"

"我们这里从没有过他那样的人。"他念叨着，摆出彬彬有礼的微笑。

"时代变了。"她说，"你知道世界上在发生什么事吗？世界在膨胀。到处都是人，只有聪明的、节俭的、有干劲的人才能活下去。"她在掌心里敲出那三个词：聪明、节俭、有干劲。沿着栅栏往另一头看，她能看到土路，看到难民正站在敞开的牛棚门口，手举绿色水管。他的身形带有一种特殊的僵硬感，好像会让她在靠近他的时候必须放慢速度，哪怕只是想到他的时候也一样。她认定，这是因为她不能轻松自如地和他对话。只要她对他说什么，她就发现自己下意识地提高嗓门、夸张地点头，还分明意识到会有一个黑鬼躲在最近的棚屋后面偷看。

"说真的，"她在饲料槽边坐下来，抱起胳膊，"我已经拿定主意了，我这里的废人已经够多了，会拖死我这辈子。这世界上已经满是不得不工作的人，我不会再把余生浪费在肖特利家、瑞菲尔德家、柯林斯家那些人身上了。"

"怎么会多出那么多人呢?"他问。

"人都自私。"她说,"他们生了太多小孩。已经无法理喻了。"

他抓起了独轮车把手,正要后退着往门外走,又停下来,半边身体在阳光下,半边身体在阴影里,他站在那儿嚼着口香糖,好像突然忘了自己想去哪个方向。

"你们有色人种没有意识到的是,"她说,"这里的千头万绪都握在我手里。如果你们不干活,我就赚不到钱,那我就没钱付给你们。你们都在依赖我,但你们每一个人都表现得好像弄反了,好像是我在依赖你们。"

很难从他的脸色上判断他有没有听到她的话。他终于扶着独轮车退出门去。"法官说他认识的魔鬼好过他不认识的。"他的声音很低,但说得很清楚,然后推着小车走了。

她起身跟在他后面,前额中央突然出现了一道竖直的皱纹,就在红色刘海下面。"法官早就不付这儿的账单了。"她用刺耳的声音喊道。

这儿的黑鬼里，只有他还认得法官，他就以为自己高人一等。他对她的后两任丈夫——克鲁姆先生和麦克英特尔先生——的评价都很低，每次她离婚，他都用含蓄有礼的方式恭喜她。只要他觉得有必要，就在窗下干活，因为他知道她会闲坐在那儿，他会自言自语，小心翼翼、拐弯抹角地议论一番，或是自问自答，然后打住。有一次，她默默站起来，砰一声把窗户关上，力道很大，把他吓得向后跌坐在地。他也偶尔和孔雀讲话。孔雀会跟着他走，眼睛一动不动地盯着从他屁股口袋里伸出来的玉米穗，要么就坐在他身边，啄着羽毛拾掇自己。有一次，她从敞开的厨房门口听到他对孔雀说："我记得，以前你们有二十多只在这儿晃悠，现在只剩你了，还有俩母鸡。克鲁姆那会儿是十二只。麦克英特尔那会儿是五只。现在只有你和俩母鸡。"

听到这儿，她迈出门槛，站在门廊上说道："克鲁姆**先生**！麦克英特尔**先生**！我不想再听到你提到这两个名字。你给我听明白了：等这只雀儿死了，就不会再有新的了。"

她养着这只孔雀只是出于迷信，怕惹坟墓里的法官不高兴。以前，他很喜欢看到它们在这里走来走去，他说那让他觉得很富有。在三任丈夫中，虽然她只埋葬过法官，却觉得只有他仍像在世时那样在她身边。他就葬在屋后的玉米地中间的家族墓园里，用一圈篱笆围出来的空地里还埋着他的父母、祖父、三个姑奶奶和两个夭折的堂亲。克鲁姆先生、她的第二任丈夫，此时身在四十英里外的州立精神病院里；她猜想自己的最后一任丈夫，麦克英特尔先生，大概在佛罗里达的哪个酒店房间里喝得酩酊大醉。然而，法官却总在这家里，和家人作伴，沉眠在玉米地下。

她嫁给他的时候，他已经是个老头了，她确实是为了钱，但还有一个理由是她不肯承认的，甚至都不肯对自己坦承：她喜欢过他。他是个抽鼻烟的脏老头，在本县法院供职，当地人都知道他有钱，穿高帮靴，打细领结，穿黑条纹的灰西装，不论冬夏都戴一顶黄色的巴拿马帽。他的牙齿和头发都像是被烟草熏黄了，黏土般粉红色的脸上坑坑洼洼，还有神秘如史前记号的沟壑斑纹，好像他是从化石堆里出土的。他的身上总有一股被汗水浸透的钞票的味道，很特别，其实他身上从来不带钱，连一个铜板都没有。她给他做了几个月秘书，火眼金睛的老男人一眼就看出来这个小女人很仰慕自己。他们结婚后共同生活的那三年是麦克英特尔太太这辈子最幸福、最富足的时期，但等他死了，她才发现他的地产是亏空的。他留给她一栋已经抵押出去的房子，还有五十英亩地，他死前想办法砍光了这块地上的树，简直像是他成功的一生里最后的杰作，好像他有本事把能带走的一切都带走。

但她活下来了。跟一连串老头自己都应付不了的佃户和挤奶工打过交道后，她终究把日子过下来了，还能和一大帮性情无常的黑鬼们耗个没完，甚至时不时地摆平那些敲诈犯、牛贩子、伐木工，以及成群结队开着卡车、在院落里摁喇叭叫卖的杂货商。

她略往后仰地站着，胳膊抄在罩衫里面交叉抱着，带着满意的神情望着难民关掉水龙头，进了牛棚。那个可怜的人被逐出波兰，横跨欧洲，最后不得不栖身于异国他乡的佃户棚屋，她为此深感遗憾，但她无须对此负责。她自己也有过艰苦的日子，很明白奋斗意味着什么。人人都该奋斗。古扎克先生一路穿越欧洲到达这里，样样东西都可能是别人施舍的。他可能奋斗得还不够。她给了他一份工作。她不知道他是不是对此心存感激。除了他在干活,她对他一无所知。事实上,对她而言,他还不是非常真实的人。他好像是她看在眼里、挂在嘴边,但自己仍不能相信的某种奇迹。

她看见他走出了牛棚,和从牧场后面绕过来的萨尔克打了招呼。他比了比手势,从口袋里掏出什么,两人就站在那儿低头看。她沿着小路朝他们走去。黑人的身形高大却很懒散,一如往常地摆出弯下腰、伸出圆脑袋的蠢样子。他比白痴好不了多少,要真是白痴,反倒多半是干活的好手。法官总说,你要雇个白痴黑鬼,因为他们不懂得偷懒,干起活来不会停。波兰人在飞快地比画手势。他把那东西留给黑人男孩,走了,还没等她绕过小路尽头,就听到拖拉机发动的声响。他这就去田里干活了。黑人依然傻站在那儿,目瞪口呆地看着手里的东西。

她走进院落,穿过牛棚,用赞许的眼光打量一尘不染、湿漉漉的水泥地。现在才九点半,要是肖特利先生,不到十一点是不会开始清扫的。当她走到牛棚的另一个出口时,看到黑人慢吞吞地斜穿过她面前的土路,眼睛还盯着古扎克先生给他的东西。他没有看到她,又停下脚步,屈起膝盖,低头凑近掌心,舌头在嘴里转着圈。他手里的是一张照片。他用一根手指轻轻拂过相纸,继而抬起头,看到她,一下子怔在原地,嘴角似笑非笑,手指悬停在半空。

"你怎么还没下田?"她问。

他抬起一只脚,咧开嘴,拿着照片的手往屁股口袋伸去。

"什么东西?"她说。

"没什么。"他嘀咕着,不自觉地递给她看。

那是一张约莫十二岁的小女孩的照片,穿着白裙子,金发上戴着花冠,浅色的眼睛直视前方,眼神安静而温柔。"这孩子是谁?"麦克英特尔太太问道。

"是他表妹。"男孩高声回答。

"那你拿着它干吗?"她问。

"她要嫁我。"他用更高昂的声音回答。

"嫁给你!"她惊呼。

"我出一半钱让她过来。"他说,"我每星期付给他三块钱。她现在长大一点了。她是他表妹。她不在乎嫁谁,能从那边过来她就很高兴了。"他扯着嗓门连珠炮似的说完,看到她的表情,声音才低下来。她的眼神聚焦时像花岗岩那样蓝,但她不是在看他,而是沿路望向远方,难民开着拖拉机远去的声音依稀可闻。

"我觉得她现在是来不了的。"男孩嘟哝着。

"我会帮你把每一分钱都要回来的。"她不动声色地说完,拿着对折的照片转身走了。从那矮小、僵硬的背影是看不出她被惊到了。

一进屋,她就躺倒在床上,闭上眼睛,手压在胸口,好像要摁住心脏,以免它跳出来。她张开嘴,发出两三声干涩的低吼。又过了一会儿,她才坐起身,大喊一声:"他们都是一路货色。总是这样。"然后直挺挺地躺下去,"二十多年备受打击,筋疲力尽,他们连他的祖坟都要挖!"想起那事,她默默地哭出来,时不时用罩衫的下摆抹眼泪。

她想到的是法官墓碑上的天使。那个花岗岩做的裸身小天使是老头在城里一家墓碑店的橱窗里看到的,一眼就爱上了,因为天使的小脸蛋让他想起妻子的容貌,也因为他想在自己坟头上摆一件地道的艺术品。他把它搁在身边绿色长毛绒坐垫的火车座位上,带回了家。麦克英特尔太太从没发现它的长相和自己有相似之处。她一直觉得它挺可怕的,但当赫瑞家的人把它从老头坟上偷走后,她在震惊中暴怒不已。赫瑞太太觉得它很可爱,常去墓园里看它。赫瑞一家走的时候带走了小天使,只留下它的脚指头,因为赫瑞家的死老头用斧头砸下它时位置偏高了一点点。麦克英特尔太太后来一直没钱再买一个新的装上去。

她哭够了才下床,走进后厅。那是一个壁橱般黑漆漆的小房间,静得像礼拜堂。她坐在法官的黑色机械椅的边沿,手肘撑在他的书桌上。那是一张巨大的卷盖式书桌,鸽子笼般的文件格里塞满了蒙尘的文件。半开的抽屉里堆满了有年头的银行存折和账簿。书桌中间摆着一只小保险柜,空的,但上了锁,俨如神龛。自从老头死后,她一直没动过这个角落,一切维持原样,有那么点纪念他的意思,有点神圣,因为他曾在这里办公。只要稍稍摇晃,这把椅子就会像生锈的骷髅般发出呻吟,就像他以前抱怨自己穷得叮当响。他的首要原则就是要会哭穷,说起话来要像世上最穷苦的人,她照做了,不仅是因为他言传身教,更因为她真的没钱。当她紧锁眉头坐在空空如也的保险柜前时,她就知道这世上没人比她更穷了。

她面无表情地在书桌前坐了十到十五分钟,好像就此攒了些气力,便起身出门,钻进车里,向玉米地开去。

这条路先穿过一片暗无天光的松树林,通向山顶,山上是宽阔的绿色林木,如扇面般连绵起伏。古扎克先生正由外往内、绕着圈在玉米地里收割,最中央的墓园已被玉米遮住了,她望见他在另一边的小丘顶上,坐在拖拉机上,后面挂着青贮料切碎机和卡车。因为黑人还没来,他不得不一次又一次跳下拖拉机,爬上卡车,把青贮料铺散开。她站在自己的黑色小汽车前,在罩衫下面抄着手,不耐烦地观望他慢慢地绕着田地外围向前开,渐渐向她驶来,她就挥挥手,让他停下。他停下机器,跳下车,一边向她跑来,一边用块油腻腻的抹布擦着红彤彤的下巴。

"我想和你谈谈。"她说着,招呼他走到荫蔽的树林边。他脱下帽子,笑着跟过去,可当她转过身来,他的笑容就渐渐消失了。她的眉毛又细又凶,像蜘蛛腿一样不祥地蹙向中央,挤出一条竖直的深纹,从红发刘海底下一直延伸到鼻梁。她从口袋里掏出对折的照片,默默地递给他。然后,她后退一步,说道:"古扎克先生!你要把这可怜又无辜的孩子送到这儿来,让她嫁给白痴一样、偷鸡摸狗的臭黑鬼!这是人干的事儿吗?"

他接过照片,笑容慢慢地又回到他脸上。"我表妹,"他说,"她拍这照时才十二,第一次领圣餐。现在十六了。"

没人性!她在心里骂,好像第一次看到他似的盯着他看。他的前额和头顶白白的,因为戴着遮阳帽,所以不像脸庞那样被晒得通红,覆盖着密密匝匝的金色汗毛。金丝边眼镜后面的眼睛像两颗亮晶晶的钉子,靠近鼻梁处的镜框用裹了干草的铁丝绑过。他的整张脸像是用好几张脸的部件拼凑出来的。"古扎克先生,"她一开始说得很慢,之后越说越快,说到一半都快喘不上气来了,"那个黑鬼不能娶一个欧洲来的白人老婆。你不能对黑鬼讲这种话。你会让他兴奋不得了,但其实根本不可能实现。也许在波兰可以,但在这儿办不到,你必须就此打住。这太荒唐了,蠢到家了。那个黑鬼脑袋空空,你不能这样诓他……"

"她在集中营待了三年。"他说。

"你表妹,"她用斩钉截铁的语气说道,"不能到这儿来嫁给我的黑人。"

"她十六岁,"他说,"波兰人。妈妈死了。爸爸死了。她在集中营里等。三个集中营。"他从口袋里掏出钱包,捏出另一张照片来,还是那个女孩,长大了一点,穿着宽松的深色裙子。她靠墙站立,和一个显然没了牙齿的矮小女人在一起。"她妈妈,"他指了指另一个女人,"她待过两个集中营,死了。"

"古扎克先生,"麦克英特尔太太说着,把照片推还给他,"我不会让我的黑人们心烦意乱。没有黑鬼们,我没法经营这地方。我可以没有你,但不能没有他们,如果你再跟萨尔克提起这姑娘,你就不用再替我干活了。你明白吗?"

他只有一脸的费解不明。好像要把这些词汇在他脑海中串起来,他才能想明白。

麦克英特尔太太想起肖特利太太说过的:"他什么都明白,只是装作听不懂,那样才能为所欲为。"她的脸上又浮现出最初的震怒:"我真是不明白,一个自称基督徒的人怎么会把一个无辜的可怜姑娘带到这儿来,嫁给那样一个鬼东西。我实在不明白。不明白!"她摇着头,用蓝眼睛痛苦地遥望远方。

过了一会儿,他耸了耸肩,垂下双臂,好像他累了。"她不在乎是黑人,"他说,"她在集中营待了三年。"

麦克英特尔太太觉得双腿突然一软。"古扎克先生,"她说,"我不想再和你谈论这件事了。如果还有下次,你就必须另谋出路了。你听懂了吗?"

拼凑出来的脸没有答话。她觉得他压根儿没正眼看她。"这是我的地盘,"她说,"谁来谁走,我说了算。"

"是啊。"他说着,重新戴上帽子。

"我用不着为这个世界的悲惨负责。"她想了想,这样说道。

"是啊。"他说。

"你有一份好工作。你能在这里,应该感恩才对。"她又说道,"但我不确定你是不是这样想。"

"是啊。"他说着,又轻轻耸肩,回到拖拉机那儿。

她看着他爬上车,操控机器,继续在玉米地里收割,从她面前驶过去,绕个弯后,她才爬上坡顶,抱着胳膊站在那儿,神色阴郁地望着田野。"都是一路货色,"她喃喃自语,"不管从波兰还是田纳西来的。我对付过赫瑞家、瑞菲尔德家、肖特利家,现在也能摆平古扎克家。"她眯起眼睛,好像在枪支的瞄准器里聚焦于拖拉机上渐行渐远的人影。她这一辈子,尽在和这世上多余的人钩心斗角,现在不过是个从波兰来的人。"你和他们那些人一个样儿,"她自言自语,"——只不过很机灵、节俭,还有干劲儿,但我也是啊。而且,这是我的地盘。"她站在那儿,小小的个头,黑帽黑衣,天使般白白胖胖的面容已然苍老,她抱着胳膊的模样俨如这世间没什么可以难倒她。但她的心在狂跳,好像已承受了某种内在的打击。她睁开双眼,把整片田野尽收眼底,这样一来,在拓宽的视野里,拖拉机上的人影就比蚂蚱大不了多少了。

她在坡顶又站了片刻。清风徐来,山坡两边的玉米叶如巨浪翻涌。庞大的切碎机发出单调的轰鸣,源源不断地把青贮碎粒喷涌进卡车斗里。天黑以前,难民会一圈又一圈地收割,直到两座小丘两边的田野里只剩下残茬,中间的低谷就会像小岛一样浮升而出,那就是墓地,法官就在那里咧嘴而笑,躺在被亵渎的墓碑之下。

三

炼狱的话题,神父说了已有十分钟,一根手指戳托着那张乏善可陈的长脸。麦克英特尔太太坐在对面的座椅里看着他,怒气冲冲地眯着眼睛。他们坐在她家前廊上喝着姜汁汽水,她把杯子里的冰块摇晃得叮当响,珠串和手镯也晃个不停,就像一匹躁动不安的小马驹把身上的马具摇晃得叮当响。没有什么道义能让我留下他,她低声说道,绝对没有道德上的义务。她突然颤颤巍巍地站起来,像钻头钻进电锯般打断他的爱尔兰土腔,"听着,"她说,"我不是研究神学的。我很务实!我想和你谈的是实际问题!"

"哎呀呀。"他叹了一声,不情愿地停下来。

她在自己那杯姜汁汽水里加了一指多深的威士忌,否则她没法撑到底,他一来就待很久。她尴尬地坐下来,发现椅子比她预想的更近。"古扎克先生没法让人满意。"

老神父惊讶地扬起眉毛,似乎带着嘲弄。

"他是多余的,"她说,"他不能融入这里的环境。我得有适应这里的帮工。"

神父小心地把帽子搁在膝头。他有个小诀窍,善于静静等待片刻,再把话题转回自己想要说的主题。他快有八十岁了。她以前从没和神父打过交道,直到因为接收难民的事才认识了这一位。他帮她找到波兰人后,就利用介绍工作的机会试图让她皈依——她其实早就料到了。

"给他一点时间,"老人说,"他会学会适应的。你那只美丽的雀鸟儿呢?"他问了,又说,"哎呀呀,我看到它了!"说着就站起来,望向草坪,孔雀和两只母鸡迈着紧张的步子走来走去,修长颈项上的羽毛都竖起来了,孔雀的是蓝紫色,母鸡的是银绿色,在傍晚的阳光下闪闪发亮。

"古扎克先生,"麦克英特尔太太勉强维持平稳的语气,继续说道,"非常能干。这一点我承认。但他不懂得怎样和我的黑人们相处,他们也不喜欢他。我不能眼看着黑人们跑掉啊。而且我也不喜欢他的态度。他能待在这儿,却丝毫没有感恩之心。"

神父手抵纱门,推开门就想溜。"哎呀呀,我得走啦。"他嘀咕了一句。

"我跟你说,如果我找到一个了解黑人的白人,就肯定要让古扎克先生走人。"她说着,再次站起身。

他又转过身,看着她的脸。"他没有地方可以去。"他说完,又说,"亲爱的夫人,我很了解你,我知道你不会因为一件小事就把他赶走的!"没等她回答,他就抬起手,叽里咕噜地为她念了一段赐福语。

她气愤地冷笑道:"这种局面又不是我造成的。"

神父的目光流连在雀鸟儿身上。它们走到了草坪中央。孔雀突然停下来,脖子向后弯曲,翘起尾巴,随着一声沙沙轻响,展开了一片炫目的光彩。一层又一层鼓胀的小太阳漂浮在笼罩它头顶的金绿色光辉中。神父惊呆了,张口结舌。麦克英特尔太太心想,真是从没见过这么傻的老头。"基督降临就会是这样的!"他喜悦地高呼,用手擦了擦嘴角,就那样呆呆地站着看。

麦克英特尔太太露出清教徒般刻板的表情,涨红了脸。谈到基督会让她尴尬,就好像谈论性会让她母亲难堪。"古扎克先生无处可去,我无须为此负责。"她说,"我觉得我用不着为这世上所有多余的人负责。"

老人似乎没有听到她的话。他的心思全在孔雀身上,孔雀正迈着小步往后退,后脑勺抵着开屏的尾巴。"耶稣变容。"他轻声自语。

她不明白他在说什么。"古扎克先生本来就不必来这儿。"她狠狠地看了他一眼。

孔雀垂下尾羽,吃起草来。

"他本来就不必来这儿。"她又说了一遍,一字一顿地强调。

老人心神恍惚地笑笑。"他是来救赎我们的。"他温和地握住她的手,说他得告辞了。

要不是肖特利先生在几星期后回来了,她只能自己去找新的雇工。她没想让他回来,但当她看到那辆熟悉的黑色汽车一路驶来,停在她家小楼边上时,她竟觉得自己才是那个历经悲惨跋涉、回归家园的人。她立刻意识到自己有多么想念肖特利太太。自从她走后,她身边就没人可以说说话了。她奔到门口,期待看到肖特利太太迈上门阶。

肖特利先生孤零零地站在那儿。他戴了一顶黑毡帽,穿了一件印有红蓝色棕榈树图案的衬衫,但那张被虫子叮出水泡的长脸比一个月前更消瘦了。

"啊呀!"她说,"肖特利太太呢?"

肖特利先生一言不发。他的面容似乎经历了从内到外的变化,他看似一个走了很久却没水喝的人。"她是上帝的天使,"他大声说道,"她是这世上最可爱的女人。"

"她人呢?"麦克英特尔太太轻轻念叨。

"死了。"他说,"离开这儿的那天她中风发作。"他脸上有种死人般的镇定。"我相信,是那个波兰人害死了她。"他说,"她一开始就看穿了他。她知道他是恶魔派来的。她对我说过。"

麦克英特尔太太用了三天才接受了肖特利太太的死讯。她对自己说,谁都觉得她俩是很亲近的。她重新雇用肖特利先生在农场里干活,实际上,没了他妻子,她并不想要他。她告诉他,她会在月底通知难民在三十天内离开,到时候他又能去挤牛奶了。肖特利先生更喜欢挤牛奶的活儿,但他愿意等。他说,看着波兰人离开会给他一点安慰,而麦克英特尔太太说那将让她非常欣慰。她坦承自己本来就该满足于原有的人手,不该去找异国他乡的人。肖特利先生说他打过一战,知道外国人是什么路数,所以一直不喜欢外国人。他说他见过各式各样的外国人,但他们和我们都不一样。他说他记得那个朝他扔手榴弹的男人戴着圆圆的小眼镜，和古扎克先生戴的一模一样。

"可是古扎克先生是波兰人，不是德国人。"麦克英特尔太太说。

"这俩没多大差别。"肖特利先生这样解释。

黑人们很高兴看到肖特利先生回来了。那个难民指望他们像他那样拼命干活，但肖特利先生很清楚他们力有所不逮。有肖特利太太督促的时候，他也从来算不上非常好的工人，现在没了她，他比以前更健忘、更磨蹭。波兰人和以往一样拼命干活，好像根本没意识到自己即将被解雇。麦克英特尔太太发现，原以为永远不会干完的活儿都已完成了。但她仍铁了心，要他走。那僵硬的小个子忙忙碌碌地东跑西颠，这竟已成为最让她恼怒的情景，觉得自己被老神父耍了。他本来说过，如果难民不能让她满意，并没有法律规定她必须把他留下，但后来他又搬出了道义。

她想告诉他，她的道德责任感是给自己人的，比如在世界大战中保家卫国的肖特利先生，而不是给古扎克先生这种只是来这儿占尽便宜的人。她觉得，辞退那个难民前，自己必须把这话和神父讲清楚。月初，神父没有来，她就延缓了给波兰人的通知。

肖特利先生则在自忖：他早就该猜到，女人常常嘴上说说，但不一定说到做到。他不知道自己还要忍多久，听任她拖延不定。他暗自推想她心软了，担心波兰人被赶出这里后很难找到下一个落脚处。他可以向她指明真相：只要她让波兰人走，他不出三年就会拥有自己的房子，屋顶上还架着电视天线。肖特利先生决定采取必要的策略，每天晚上都绕到她家后门，对她晓之以理动之以情。"有时候白人得到的关照还不及黑人，"他说，"但那没关系，因为他总归还是白人，但有时候，"说到这儿，他会停顿一下，凝望远方，"一个为国出征、抛头颅洒热血的人得到的关照却比他的敌人得到的更少。我问你，这对吗？"他抛出这个问题后会注视她的神情，以此判断自己的说辞有没有产生效果。她这几天脸色不好。他注意到她的眼角滋生出以前只有他和肖特利太太是白人帮工时没见过的皱纹。每当他想起肖特利太太就觉得心一沉，像破旧的铁桶跌进枯井。

老神父一直没来，好像对上次的拜访心有余悸，但他发现难民没有被辞退，终于斗胆再次登门，想接着上回的话，继续向麦克英特尔太太传教。她并没有要求听讲教义,是他执意如此,不管和谁交谈,都会讲到一点圣礼的意义,或是教义的解释。他坐在她家的门廊上,对她半是嘲讽半是愤恨的表情视而不见,而她摇晃着一只脚,坐等插嘴的时机。"因为,"他的口气就好像在讲昨天镇子上发生的事,"上帝派下他的独生子,基督耶稣我们的主,"——他慢慢颔首致敬——"作为人类的救世主,他……"

"弗林神父!"她的声音让他惊跳起来,"我想和你谈谈正事儿。"

老人的右眼皮抽搐了一下。

"据我所知,"她死死地盯住他说,"基督只不过是另一个难民。"

他稍稍举起双手,又垂下去,搁在膝头。"哎呀呀。"他轻喊一声,好像在思忖这种说法。

"我要让那个人走。"她说,"我对他没有义务。我要对那些为国家做出贡献的人尽道义,而不用对那些仅仅过来占尽便宜的人负什么责任。"她开始加快语速,想起了所有论据。神父的注意力似乎撤回到私密的祈祷室,等着她讲完。有那么一两次,他的视线飘向外面的草坪,似乎在寻找脱身路线,但她照样往下说。她告诉他自己如何咬紧牙关撑了这三十年,一直要和那些不知从哪儿来也不知道要往哪儿去的人打交道,那些人除了一辆汽车,别无他求。她说她觉察到他们都一样,不管从波兰或从田纳西来。她还说,等古扎克一家翅膀硬了,就会毫不迟疑地离她而去。她向他解释,为什么看起来富有的人其实最穷,因为他们要维持的东西最多。她问,他以为她是怎样支付饲料账单的?她告诉他,自己很想重新修整这栋房子,但拿不出那么多钱。就连把亡夫的墓碑修好的钱都攒不下来。她又问他,要不要猜猜她这一年要交多少保险费。最后她问他是不是觉得她很有钱,老人突然爆发出一声难听的吼叫,好像这问题太滑稽了。

拜访就这样结束了,她一下子没了精神,哪怕这次她显然占了上风。她立刻下定决心,下个月一号就要通告难民在三十天内离开,并把这个决定告诉了肖特利先生。

肖特利先生没说什么。他的亡妻是他所知唯一的敢说敢做的女人。她说了,波兰人是魔鬼和神父派来的。肖特利先生毫不怀疑神父对麦克英特尔太太施加了某种特殊的控制力,没过多久,她就会去参加他的弥撒。看她的模样,好像从里到外被什么东西耗空了。她比以前消瘦,越发烦躁不安,也不像以前那样精干了。现在,她明明在察看牛奶桶,却没看出来里面有多脏,他看到她嘴唇一张一合,却没说出话来。波兰人干活从没出过纰漏,但一样会惹她发火。肖特利先生干活总是由着性子——并不总能按照她要求的方式——但她好像并未留意。不过她注意到了波兰人和他的家人都长胖了,还向肖特利先生指出,他们脸颊深陷的地方都饱满起来了,还有他们把挣到的每分钱都存起来了。"是啊,夫人,他早晚会把你的产业买下来,再卖个精光。"肖特利先生壮着胆子这样说,他看得出来,这番话戳到了她的痛处。

"我就等着下个月一号了。"她说。

肖特利先生也在等,一号到了,眼看着又过去,她没有解雇他。他可以告诉别人是怎么回事儿,但并没有说。他不是那种穷凶极恶的人,也不喜欢看到妇道人家受一个外国人的欺负。他觉得在这件事上,身为男人不能袖手旁观。

麦克英特尔太太不能立刻辞退古扎克先生,这本是没道理的,但她一天天地往后拖。她担心账单没法付,也担心自己的健康。她晚上睡不着,就算睡着,也会梦到那个难民。她从没主动辞退过谁,都是他们自己走的。有天晚上,她梦到古扎克一家人搬进了她家,她却要搬去和肖特利先生住。这太离谱了,她吓得惊醒过来,一连几夜都睡不着。还有一天晚上她梦到神父来了,唠唠叨叨没完没了:"亲爱的夫人,我知道你有善心,不会忍心赶走可怜的波兰人。想想看啊,还有成千上万的难民,想想焚尸炉、运尸车、集中营啊,还有那些生病的孩子们,再想想基督耶稣我主。"

"他是多余的人,他扰乱了这里的平衡。"她说,"我是个讲理、务实的女人,这儿没有集中营,没有焚化炉,也没有基督耶稣我主,他离开这里会挣到更多钱。他可以在工厂里干活,买辆车,不用和我说话——他们除了汽车,就别无他求。"

"焚尸炉、运尸车、病孩子,"神父喋喋不休,"还有我们敬爱的主。"

"就是多余的。"她说。

第二天早上,她吃着早餐,下定决心要去跟他讲,就站起来,走出厨房,沿着土路往下走,手里还捏着餐巾。古扎克先生正在冲洗牛棚,一手搭胯,腰背塌垮。他关上水龙头，没好气地看着她，好像她在干扰他的工作。她没想过该怎么开口，就这么过来了，站在牛棚门口，严肃地看着一尘不染、湿漉漉的水泥地和滴着水的栓牛柱。"有事？"他说。

"古扎克先生，"她说，"我现在没法再尽义务了。"继而提高嗓门，加重语气，一字一顿地说，"我是要付账单的。"

"我也是。"古扎克先生说，"账单很多，钱却很少。"他耸耸肩。

她看到牛棚的另一头闪过一个人影，高高的个头，长着鹰钩鼻，像蛇一样盘上阳光下敞开的门边，停下不动；她也感觉到身后某处黑人铲地的声音消失了，明明一分钟前还能听见。"这是我的地盘，"她愤然说道，"你们都是多余的。每一个都是！"

"是啊。"古扎克先生又打开了水龙头。

她用手里的餐巾抹了抹嘴，走了出去，好像她的任务已经完成。

肖特利先生的身影从门边隐去了，他靠在牛棚侧墙上，从口袋里掏出半根烟点上。他现在什么都做不了，只能听从上帝安排，但有一点他很清楚：他不打算沉默着等下去。

从那天早上开始,不管对方是黑人还是白人,他见人就抱怨,讲述自己的遭遇。他在杂货店、在县政府、在街角诉苦,也在麦克英特尔太太面前诉苦,因为他光明磊落,从不拐弯抹角。要是波兰人听得懂,他也会把这些话讲给他听。"所有人生来自由平等。"他对麦克英特尔太太说,"我出生入死,证明了这一点。奔赴战场,浴血奋战,冒着生命危险,好不容易活着回来,却发现有人顶替了我的工作——恰好就是战场上的敌人。那颗手榴弹近在咫尺,差点儿要了我的命,我看到是谁扔过来的——戴着和他一样的小圆眼镜的小男人。他们可能是在同一家店买的眼镜。世界很小。"他苦笑一声。既然肖特利太太不能再替他说话了,他就得为自己声张,而且发现自己挺有口才。他有本事让别人觉得他讲得很在理。他对黑鬼们讲了一大通。

"你为什么不回非洲?"有天早上,他们在清理青贮窖的时候,他问萨尔克,"那是你们的国家,不是吗?"

"我不去那儿。"男孩说,"他们会把我吃掉的。"

"哦，要是你乖乖听话，就没道理不让你待在这儿，"肖特利先生和和气气地说，"因为你不是从别处逃来的。你爷爷是被买过来的。他自个儿没想来。有些人从自己的国家逃过来，那我就不待见了。"

"我从不觉得有必要出远门。"黑人说。

"嗯。"肖特利先生说，"要是我再出一次远门，要么去中国，要么去非洲，不管去哪儿，你都能立刻分辨出你和他们的差别。你去别的地方，只能等他们开口说话才能分辨出来，也不总能分得清，因为他们大半不讲英语。我们就是在这一点上犯了错，"他说，"——让所有人学会讲英语。如果每个人只懂自己国家的语言，那就会少很多麻烦。我太太说过，懂两门外语就好比后脑勺也长了眼睛。什么都瞒不过她。"

"瞒不过的。"男孩轻声附和，又说道，"她很好。是个很好的人。我以前没碰到过这么好的白人女人。"

肖特利先生转了个身，默默地干了一会儿活儿。几分钟过去了，他挺起身，用铲柄轻拍黑人男孩的肩膀。他凝视了他片刻，湿润的眼里似有千言万语。之后轻轻说道："主说，申冤在我。"

麦克英特尔太太发现，镇上的每个人都听过肖特利先生掰扯她的事，大家都对她的做法有意见。她开始明白了，辞退波兰人才是她的道义所在，只是因为她觉得很难开口，才一直逃避。她再也忍受不了日积月累的愧疚感，于是，在一个寒冷的周六清晨，她吃完早餐就动身去辞退他。她听到他在发动拖拉机，就径直走向农具棚屋。

地上有一层厚厚的霜，田地看似乱毛蓬蓬的绵羊背；太阳几近银色，林木就像干燥的鬃毛矗立，指向天穹。棚屋四周荡起一圈噪声，好像把乡野向外推退。古扎克先生蹲在小拖拉机边，正在安装一个零件。麦克英特尔太太希望他趁着最后三十天还能把地翻一遍。黑人男孩手拿工具，站在一旁，肖特利先生在棚屋下面，正要爬上大拖拉机，倒车出门。她打算等黑人走开，再履行那令人不快的义务。

她站在那儿，看着古扎克先生，在坚实的地上跺着脚，因为寒气蹿上来，麻痹了她的腿脚。她披了一件厚实的黑大衣，裹了红色头巾，再把黑帽子压低，遮住刺眼的光线。黑色帽檐下的脸孔上有一种游离的神情，嘴唇翕张了一两下，但没有言语。为了盖过拖拉机轰隆隆的噪声，古扎克先生冲黑人大声喊叫，叫他递一把螺丝刀，拿到手了就仰面躺在冰霜覆盖的地上，钻到了拖拉机底盘下。她看不到他的脸，只能看到他的腿脚和拖拉机侧面横伸出来的半截身体。他穿着破裂的橡胶靴，鞋面上溅到了泥水。他曲起一条腿，又放下，微微转向。在所有对他不满的事情中，她最恨他的一点就是，他没有主动离去。

肖特利先生爬上了大拖拉机，正把车往外倒出棚屋。他好像挺暖和的，机器散发出的热量和力量好像一波波传送到他体内，令他立刻被驯服了。他是朝小拖拉机的方向开去的，但在一个斜坡上停下来，跳下车，转身走向棚屋。麦克英特尔太太正定睛看着古扎克先生平伸在地上的双腿。她听到大拖拉机的刹车松动了，抬头看到它以自顾自的路线驶过来。后来，她记起自己看到黑人默默地跳开去，好像地上有个弹簧，把他弹了出去，她还看到肖特利先生用不可思议的慢动作转过头来，默默回看，她还记得自己张开嘴，想对着难民放声大叫，但她没有喊出来。她觉得自己的双眼、肖特利先生的双眼、黑人的双眼汇聚在同一道视线上，将他们永远定格在同谋的目光中，她听到拖拉机碾过波兰人的脊骨时发出的轻响。两个男人跑过去帮忙,她昏倒在地。

她记得,自己醒来后往什么地方去,也许是跑进了家门,又跑了出来,但她不记得那是为什么,也不记得奔到那里后有没有再次昏倒。等她最终回到两台拖拉机所在的棚屋时,救护车已经到了。古扎克先生的妻子和两个孩子趴在他身上,他们的上方还有一个黑色的身影,嘟嘟哝哝,念着她听不懂的话。一开始,她想那肯定是医生,结果却恼怒地认出来是那个神父,他是跟着救护车来的,正往被碾轧过的男人嘴里放什么东西。片刻之后,他站起来,她瞪着他沾染了鲜血的裤腿,继而看到他的脸,他正面直视着她,却面无表情,如周遭的乡野般冷淡自持。她只是瞪着他,因为刚刚发生的事让她极度震惊,无法安之若素。她神志恍惚,还不能理解眼前发生的一切。救护车把死者带走时,她觉得自己身在异国,伏身尸首的那些人的国度,她像个陌生的路人在旁观。

那天晚上,肖特利先生不辞而别,另谋生路;黑人萨尔克突然想去看看外面的世界,动身前往本州南部。老头阿斯特无法独自干活。麦克英特尔太太几乎没发现自己已经没有帮手了,因为神经疾病发作,她必须去医院治疗。等她回来时,明白自己已无力操持那个地方,就把奶牛群转交给职业拍卖商处理(只能亏本卖出去),靠手头积蓄过活养老,还要照料每况愈下的身体。她的一条腿渐渐失去知觉,双手和脑袋颤抖不已,最终,她不得不整日卧床,只有一个黑人妇女在一旁服侍。她的视力越来越差,完全无法讲话。没有多少人记得来这穷乡僻壤看望她,只有那个老神父。他每周都来一次,带一包面包屑去喂孔雀,喂完了就进屋坐在床边,向她解说教会的信条。

你不可能比死人更惨

舅公死了才半天,弗朗西斯·马里昂·塔沃特这男孩就醉倒了,连坟墓都没挖完;来沽酒的黑人卜福德·芒森不得不挖完墓坑,再把一直僵坐在早餐桌边的尸体拖走,按照基督徒的惯例体面地下葬,在坟头插上标志救世主的十字架,盖上足够厚实的土,免得野狗刨坟。卜福德是晌午来的,日落离开时,男孩塔沃特还在昏睡,酒一直没醒。

老头是塔沃特的舅公,反正他是这么说的。自从这孩子记事以来,爷儿俩就一直住在一起。舅公说自己七十岁那年救下这个孩子,并决意把他抚养长大。他死时是八十四岁。塔沃特由此推算出自己是十四岁。舅公教他算数、读书、写字和历史,从亚当被逐出伊甸园讲到历任美国总统,直到赫伯特·胡佛为止,再往下讲，就推断出耶稣再临和审判日的场面。舅公不仅给他良好的教育，还把他从唯一的亲戚家里救了出来。那个人是老塔沃特的外甥，在学校里当老师，当时膝下无子，就想用他的理念把过世的亲姐姐留下的这个孩子培养成人。老头很清楚他所谓的理念是怎么回事。

他曾在外甥家里住了三个月，原以为外甥是出于善心，结果发现事情和行善根本不沾边。他住在那儿的时候，外甥一直在偷偷观察他，以慈善的名义收留他，其实是想秘密潜入他的灵魂，问些别有用心的问题，在屋内屋外设置陷阱，坐等他落入圈套，最后据此撰写以他为题的研究报告，登在校办教师杂志上。恶形恶状传上天庭，上帝亲自出手拯救老人。神赐天启，披露先兆，命他带上孤儿远走高飞，直到最偏远的荒凉境地，把他养育成人，以期他终能获得救赎。上帝允诺他长寿，他就在老师的眼皮底下带走孩子，来到林间空地上共同生活。在他有生之年，那块地都在他名下。

老师名叫瑞博。他终究找到了老头和塔沃特的栖身之地，就跑来索要男孩。他不得不把车停在土路上，顺着时有时无的小路在林子里走上一英里，才能到达那片玉米地，地中央孤零零立着一栋简陋的两层木屋。老头很乐于回忆那天的场面，提醒塔沃特去想外甥顶着那张汗淋淋、红彤彤的苦脸，一脚高一脚低地穿过玉米地，身后跟着他带来的福利部门的女社工，她的粉色帽子上插着小花。门廊前两英尺就是玉米地，外甥从田里钻出来时，老头端着猎枪现身门口，说但凡有人迈上门阶，他就开枪。老头和外甥驻足对视时，女社工怒气冲冲地从田里冒出来，俨如一只在巢里躁动难安的雌孔雀。老头说，要不是因为女社工在场，外甥根本没胆量迈出那一步，可她就在那儿等着，把黏在长额头上的几绺染红的头发捋到脑后。她和他的脸都被带刺的灌木划出了血痕，老头还记得，女社工的袖子上钩着一条黑莓枝。她好像耗尽了最后一丝耐心，只能缓慢地呼出一口气。外甥抬脚踏在台阶上，老头就开枪射中了他的腿。那两人惊惶逃窜，消失在沙沙作响的玉米地里，女人还在喊："你怎么不早说他是个疯子！"老塔沃特奔到二楼窗边，看到他们从玉米地的另一头现身时，她环抱着他，搀扶他单脚跳进了林子；后来，他听说外甥娶了她，尽管她的岁数足足是他的两倍，顶多只能为他生一个孩子。她再也没让他到这里来。

老头死的那天早上，和往常一样下楼做了早饭，一口还没来得及吃就死了。木屋的底层都算是厨房，很大，很暗，柴火灶在中间，灶台边就是木板桌，角落里堆着磨好的饲料、金属废料、木屑、旧绳子、梯子，以及老头和塔沃特随意乱扔的引火物品。他俩本来就睡在厨房里，直到有天半夜，一只山猫从窗户蹿了进来，老头被吓着了，这才把床搬到了有两个空房间的二楼。他当时就预言爬楼梯会让他折寿十年。他死的那一刻，正坐下来准备开始吃早餐，发红而有力的手握好了餐刀，刚要往嘴边送，突然大惊失色，放低餐刀，直到手搭在盘子边上，餐刀斜着跌落到桌下。

他是个健壮如牛的老人，几无脖颈，短小的脑袋好像直接安在肩膀中间，外凸的银白色眼珠好像两条奋力挣脱红色渔网的小鱼。他戴着一顶帽檐翻起的油灰色帽子，汗衫外面罩着褪成灰色的黑外套。塔沃特，坐在餐桌的另一边，眼见着老头脸上爆出红筋，浑身战栗，仿佛有一场地震源于心脏，向外扩散，直抵皮肤。他的一边嘴角向下猛地耷拉下来，身体却依然保持先前的平衡,背部距离椅背六英寸,肚子卡在桌板边沿下面。死寂的银白眼珠盯住对面的男孩。

塔沃特感到那种震颤扩散出来,在自己身上轻轻掠过。他碰都不用碰就知道老头死了,继而坐在尸体的对面,在一种阴沉的尴尬中吃完了早餐,好像有陌生人在场,却想不出可以说什么。最后他用抱怨的口气说道:"别急。我跟你说过,我会处理好的。"听起来像是陌生人的声音,好像死亡改变的是他,并不是老头。

他站起身,把自己的餐盘放到后门外最底下的台阶上,两只长脚黑斗鸡从院子那头飞奔而来,把盘子上的食渣啄食一空。塔沃特坐在摆在后门廊的松木长箱上,心不在焉地解开一段绳索,颧骨突出的长脸面对前方的空地,眺望后面的林子,灰紫色的林叶交相叠映,直抵清晨空荡荡的天空下浅蓝色的林木线。

这片空地非但远离土路,距离车道和步道也有些距离,住得最近的邻居——都是有色人种,没有白人——只能步行穿过林子,一路拨开杏树枝叶,才能走到这栋木屋。老头在空地左边种了一英亩的棉花,一直栽到篱笆墙这边儿,棉花都快长到木屋墙上了。

双股铁丝网在棉花地中央一字排开。一缕晨雾悄然飘在田间，俨如弓背躅足的白色猎犬蹲伏着，想要匍匐穿越院落。

"我要把篱笆拆了。"塔沃特说，"我不要把**我的**篱笆架在地中央。"现在的声音很响亮，但仍是陌生且不悦的，他没有把话都说出来，余下的念头在脑海中默默地想过了：因为这地方现在属于我了，不管是不是在我名下，因为我在这里，就没人能把我赶走。如果有什么老师过来号称有这块地的产权，我就杀了他。

他穿了一条褪色的连身工装裤，灰帽子扣得很低，像盖子一样捂住了耳朵。他随舅公的习惯：除了上床睡觉，决不摘下帽子。直到现在，他一直谨遵舅公的习惯行事，然而他想到：如果我想在埋了他之前挪走篱笆，也没有哪个魂灵能阻挡我，没人能唱反调。

"先把他埋了，一了百了。"那个陌生而不悦的声音响亮地说道，他继而起身，去找铁锹。

他一直坐到现在的那口松木箱就是舅公的棺材，但他不打算用它。老头太沉了，他这样瘦巴巴的，没力气把尸体抬进箱子。虽然棺材是老塔沃特几年前亲手打造的，但他也说过，到时候，如果男孩搬不动，那就把他直接拖到坑里埋了,但男孩要保证把坑挖得深一点。他说墓坑要深及十英尺,不能只有八英尺。老头花了很长时间做棺材,做完了还在盒盖上刻下一行字:**曼森·塔沃特**,与上帝同在。棺材摆在后门廊上,他还爬进去躺了一会儿,从外面看,只能看到凸起的肚皮,好像发酵过头的面包。男孩站在长匣边上打量他。"这就是我们所有人的归宿。"老头心满意足地说道,从棺材里传出的沙哑嗓音听来中气十足。

"这盒子装不下你。"塔沃特说道,"我得坐在上面压才盖得上,要不就等你烂掉一点。"

"别等。"老塔沃特说,"听着。要是到时候盒子派不上用场,你抬不动或有别的状况,就把我扔坑里,但我的坑得深。我要十英尺,不能只有八英尺。十!实在不行,你可以把我滚进坑里。我会滚的。找两块木板搭在门阶上,就能把我滚下来,你看我滚到哪儿停下,就在那儿挖坑,没挖到足够深,就别把我滚进去。先找几块砖把我垫好,那样就不会不小心滚下去了,坑没挖好之前,也别让野狗把我拱下去。你最好把狗关起来。"

"万一你死在床上怎么办?"男孩问,"我怎么把你搬下楼梯?"

"我不会死在床上的。"老头答,"我一听到上帝的召唤就会冲下楼。我会尽量跑到门口再死。如果真的在楼上动不了了,你就把我滚下楼梯,就这么着。"

"我的上帝啊。"这孩子说道。

老头从木盒里坐起身,拳头垂在棺材板外面。"你听好了,"他说,"我对你从没太多要求。我带你来这儿,把你养大,从城里那个浑蛋手里把你救出来,现在我只要求这一点回报:等我死了,让我入土为安,那是死者应有的归宿,再竖起十字架,表明我在地下有知。在这世上,我只求你办到这一件事。"

"我能把你埋了就不错了。"塔沃特说,"到那时候,我肯定累得没力气再竖什么十字架了。我不想折腾这些鸡毛蒜皮的小事。"

"小事!"他舅公生气地说,"等到十字架汇集的那一天,你就知道什么事小、什么事大了!安葬死者可能是你能为自己做的唯一的好事情。我把你带到这里,养大成人,就是为了把你教养成基督徒,"他吼着说道,"如果你成不了,我就会下地狱!"

"要是我没力气办成这件事,"孩子谨慎地看着老头,用漠然的语气说下去,"我就通知城里的舅舅,他会过来料理你的后事。那个老师,"他故意拉长声调,眼看着老头发紫的脸孔上的斑斑点点都变白了,"他会帮你这个忙的。"

老头眼周的皱纹加深了。他双手紧抓棺材的两边往前推,好像要驾着木盒飞离门廊。"他会把我烧掉,"他的声音变得粗嘎沙哑,"他会把我扔进炉子火化,再撒掉我的骨灰。他会对我说:'舅舅,你就是快要绝种的那种人!'他巴不得付钱给火葬场,让他们烧了我,挫骨扬灰。他不相信耶稣会复活。他不相信末日审判。他不相信……"

"死人不会在乎那些事的。"男孩打断了他。

老头一把揪住男孩的前襟,把他拽贴在木盒边,两人相隔不足两英寸。"世界是为死人存在的。想想所有死掉的人吧。"他说着,好像已经想好了如何应对一切傲慢无礼的人,继而说道,"死人比活人多百万倍,死人死的时间比活人活的时间长百万倍!"他松开男孩,放声大笑。

男孩只有眼里闪过一丝颤动,表明他受到了惊吓,过了一会儿才说:"那个当老师的是我舅舅。我唯一活着的血亲，如果我想去找他，我现在就能去。"

老头默默地盯着他足有一分钟。然后用两只手掌拍打棺材板，咆哮起来："瘟疫吸引的，必死于瘟疫！刀剑吸引的，必杀于刀剑！火焰吸引的，必焚于火焰！"眼见着那孩子浑身发抖。

活人，他去拿铁锹时心想，但愿那个活人别到这儿来把我赶走，因为我一定会杀了他。他的舅公说过，去找他就下地狱。我把你从他那儿救出来，大老远地带回来，如果我一入土你就去找他，我也实在没办法。

铁锹靠在鸡笼边上。"我再也不进城了，"塔沃特说道，"我绝不会去找他。他也好，别人也好，都别想把我赶出这地方。"他决定在无花果树下挖墓坑，因为老头还可以滋养无花果。树下那片地上头是沙土，下面是石块，他把铁锹往沙土里砸，就会砸出铿锵的声响。他身子前倾，一只脚踩在铁锹背上，仰头看着树叶间的白色天空，心想：要埋一个两百多磅小山似的死人，得挖上一整天才能在这石头地里挖出足够大的坑，而那个老师只要一分钟就能把他烧了。

塔沃特从没见过老师，但见过他的儿子，那个男孩和老塔沃特长得很像。那次带着塔沃特进城时，老头看到那孩子和自己如此相像,不禁大为震惊,他只能站在门口,目不转睛地盯着那个男孩,舌头伸到嘴唇外面舔来舔去,像个老白痴。那是老头第一次也是唯一一次见到那男孩。"那三个月,"他总这么说,"在亲戚家里,被自家人背叛,简直是我这辈子的奇耻大辱。如果我死了,你想把我交给背叛我的那家伙,眼看着我的尸体被火化,那就去吧。去吧,孩子!"他吼叫着从棺材坐挺而起,抻长麻子脸,"去吧!让他烧了我,但你小心着点,烧完后那对爪子就会掐紧你的喉咙!"他让塔沃特看自己的手掌在半空中乱抓一气。"我受到的启示,他都不信。"他说,"但我不会被烧掉的。等我死了,你最好自己守着这片林子,哪怕日头低落,昏昏暗暗,也好过你进城和他过!"

白雾飘过院落,消失在下一块田头,此刻空气清爽。"死人很惨,"塔沃特用陌生人的声音说道,"你不可能比死人更惨。不管得到什么,死人只能接受。"没人来烦我了,他心想。再也没有了。不会有人出手阻挠我做任何事。一条沙色的猎狗在附近的地上摇尾巴,几只黑鸡用脚爪在他挖出的泥土堆里抓来翻去。太阳悄然滑到蓝色的林木线上,被一圈黄色光晕围绕,慢悠悠地穿过天穹。"现在我想做什么就做什么。"他说着，缓和一下陌生的语调，以便自己能够容忍。他望着那些舅公爱养但不值钱的黑色矮脚斗鸡，心想，只要我想，就可以把这些鸡都宰了。

"他喜欢很多蠢东西。"陌生人说，"其实他幼稚透顶。说真的，当老师的压根儿没害过他。你想，他不过是观察他，把所见所闻写成文章，让学校里的老师们看。这有什么错呢？完全没有。谁在乎学校里的老师们读了什么？可那个老傻瓜的表现呢，好像他的魂灵都被扼杀了。得了吧，他以为自己快死了，其实离死还远着呢。他又活了十五年，把一个男孩养大，大到可以安葬他，尽合他的心意。"

塔沃特用铁锹掘地的时候，那陌生人似乎强压怒火，反复说道："你得靠自己把他整个儿埋下去，可那个教书的用一分钟就能烧了他。"他挖了个把钟头后，墓坑只有一英尺深，还没有尸体高。他在坑边坐了一会儿。日头在天上，像个即将爆裂的白色大水泡。"死人比活人麻烦多了，"陌生人说道，"那个老师根本不会去想，末日来临时，所有带着十字架标记的死尸将会汇集一处。在世上的其他地方，人们做事的方式和老头教你的不一样。"

"我去过一次,"塔沃特喃喃自语,"用不着你来告诉我。"

两三年前,他舅公进了一次城,请律师限定财产继承权,以便他名下的财产可以跳过老师,由塔沃特继承。舅公谈公事的时候,塔沃特就坐在十二层楼的律师办公室的窗边,俯瞰楼宇间的那方街道。从火车站出来的一路上,他昂首挺胸地走在水泥和金属之间,在移动的楼宇和车辆里闪动的人眼都非常小。他自己眼睛的光芒是被屋顶般僵硬的帽檐遮挡住的,那顶崭新的灰帽子稳稳地夹在两只耳朵之间,完美地挺立着。进城前,他读过年鉴,知道这儿有六万个人第一次见到他。他想停下脚步,和每一个人握握手,自我介绍名叫弗朗西斯·M·塔沃特,只在城里待一天,要陪舅公去律师事务所办事。每当有人擦肩而过,他的头都会往后扭,但路人实在太多了,他注意到他们不会像乡下人那样和你对视。有些人撞到他,照理说,这样的接触足以让你结交到终生好友,但在这里,什么都不会发生,因为那些乱撞的人只会缩着脑袋,嘟哝一声抱歉,再急匆匆往前走,如果他们可以等一等,他倒是愿意接受道歉的。他跪坐在律师办公室的窗边，脑袋朝下，探在车水马龙的街道上方，他看到了苍白的天空中太阳发白，看到下面的斑斑点点不断移动，被阳光照得一闪一闪，犹如涌动的锡河。你得在这儿干点特别的事，才能让他们看到你，他心想。他们不会只因为上帝创造了你就看你一眼。等我在这儿扎根后，他对自己说，我一定会有一番成就，让每双眼睛都因此看向我，看中我。他把身子往前伸，眼看着帽子慢悠悠地掉下去，一副迷失而惬意的姿态，随着微风轻轻摇摆，最后落入下方的车流中。他抓紧自己光溜溜的脑袋，身子跌回窗内。

舅公正在和律师吵架，两人分踞桌子两边，都弯着膝盖，捶着桌面。律师长着鹰钩鼻，圆脑袋，高个子，压着怒气不断地大声重复一句话："但遗嘱不是我写的。法律也不是我定的。"舅公也咬牙切齿地吼："我没别的办法。我爹不会希望这样，必须跳过他。老爹不会想让白痴继承财产。那不是他的本意。"

"我的帽子掉了。"塔沃特说。

律师一屁股坐回椅子里，拖着嘎吱作响的椅子滑向塔沃特，浅蓝色的眼睛毫无兴致地看了看他，又嘎吱嘎吱嘎地往前滑,对他舅公说:"我无能为力。你这是在浪费你和我的时间,你还是按照遗嘱做吧。"

"你看,"老塔沃特说,"我一度以为自己快完蛋了,又老又病,快死了,又没钱,我接受他的好意纯粹因为他是我最近的血亲,你可以说他有义务收留我,只不过我认为那是善举,我还以为……"

"你怎么想怎么做、你亲戚怎么想怎么做都无所谓,反正我帮不了你。"律师说完,闭上眼睛。

"我的帽子掉了。"塔沃特说。

"我只是个律师。"律师睁开眼睛,目光扫过一排排黏土色的律法典籍的书脊,办公室被那些砖头围得像堡垒。

"大概已经被车子轧坏了。"

"你听我说,"舅公说,"他一直在研究我,就为了写一份报告。他让我住在他家,只是为了写那篇文章而做调查,偷偷摸摸地在我身上做实验,拿他的血亲做实验,像偷窥狂一样窥视我的灵魂,然后对我说:'舅舅,你就是快要绝种的那种人!'绝种!"老头声嘶力竭,"你看看我,我像是绝种了吗?"

律师闭起眼睛,半边脸扯出一丝冷笑。

"还有别的律师呢!"老头吼完,他们就走了,马不停蹄地连找三位律师。塔沃特一路都在数,大概有十一个人戴的好像是他的帽子。最后,他们走出第四位律师的事务所,在银行大楼的窗台上坐下来,舅公从口袋里摸出从家里带来的饼干,递了一块给塔沃特。老头吃饼干的时候解开了外套衣扣,让大肚腩垂到大腿上,脸上怒气未消,麻子间的皮肤涨红又发紫,再发白,斑斑点点好像在跳来跳去。塔沃特面色惨白,眼睛仿佛坠落在格外空洞的深渊里闪动。他的头上系了一块旧的工作头巾,四角打了结。路人打量他,他也毫不在意,只是喃喃地说道:"感谢上帝,终于办完了,我们可以回家了。"

"还没完。"老人说着,冷不丁站起来,沿路走去。

"天啊,"男孩轻轻埋怨了一声,跳起来追赶上去,"我们就不能坐下一分钟吗?你还有理智吗?他们对你说的话一模一样。法律就是这样规定的,你没办法改。我都懂了,你怎么还没明白?你是怎么搞的?"

老头脑袋往前伸着,大踏步往前走,好像要闻出敌人的去向。

"我们这是去哪儿?"塔沃特问道,他们走出商业街后,走过两排灰色圆顶大楼,黑色门廊外伸到人行道上。"我说,"他拍拍舅公的屁股,"我再也不想来这里了。"

"你很快就会想再来的。"老头嘟哝着,"趁现在先待个够吧。"

"我没说要再来。我压根儿没说过要来。我来了才知道这儿是这样的。"

"你只管记住,"老头说,"你说你要来的时候,我就跟你说过要记住:你来了就不会喜欢这儿的。"他们继续走,走过一段又一段人行道,一排又一排高耸的建筑物,房门都半开半掩的,些许日光勉强照进污迹斑斑的走廊。终于,他们走到另一片街区,周围的低矮房屋几乎一模一样,每栋房子前都有一块小草坪,活像小狗按住一块偷来的牛排。走了几个街区后,塔沃特瘫坐在人行道边:"我一步也不想走了。"

"我都不知道自己要去哪儿,我不往下走了。"他冲着舅公沉重的背影喊道,舅公没有停下脚步,也没有回头看他。转瞬间,他又跳起来,紧跟到舅公身后,他心想:万一他出事,我会在这里迷路。

老头一直伸着脖子往前走,好像正嗅着血腥味逼近仇敌的藏身之处。他突然拐上一栋浅黄色小屋前短短的步道，僵着身子走到白色的房门前，拱起厚实的肩背，像台推土机般想要破门而入。他抬起拳头砸木门，无视门上亮闪闪的黄铜扣环。等到塔沃特跟上去时，门已打开，一个脸蛋粉嫩的胖小子站在门口。那个男孩一头白发，戴着金属框架眼镜，淡银色的瞳孔和老头的一样。一老一小面面相觑，老塔沃特的拳头还举在半空，张着嘴巴，舌头愚蠢地左荡右垂。一时间，胖小子好像惊呆了，动也不动。继而他痴笑起来，举起拳头，张开嘴巴，也把舌头尽量往外伸。老头的眼珠子都快从眼窝里蹦出来了。

"去跟你爸说，"他咆哮起来，"我没绝种！"

震耳欲聋的音波好像把小男孩震得发抖，他半掩房门，躲到门后，只露出一只戴着眼镜的眼睛。老头抓住塔沃特的肩头，推着他原地转身，再推着他走出步道，沿路离开这个地方。

塔沃特再也没有回去过，再也没见过他的表弟，而且，从来没见过老师本人。他对那个和他一起掘墓坑的陌生人说，他向上帝祈祷永远不要见到那位老师，尽管他们无冤无仇，他也不想杀了他，但他如果来这里搅和除了法律就没人能管的事情,那他只能杀掉他。

"听着,"陌生人说,"他来这儿能干吗呢——这儿什么都没有。"

塔沃特又开始掘地,没作回答。他没有试图搜寻陌生人的脸,但他现在已经知道了,那是一张精明、友善又聪明的脸,遮掩在硬邦邦的宽帽檐下。他不再讨厌那个声音了。只不过,偶尔听来还是很陌生。他开始觉得,自己不过是刚刚认识了自己,好比说,舅公活着的时候,他一直被剥夺了认识自己的机会。

"我没否认老头是个好人。"他的新伙伴说道,"但就像你说的:你不可能比死人更惨。他们得到什么就得接受什么。他的灵魂已经离开了尘世,他的肉体已经感觉不到痛苦——火烧或是任何痛苦。"

"他挂念的是末日。"塔沃特说。

"那好吧,"陌生人说,"你不觉得到了末日审判那时,一九五四、五五或五六年竖起来的所有十字架都烂透了吗?烂成灰,就像你把他烧成的灰那样?我再问你:那些淹死在海里的水手被鱼吃了,那鱼又被别的鱼吃了,那鱼再被别的鱼吃了,上帝会怎么办?还有那些家里失火的人,不也被烧死了吗?这样烧,那样烧,或是掉进机器里被绞成肉泥的那些人怎么办?还有那些被炸到粉身碎骨的士兵?所有那些死于天灾,尸骨无存的人都怎么办?"

"如果我烧了他,"塔沃特说,"那就不是天灾,而是人为。"

"哦,我懂了。"陌生人说,"你担心的不是他的末日审判,而是你自己的末日审判。"

"这不关你的事。"塔沃特说。

"我不会瞎搅和的。"陌生人说,"这事儿跟我毫无关系。留在这儿的是你,孤零零的一个你。在这个鸟不生蛋的荒地里,连低矮的日头都不肯多照进一点光,而你将永远独自一人待下去。照我看,你根本不算一个灵魂。"

"被救赎。"塔沃特轻声念叨。

"你抽烟吗?"陌生人问。

"想抽就抽,不想抽就不抽。"塔沃特说,"要埋就埋,不要埋就不埋。"

"去看看他有没有从椅子里滑下来。"他的新伙伴提出建议。

塔沃特把铁锹扔进墓坑,返回木屋。他把前门打开一条缝，凑过脸朝里面看。他的舅公略微朝他的方向瞥来，好像法官突然发现了某项恶劣的证据。这孩子飞快地合上门扉，回到墓坑边。虽然汗衫已汗湿，黏在了后背，但他觉得很冷。

日头就在头顶，死气沉沉的，屏息凝神等待正午逝去。坑有两英尺深了。"十英尺，记住了！"陌生人说完就大笑，"老家伙都很自私。你不能指望他们。一个都不能。"说完他长叹一声，像沙尘被风扬起又突然吹落在地。

塔沃特抬头望见两个人影穿行在田间，都是有色人种，一男一女，都用一只手指钩住晃晃荡荡的空醋罐。女人很高，长得像印第安人，戴着绿色遮阳帽。她熟练地从篱笆下俯身钻过，一秒都没耽搁，径直走过院落朝墓坑而来。男人压低铁丝篱笆，跨了过来，紧跟在女人身后。两人盯着土坑看，脚步停在坑边，带着惊讶而满意的表情低头看着新挖开的泥土。叫卜福德的男人长了一张皱巴巴的脸，活像被烧过的布，肤色比他的帽子还黑。"老人死了。"他说。

女人仰起头，发出一声悠长而缓慢的哀叫，刺耳但庄重。她把罐子搁在地上，交叉手臂，举到半空，再次哀号。

"叫她闭嘴。"塔沃特说,"现在这儿我说了算。我不想听黑人鬼叫。"

"我一连两个晚上看到他的魂灵,"她说,"一连两晚,他未得安息。"

"他今天早上才死的。"塔沃特说,"你们要装酒的话,把罐子给我,我去灌的时候,你们接着挖。"

"他好多年来都在预见自己的死,"卜福德说,"她在梦里见到他很多次了,他不得安息。我很了解他。我真的很了解他。"

"可怜的小甜心,"女人对塔沃特说,"你以后可怎么办啊,一个人待在这个寂寞的地方?"

"不关你的事。"男孩吼了一嗓子,从她手里夺过罐子,拔腿就走,差点儿跌倒。他穿过屋后的田地,走向围绕空地的树林边。

鸟都钻进了林子深处,躲避正午的太阳,还有一只画眉躲在男孩前方不远处,反复咏唱四个音符,唱完一遍,停顿片刻,再唱一遍。塔沃特加快脚步,继而小跑,眨眼间就像被人追赶似的,顺着铺满松针、滑溜得像打了蜡的山坡狂奔而下,他不得不抓住树干,稳住自己，喘着粗气，再往上爬，撞进一堵墙似的忍冬树丛，再跃过现已干涸、沉着沙砾的溪床，跳下高高的黏土河堤，绕到后面的洞口。老头把多余的酒藏在河堤下的这个土穴里，还用一块大石头盖住洞口。塔沃特使出浑身的劲儿，来回推动石块，陌生人就站在他身后，气喘吁吁地说："他疯了！他疯了！说到底他就是疯了！"塔沃特推开石块，从洞里拽出一只黑土罐，靠着河堤坐下来。"疯了！"陌生人没好气地说完，浑身瘫软地坐到他身边。藏酒洞周围树木林立，太阳悄无声息地在树梢后现身。

"七十岁的老男人，把一个孩子带到蛮荒僻壤独自抚养！假如他死的时候你才四岁，怎么办？你四岁就能把麦芽浆抬进蒸馏器，靠酿酒来养活自己？我从没听说过四岁的小孩就会用蒸馏器。"

"我可没听说过这种事，"他继续说道，"你对他来说根本不算什么，无非是为了养到够大，等他一死，就叫你安葬他，现在他两手一撒，死了，可你要把两百磅重的他埋到地下。他要是知道你偷喝哪怕一滴酒，肯定会像烧烫的煤炉一样气得火冒三丈。"他又说道，"他可能会说喝酒伤身，其实不是担心你喝坏身子，只是怕你喝多了,就没法好好安葬他了。他说他把你带到这儿,是为了照规矩把你培养成懂事的人,什么规矩?就是时候到了,你会身强力壮地埋了他,这样他才能安息在十字架下。"

"唉。"男孩举起黑土罐,灌了一大口酒的时候,他的口气缓和了一点,"喝一点无伤大雅。只要适度就不伤身。"

一条滚烫的手臂滑进塔沃特的喉咙,好像恶魔已经准备好进入他的体内,触及他的灵魂。他眯起眼睛,看着愠怒的日头慢慢爬上树梢的最高处。

"悠着点。"他的陌生人朋友说道,"你记得吗,有一次你见过那些黑人福音歌手,都醉了,所有人围着那辆黑色的福特汽车又唱又跳?耶稣啊,要不是喝够了酒,他们才不会因为得到救赎而高兴得忘乎所以。假如我是你,我才无所谓什么救赎呢。"他说,"有些人就是把每件事都看得太重。"

塔沃特放慢速度喝起来。他以前喝醉过一次,被舅公用木板狠狠打了一顿,舅公还说,酒会烧融小孩的五脏六腑;又是一个谎话,因为他的肚肠根本没有化掉。

"你应该很清楚,"友善的新朋友说道,"你这一辈都被那老头耍了。过去的十年里,你本可以成为机灵的城里人。结果呢,你被剥夺了一切与人交往的机会,只能和他在一起,一直住在两层楼的破木屋里,困在这片蛮荒野地的正中央,从你七岁起就只能跟在一头骡子和一副犁具后头。你怎么知道他给你的教育是货真价实的呢?也许他教给你的算术法,现在根本没人用了?你怎么知道二加二等于四,四加四等于八?也许别人根本不这么算?你怎么知道是不是真有亚当?耶稣拯救你的时候,你就真的会无忧无虑吗?你怎么知道他真的会来拯救你?这都是老头说的,现在你应该很清楚他是个疯子。至于末日审判嘛,"陌生人说,"每一天都是审判日。"

"你都这么大了,难道还不明白这一点吗?你在做的每一件事,做过的每一件事,难道不都在你眼前摆明了是非对错,甚至不用等到日落天黑就一清二白了?难道你做错了某件事能得以逃脱惩罚?没有,不会的,你想都甭想。"他说下去,"你不如把酒都喝光吧,反正已经喝了那么多。一旦逾越适度的界线,就没法回头了,你感觉到从头顶往下冲的晕眩就是上帝之手垂怜你的祝福。他赐予你解脱。那老头是你的绊脚石，上帝让它滚开了。当然，也不会滚得足够远。他做完了最重要的那一步，剩下的你得自己来。赞美上帝。"

塔沃特的双腿已失去知觉。他瞌睡了一会儿，脑袋歪向一边，嘴巴张着，酒从翻倒在连身裤旁的土罐里慢慢流出来，最后只剩瓶口挂着一滴，涓滴凝聚，无声且沉着地坠落，反照出阳光的色彩。连天空都开始退隐，日光被云朵消磨殆尽，直至每一道阴影都被遮蔽。他突然惊醒，身子往前一跌，眼睛失焦又聚焦，眼前似乎悬着一块烧焦的破布。

卜福德说："你不该这样。这样对老头不公平。死者入土才能安息。"他蹲坐在脚后跟上，一手抓住塔沃特的胳膊。"我在门口看到他还坐在桌旁，甚至都没平放在凉爽的木板上。如果你想放着他过夜，应该把他放平，在胸口撒点盐巴。"

男孩要把眼皮眯成一条缝，看见的景象才不会飘摇，他一下子就认出来那双红色的水泡眼。"他应该躺在适合他的坟墓里，"卜福德在说，"他一生持重，深深体悟耶稣的苦难。"

"黑鬼,"孩子的舌头肿胀,声音很陌生,"别碰我。"

卜福德把手拿开。"他需要安息。"他说。

"等我弄完,他会安息的。"塔沃特口齿含糊地说,"走开,别来烦我。"

"没人会来烦你的。"卜福德说着,站起身。他等了一会儿,低头看着这个四仰八叉瘫软在河堤上的醉鬼。男孩的脑袋向后仰靠在从土墙上突出的树根上,嘴巴张着,上翘的帽檐在额头划出一道笔直的印痕,刚好就在半睁半闭的眼睛上边。他的颧骨很高,又细又长,活像十字架的横臂,颧骨下的凹陷看来很古老,好像这孩子皮肉下的骨骼和这世界一样老。"没人会来烦你。"黑人嘟哝了一句,推开忍冬树丛,头也不回地走了,"那是你的事。"

塔沃特又闭起眼睛。

一只夜鸟在附近叫,吵醒了他。叫声并不尖厉,只是持续不断的嗡嗡声,好像那只鸟每次鸣叫前都要追溯一遍他的怨苦。云朵如痉挛般席卷过黑色夜空,粉色的月亮也不安分,忽而蹿高一英尺,忽而下沉,再跳上去。他细看了片刻才弄明白,那是因为天空低沉，飞快地压下来，想要闷死他。塔沃特身子前倾，栽进溪床中，手脚着地往前爬，夜鸟尖叫一声，及时飞离。月亮好似微弱的火苗映现在沙石中的几滩水里。他冲进忍冬树墙，拨扯枝叶，一时间搞不清熟悉的花香是不是压在他身上的重负。他穿过树丛，从另一侧走出来时，黑漆漆的大地慢慢甩动，再一次把他震倒。一抹粉色光芒照亮树林，他看见黑色的树木剪影般刺破大地，耸立在他周围。夜鸟在他跌入的灌木丛里，又开始鸣叫。

塔沃特站起来，朝空地走去，一路扶着树干摸索前行。树干摸上去极其苍老，极其干燥。远处有雷动，连绵不断的闪电惨白地接连照亮不同的林区。他终于看到木屋了，荒凉、漆黑，伫立在空地的中央，颤动的粉色月亮悬在屋顶之上。他穿过沙地时，眼中炯炯闪光，拖着身后支离破碎的影子。他没有扭头去看自己刚开始挖的墓坑所在的那半边庭院。

他停在木屋后的角落里，蹲下来看散落一地的垃圾、鸡笼、水桶、破布和木箱。他口袋里有四根火柴。他趴在地上，点起小火，燃起一处，再燃起另一处，一路走向前门廊，任凭身后的火苗贪婪舔舐干燥易燃的废物和木屋的地板。他径直穿过屋前的空地，弯腰钻过铁丝篱笆，走过坑坑洼洼的田地，一路都没有回头，直到另一边的树林。这时，他才扭头往回瞥了一眼，看到粉色的月亮沉入屋顶，正在爆裂，他就开始跑，身后的大火中似有两只鼓凸的银白色眼珠在无比震惊中越变越大，他逼迫自己在林间飞奔。

近子夜时，他在公路上搭了一辆便车。开车的推销员是铜管制造公司东南区的销售代表，他向这个沉默的男孩提供了建议，据他说，那是给即将闯荡社会、安身立命的年轻人的至理箴言。他们在漆黑、笔直的公路上飞驰前行，路两边都是漆黑、高耸的树木。推销员说，根据他的亲身体验，如果你不爱顾客，就不可能把铜烟道卖出去。推销员很瘦，深谷般的脸孔又长又窄，显然带有遭受重创后的沮丧神情。他戴了一顶硬挺的灰色宽檐帽，是那种想要装扮成牛仔的生意人常戴的。他说，在百分之九十五的情况下，爱是唯一有效的策略。他说他向男人推销烟道的时候，总会先问候对方妻儿的健康。他说他在小本子上记录了客户的家庭成员的名字和身体状况。有个客户的老婆得了癌症，他就把她的名字记下来，在一旁备注"癌症"，每次去那个客户的五金行都会询问她的病况，一直等到她病逝，他再在本子上备注"病死"，画去她的名字；"他们死的时候，我会感谢上帝"，推销员说，"又少了一个要惦记的人。"

"你不欠死人的。"塔沃特大声说道，这好像是他上车后第一次讲话。

"他们也不欠你的。"陌生人说道，"这世界就是这样，谁也不欠谁的。"

"听着，"塔沃特的身子向前，脸孔凑近挡风玻璃，突然说道，"我们开错方向了，又开回原来的地方了。又看到火了。我们就是从火这里出发的。"他们前方的天空泛着微弱的光芒，但很持久，不是闪电。"就是我们出发时看到的火光！"男孩疯狂地高声叫喊。

"孩子，你肯定是个呆瓜。"推销员说，"那是我们要去的城市。那是城里的灯光。你肯定是头一回出远门吧。"

"你绕了一圈，"孩子说，"这就是那火。"

陌生人猛然扭过皱纹深重的脸。"我这辈子从没在原地打转。"他说道，"我来的地方也没有什么火。我从莫比尔来。我知道自己要去哪儿。你有什么毛病？"

塔沃特瞪着眼前的光芒。"我睡着了。"他轻声自语,"我只是刚刚醒来。"

"你该好好听我说话的。"推销员说,"我跟你讲的,都是你应该知道的。"

译后记

最爱孔雀的人类观察家

于是

2025年,弗兰纳里·奥康纳诞辰百年。

这位美国女作家短暂而惊险的一生留下了两部长篇小说、32篇短篇小说和大量评论,我愿谓之"惊险",一是因为她的创作生涯和罹患红斑狼疮的病患生涯纠缠不休,彼此刺激,她必须在浓缩于极其有限的生命时光中实现自己对文学的抱负;二是因为她的文本看似精简,却具有极其复杂的人性内核,故事所涉及的地理空间虽小,人心跌宕却上至天堂下抵炼狱,隐形的惊险程度远超于类型小说,后劲十足。

奥康纳的作品既已公版,早在1975年就由今日世界出版社推出温健骝翻译的《鹧鸪镇上的杜鹃花季》，接着是1986年由上海译文出版社推出主万、屠珍、贺哈定、杨怡翻译的《公园深处》，再到2010年到2012年新星出版社推出於梅翻译的《好人难寻》、仲召明翻译的《上升的一切必将汇合》《暴力夺取》、蔡亦默翻译的《智血》，之后，人民文学出版社又于2016年推出"弗兰纳里·奥康纳短篇小说全集"，由陈笑黎、周嘉宁和张小意翻译。罗列至此，足可见其译本之多，选集各有侧重，全集规模宏大。更可见弗兰纳里·奥康纳这位作家备受重视，经久不衰。

2015年底，承蒙雅众出版创始人方雨辰女士厚爱，在下受邀编译奥康纳短篇小说精选集。2025年，再以其为底本，稍作修订，忝列中信策划出版的这套无界文库。

本书精选九篇小说，其中四篇为奥康纳广受赞誉且屡获殊荣的短篇小说，《好人难寻》《上升的一切必将汇合》《启示》《格林利夫》。在之前的不同选本中，或有这篇或有那篇，这次索性将它们收录一处，文末列出版本说明和得奖说明。

其余五篇，是我认为在不同主题、不同技巧方面最有代表性的作品。奥康纳经常写到种族、宗教、社会等级等问题，并将这些问题浓缩在一个农场或一个家庭中。譬如《家的慰藉》和本书未收录的《瘸腿的先进去》都讲述了善心大发的中产阶级想包容、改造、宽慰社会边缘人物。前者的故事讲述了一位母亲将罪犯——放荡的姑娘——带回家，后者的故事里是一位父亲带回一个天性邪恶的坏男孩。毋庸置疑，这样的善举给平静富足的家庭带来极大的损毁，在剧烈冲突中映照出人性之恶，在行善和伪善的一线之隔间暴露出深刻的无能和无力。两者取其一，我将《家的慰藉》作为这类故事的代表，收入这本选集。另一个原因是，奥康纳写过不少邪气的坏男孩，但诸如这篇小说中的坏女孩形象并不多见。

又如《天竺葵》，在故事上和本书未收录的《审判日》是有相似之处的，都讲述了白人老人在城市生活中的迷茫，表面上看是由身份自由、地位不低的黑人邻居所引发的，但究其根本，是时代性的、整体的认知错位。在此，我选择《天竺葵》，是因为它代表了奥康纳早期的作品，相比之下，本辑中其他篇目都属于中后期，有心的读者可以略加比照。

又如《你不可能比死人更惨》，属于奥康纳作品中的另一个类型：和长篇息息相关的短篇作品，这篇后来就扩展为《暴力夺取》。相似的情况还包括《救人就是救自己》《以诺与大猩猩》《公园之心》《削皮机》《火车》，这几篇后来都融进了长篇小说《智血》。这本选集就选择相对情节最完整、人物形象最鲜明的《你不可能比死人更惨》，作为这一类"长篇中的短篇"的代表。

还有两篇很独特，是我个人很喜欢的，也具有两个特别"奥康纳"的意象。一是《帕克的背》，浑身刺青的形象非常有画面感，背上的基督像有深刻的反讽寓意，帕克精神空虚到了只能以宗教为符号的地步，缘木求鱼，结局可悲；二是《流离失所的人》，半个世纪前美国农场主接受难民为雇工的故事，搁在今天读照样鲜活，仍有现实意义。这个故事里的意象是孔雀，可以说，孔雀已成为"最奥康纳"的一个符号了。

时至今日，我们应该更能明白，奥康纳的写作是一种守持在时代焦点、洞穿未来的道德拷问，尤其是对后黑奴时代的种族问题的复杂性，她的书写不囿于刻板或教条，也从未迷失在盲目的乐观或激情中，而是在描摹美国南方农村和北方城市生活场景时挖到了凡人心底的烂根。时至今日，距离1865年美国废奴已逾一个半世纪，但从殖民时代开始的种族矛盾至今存在，只是变换了形式和规模，甚至于，那种歧视、压迫、剥削的方式被照搬到了别的矛盾冲突中，映照出的问题绝非仅仅是黑白族裔间的历史遗留问题。换言之，用奥康纳毒辣的眼光，足以看透21世纪身为少数族裔、边缘人群会遭遇到的人间真相。举例来说，《流离失所的人》写的是二战波兰难民在美国南方农场里的遭遇，但这个故事的影子似乎在不断扩大，足以照见21世纪的局部战争造成的难民潮如何引发另一个国家、民族的困扰、怀疑、隔阂和排斥。

时至今日，再回头去看奥康纳不吝笔墨书写的白人鄙弃白渣的故事内核，更会有种超越文学范畴的感慨和深思。宗教在奥康纳的故事中是如铁锚般的存在，虽然向善、救赎的期待在二十一世纪已不再是主流文化宣扬的重点，荒诞的是，伪善却有了更新、更妙的表现，甚至在等待奥康纳这样犀利的作家加以揭示。从这些角度看，奥康纳的文学遗产已远远不再是研究小说艺术的专家们的细读对象，作为小说家，奥康纳观察人性、思考世界变化的眼光值得被载入更广阔的历史场域，因为她写出了"人"在精神世界中的一种原型。随着时代变化，我越来越觉得，与其说我们需要奥康纳这样的作家，不如说更需要这样清醒到可怕的人类观察家。

诚然，想在一本集子里纳入奥康纳所有的精彩是不可能的，只能希望借由这本精选集，让更多读者在最短的时间里对这位美国女作家的成就获得最深刻的印象。最后要说的是，译文必有不足之处，敬请读者见谅。我始终希望自己能以微薄之力推动一种良性循环：在不断的重译、商榷中，一部外国作品会以越来越好的中文面目吸引越来越多的新一代读者。

2025年元旦

弗兰纳里·奥康纳年表

1925年
3月25日,玛丽·弗兰纳里·奥康纳出生于佐治亚州的萨凡纳。她是房地产经纪人爱德华·弗朗西斯·奥康纳和爱尔兰血统的雷吉娜·克莱恩的独生女。

4月12日,在圣约翰大教堂受洗,后来七岁的奥康纳也在这座教堂第一次领取圣餐。美国南方以新教徒居多,而奥康纳在少数的爱尔兰天主教社区中长大,她一生都是虔诚的天主教徒。

1931年
六岁的奥康纳初尝"成名"滋味。百代新闻社的记者听说小奥康纳可以让自家的鸡倒着行走,便前来采访拍摄,并将她与小鸡的影片在全国播放。自此她与禽类结缘,酷爱养孔雀、雉等禽类。

1937年
父亲被诊断出红斑狼疮。

1938年
3月,奥康纳搬到了母亲的家乡,佐治亚州的米利奇维尔,并进入了皮博迪高中学习。上学期间她开始为校报撰写文章和绘制漫画。

1941年
2月1日，父亲死于红斑狼疮，奥康纳大受打击。这种疾病后来也夺走了她的生命。

1942年
从皮博迪高中毕业，进入佐治亚州女子学院的夏季新生班，主修社会学和英语。在此期间，她对文学产生了兴趣，开始撰写短篇小说和诗歌，为学院期刊供稿。高中时，当女生们被要求为自己缝制星期天的连衣裙时，奥康纳为她的宠物鸭子缝制了一套完整的内衣和衣服，并将鸭子带到学校展示。

1944年
奥康纳担任校报美编，绘制了大量讽刺校园生活的胶版漫画。许多评论家认为，这些早期漫画的独特风格和手法对她后来的小说创作产生了重要影响。曾向《纽约客》投漫画稿，但对方并不感兴趣。

1945年
获得文学学士学位。随后入读艾奥瓦大学的新闻研究生院，并获得了大学提供的奖学金。艾奥瓦大学的"作家工作坊"是久负盛名的世界创意写作发源地，奥康纳在此开始系统地学习文学、写作、前卫艺术、政治漫画创作等课程。在班级导师保罗·恩格尔的建议下，向文学期刊投小说稿。

1946年
在《音调》杂志发表第一篇短篇小说《天竺葵》。同年开始创作中长篇小说。

1947 年
在艾奥瓦大学获得文学硕士学位。在恩格尔的支持下获得一年额外的奖学金,使得她可以在艾奥瓦城继续从事创作。

1948年
在小说家、作家班教师安德鲁·莱特的指导下进行小说创作。伊丽莎白·麦基开始担任奥康纳的文学经纪人。申请古根海姆奖学金,但次年被拒。

1949年
离开艾奥瓦,在纽约的"雅多"艺术家聚居区度过了一段时间,结识了许多文艺界的朋友,包括诗人兼翻译家罗伯特·菲茨杰拉德及其妻子萨莉·菲茨杰拉德。之后随这对夫妇一起搬到了他们位于康涅狄格州的家中,一边照看孩子,一边写作。菲茨杰拉德夫妇成为奥康纳一生的朋友和工作支持者。

1950年
持续阅读、写作,完成小说《智血》初稿。

10月,奥康纳开始感觉胳膊和肩关节疼痛无力,菲茨杰拉德的家庭医生初步诊断是关节炎。随后，返回米利奇维尔，住进鲍德温县医院，被诊断为急性风湿性关节炎并接受可的松治疗。

1951年
2月，正式确诊为弥漫性红斑狼疮，自此开始与疾病的抗争。出院后的奥康纳搬到米利奇维尔郊外的农场安达卢西亚，与母亲一起生活。除了每日自己注射促肾上腺皮质激素外，还需要彻底禁食含盐食物。尽管身体虚弱，她仍将大部分时间投入写作、演讲和与同行作者通信中。此外，她最大的乐趣就是在农场喂养孔雀。

1952年
3月，第一部长篇小说《智血》由哈考特·布雷斯出版公司出版发行。这一年，奥康纳发表了短篇小说《临终遇敌》，并完成了《救人就是救自己》。她还重新拾起了画笔，开始描绘农场生活。

1953年
哈考特·布雷斯公司教材部代表，丹麦裔的埃里克·朗谢尔路过农场，与奥康纳结识并恋爱。这一年，奥康纳陆续发表短篇小说《楼梯上的女人》(后改名为《好运降临》)、《救人就是救自己》、《河》、《好人难寻》。其中，《好人难寻》获欧·亨利短篇小说奖二等奖。

8月，波兰难民家庭来到农场做工，启发奥康纳创作了《流离失所的人》。

1954年
埃里克·朗谢尔离开农场返回欧洲。4月,得知埃里克·朗谢尔即将在丹麦结婚的消息。此时,由于狼疮引发的髋部骨骼病变,还不到三十岁的奥康纳已不得不借助拐杖才能行走。

这一年,奥康纳陆续发表短篇小说《圣灵所宿之处》《流离失所的人》《火中之圈》。其中,《火中之圈》获得欧·亨利短篇小说奖二等奖。

1955年
2月,用大概四天时间创作了《善良的乡下人》。这则短篇小说被认为是奥康纳与朗谢尔情感经历的文学再现。

6月,出版第一本也是生前唯一一本短篇小说集《好人难寻》。新书大受欢迎,三个月之内重印了两次,卖掉了四千册。

7月,收到亚特兰大一位她从未见过的年轻女性(在身后出版的奥康纳书信集《生存的习惯》里被称作A)的来信,此后一直与其通信。

这一年,奥康纳再次申请古根海姆奖学金,再次被拒。

1956年
4月,《格林利夫》发表,并在次年获得欧·亨利短篇小说奖一等奖。奥康纳开始受邀在一些俱乐部和文学会议上演讲。

1958年
4月,与母亲一起飞往欧洲,这也是奥康纳的唯一一次出国之旅。在意大利,奥康纳与菲茨杰拉德夫妇相聚了四天,并赴罗马朝圣。罗马天主教教皇皮尔斯十二世亲自接见了奥康纳,并给病中的奥康纳赐福。她后来称:"在那儿,我为自己正在创作的小说祈祷,而不是为我的骨头,我没那么关心自己的骨头。"

5月,回到家,开始学习驾驶并考取了驾照,但很少驾车。

1960年
2月,奥康纳的第二部也是最后一部长篇小说《暴力夺取》出版,这也是她在朝圣旅行中为之祈祷过的小说。当时外界对小说的反响褒贬不一。

投票支持约翰·肯尼迪。

12月,病情恶化,住进亚特兰大的皮德蒙特医院做检查。结果表明,髋骨和下颌骨的疏松是由控制狼疮的类固醇药物引起的,医生试着减少剂量。开始创作短篇小说《帕克的背》。

1961年
1月,完成短篇小说《上升的一切必将汇合》,并于10月发表。此时的奥康纳已经是拥有狂热追随者的文艺界名人。次年,《上升的一切必将汇合》获得欧·亨利短篇小说奖一等奖。

1963年
接受了马萨诸塞州北安普顿史密斯学院的荣誉博士学位。

农场饲养着四十只孔雀。6月初,奥康纳曾看到有十四只孔雀一起开屏。

8月,髋骨的疼痛有所好转,但奥康纳感觉越来越疲倦,并被诊断为严重贫血,开始补铁治疗。

10月,新美国文库以《弗兰纳里·奥康纳的三篇小说》为书名将两部中长篇小说和《好人难寻》一同出版。

11月,开始创作《启示》并在八周内完成了初稿。

1964年
2月,在米利奇维尔的一家医院做纤维瘤切除手术,以治疗严重贫血,她在手术前一天还在医院里修改《启示》的校样。住院期间,她把未完成的短篇小说藏在枕下,唯恐被禁止写作。手术后不久,红斑狼疮再次复发。

5月21日,在离开医院之前,签署短篇选集出版合同,选择"上升的一切必将汇合"作为书名。

7月7日,奥康纳要求并从教区教士那里领受了敷油(旧称临终者涂油礼)。此后她继续修改《审判日》和《帕克的背》,直到7月底身体虚弱得再也无力修改。得知《启示》获得欧·亨利短篇小说奖一等奖。

8月2日,奥康纳陷入昏迷,并在次日凌晨因肾衰竭去世,年仅三十九岁。

8月4日,她被安葬于纪念山公墓,和她的父亲相邻。葬礼在米利奇维尔圣心教堂低沉的《安魂曲》中举行。

无界文库

001	悉达多	[德]赫尔曼·黑塞 著	杨武能 译
002	局外人	[法]阿尔贝·加缪 著	李玉民 译
003	变形记	[奥]弗朗茨·卡夫卡 著	李文俊 译
004	窄门	[法]安德烈·纪德 著	李玉民 译
005	瓦尔登湖	[美]亨利·戴维·梭罗 著	孙致礼 译
006	罗生门	[日]芥川龙之介 著	文洁若 译
007	雪国	[日]川端康成 著	高慧勤 译
008	红与黑	[法]司汤达 著	王殿忠 译
009	漂亮朋友	[法]莫泊桑 著	李玉民 译
010	地下室手记	[俄]陀思妥耶夫斯基 著	刘文飞 译
011	简·爱	[英]夏洛蒂·勃朗特 著	宋兆霖 译
012	老人与海	[美]欧内斯特·海明威 著	孙致礼 译
013	傲慢与偏见	[英]简·奥斯丁 著	孙致礼 译
014	金阁寺	[日]三岛由纪夫 著	陈德文 译
015	月亮与六便士	[英]威廉·萨默赛特·毛姆 著	楼武挺 译
016	斜阳	[日]太宰治 著	陈德文 译
017	小妇人	[美]路易莎·梅·奥尔科特 著	梅静 译
018	人类群星闪耀时	[奥]斯蒂芬·茨威格 著	潘子立 译

019	我是猫	[日]夏目漱石 著	竺家荣 译
020	伤心咖啡馆之歌	[美]卡森·麦卡勒斯 著	李文俊 译
021	伊豆的舞女	[日]川端康成 著	陈德文 译
022	爱的饥渴	[日]三岛由纪夫 著	陈德文 译
023	假面的告白	[日]三岛由纪夫 著	陈德文 译
024	白夜	[俄]陀思妥耶夫斯基 著	郭家申 译
025	涅朵奇卡	[俄]陀思妥耶夫斯基 著	郭家申 译
026	带小狗的女人	[俄]契诃夫 著	沈念驹 译
027	狗心	[苏]米哈伊尔·布尔加科夫 著	曹国维 译
028	黑暗的心	[英]约瑟夫·康拉德 著	黄雨石 译
029	美丽新世界	[英]阿道斯·赫胥黎 著	章艳 译
030	初恋	[俄]屠格涅夫 著	沈念驹 译
031	舞姬	[日]森鸥外 著	高慧勤 译
032	一个孤独漫步者的遐想	[法]让-雅克·卢梭 著	袁筱一 译
033	欧也妮·葛朗台	[法]巴尔扎克 著	傅雷 译
034	高老头	[法]巴尔扎克 著	傅雷 译
035	田园交响曲	[法]安德烈·纪德 著	李玉民 译
036	背德者	[法]安德烈·纪德 著	李玉民 译
037	鼠疫	[法]阿尔贝·加缪 著	李玉民 译
038	好人难寻	[美]弗兰纳里·奥康纳 著	于是 译
039	流动的盛宴	[美]欧内斯特·海明威 著	李文俊 译
040	一个青年艺术家的画像	[爱尔兰]詹姆斯·乔伊斯 著	黄雨石 译
041	太阳照常升起	[美]欧内斯特·海明威 著	吴建国 译
042	永别了,武器	[美]欧内斯特·海明威 著	孙致礼 译

043	理智与情感	[英]简·奥斯丁 著	孙致礼 译
044	呼啸山庄	[英]艾米莉·勃朗特 著	孙致礼 译
045	一间自己的房间	[英]弗吉尼亚·伍尔夫 著	步朝霞 译
046	流放与王国	[法]阿尔贝·加缪 著	李玉民 译
047	巴黎圣母院	[法]维克多·雨果 著	李玉民 译
048	卡门	[法]梅里美 著	李玉民 译
049	伪币制造者	[法]安德烈·纪德 著	盛澄华 译
050	潮骚	[日]三岛由纪夫 著	唐月梅 译
051	了不起的盖茨比	[美]F.S.菲茨杰拉德 著	吴建国 译
052	夜色温柔	[美]F.S.菲茨杰拉德 著	唐建清 译
053	包法利夫人	[法]居斯塔夫·福楼拜 著	罗国林 译
054	羊脂球	[法]莫泊桑 著	李玉民 译
055	一个陌生女人的来信	[奥]斯蒂芬·茨威格 著	韩耀成 译
056	象棋的故事	[奥]斯蒂芬·茨威格 著	韩耀成 译
057	古都	[日]川端康成 著	高慧勤 译
058	大师和玛格丽特	[苏]米哈伊尔·布尔加科夫 著	曹国维 译
059	禁色	[日]三岛由纪夫 著	陈德文 译
060	鳄鱼街	[波兰]布鲁诺·舒尔茨 著	杨向荣 译
061	呐喊		鲁迅 著
062	彷徨		鲁迅 著
063	故事新编		鲁迅 著
064	呼兰河传		萧红 著
065	生死场		萧红 著
066	骆驼祥子		老舍 著

067	茶馆	老舍 著
068	我这一辈子	老舍 著
069	竹林的故事	废名 著
070	春风沉醉的晚上	郁达夫 著
071	垂直运动	残雪 著
072	天空里的蓝光	残雪 著
073	永不宁静	残雪 著
074	冈底斯的诱惑	马原 著
075	鲜花和	陈村 著
076	玫瑰的岁月	叶兆言 著
077	我和你	韩东 著
078	是谁在深夜说话	毕飞宇 著
079	玛卓的爱情	北村 著
080	达马的语气	朱文 著
081	英国诗选	[英]华兹华斯 等 著 王佐良 译
082	德语诗选	[德]荷尔德林 等 著 冯至 译
083	特拉克尔全集	[奥]格奥尔格·特拉克尔 著 林克 译
084	拉斯克-许勒诗选	[德]拉斯克-许勒 著 谢芳 译
085	贝恩诗选	[德]戈特弗里德·贝恩 著 贺骥 译
086	杜伊诺哀歌	[奥]里尔克 著 林克 译
087	致俄耳甫斯的十四行诗	[奥]里尔克 著 林克 译
088	巴列霍诗选	[秘鲁]塞萨尔·巴列霍 著 黄灿然 译
089	卡瓦菲斯诗集	[希腊]卡瓦菲斯 著 黄灿然 译
090	智惠子抄	[日]高村光太郎 著 安素 译

091	红楼梦	[清]曹雪芹 著
092	西游记	[明]吴承恩 著
093	水浒传	[明]施耐庵 著
094	三国演义	[明]罗贯中 著
095	封神演义	[明]许仲琳 著
096	聊斋志异	[清]蒲松龄 著
097	儒林外史	[清]吴敬梓 著
098	镜花缘	[清]李汝珍 著
099	官场现形记	[清]李宝嘉 著
100	唐宋传奇	程国赋 注评
101	茶经	[唐]陆羽 著
102	林泉高致	[宋]郭熙 著
103	酒经	[宋]朱肱 著
104	山家清供	[宋]林洪 著
105	陈氏香谱	[宋]陈敬 著
106	瓶花谱 瓶史	[明]张谦德 袁宏道 著
107	园冶	[明]计成 著
108	溪山琴况	[明]徐上瀛 著
109	长物志	[明]文震亨 著
110	随园食单	[清]袁枚 著